厦门文献丛刊

林丽萍 主编

厦门竹枝词辑注

刘瑞光 校注

厦门市图书馆 编

厦门大学出版社
国家一级出版社
全国百佳图书出版单位

图书在版编目（CIP）数据

厦门竹枝词辑注 / 刘瑞光校注；厦门市图书馆编. -- 厦门：厦门大学出版社，2023.6
（厦门文献丛刊 / 林丽萍主编）
ISBN 978-7-5615-8916-8

Ⅰ.①厦… Ⅱ.①刘… ②厦… Ⅲ.①竹枝词－作品集－厦门 Ⅳ.①I222.8

中国版本图书馆CIP数据核字(2022)第254306号

出 版 人	郑文礼
责任编辑	薛鹏志
美术编辑	张雨秋
技术编辑	朱　楷

出版发行　**厦门大学出版社**
社　　址　厦门市软件园二期望海路39号
邮政编码　361008
总　　机　0592-2181111　0592-2181406(传真)
营销中心　0592-2184458　0592-2181365
网　　址　http://www.xmupress.com
邮　　箱　xmup@xmupress.com
印　　刷　厦门市明亮彩印有限公司

开本　880 mm×1 230 mm　1/32
印张　11.5
插页　4
字数　320千字
版次　2023年6月第1版
印次　2023年6月第1次印刷
定价　70.00元

本书如有印装质量问题请直接寄承印厂调换

厦门大学出版社
微信二维码

厦门大学出版社
微博二维码

厦门文献丛刊编委会

主　编：林丽萍
顾　问：洪卜仁　江林宣　何丙仲
编　委：陈　峰　付　虹　叶雅云　薛寒秋
　　　　陈国强　陈红秋　吴辉煌

厦门竹枝词辑注编辑组

校　注：刘瑞光
审　校：吴辉煌　张元基　李跃忠

厦门文献丛刊总序

厦门素有"海滨邹鲁"之誉,文教昌明,人文荟萃,才俊辈出,灿若群星。故自唐代开发以来,鸿章巨著,锦文佳作,层见叠出,源源不绝,形成蔚然可观的厦门地方文献。作为特定地域之人文精神的载体,这些文献记录了厦门地区千百年来之历史发展与社会变迁,讲述着厦门地区千百年来之政教民生与人缘文脉,是本地宝贵之文化遗产,更是不可多得的地情信息资源,于厦门经济建设之规划与文化发展之研究,具有彰往考来的参考价值。

然而,厦门地处滨海扼要,往昔频遭战乱浩劫,文献毁荡散佚颇多,诸志艺文所载之厦门文献,十不存三。而留存于世者,则几成孤本,故藏家珍如拱璧,秘不示人,这势必造成收藏与利用之矛盾。整理开发厦门文献,是解决地方文献藏用矛盾的有效手段。它有利于地方优秀传统文化之传播,有利于发挥地方文献为当地社会和经济发展服务之作用,从而促进地方文献的价值提升。因此,有效地保护、整理与开发利用厦门地方文献,俾绵延千百年之厦门地方文献为更多人所利用,已成当务之急。

保护人类文化遗产是图书馆的重要职能之一,而开发利用文献资源更是图书馆的一个重要任务。近年来,厦门市图书馆致力于馆藏地方文献的搜集、整理与开发,费尽心思,不遗余力。为丰富地方馆藏,他们奔走疾呼,促成《厦门地方文献征集管理办法》正式颁布,为地方文献征集工作提供法规保障;为搜罗地方珍本,他们千里寻踪,于天津图书馆搜得地方名士池显方的《晃岩集》完本,复制而归,俾先贤文献重返故里;为发挥馆藏效用,他们更是联袂馆人,群策群力,编纂厦门文献丛刊,使珍藏深闺的地方文献为世人所利用。厦门图书馆人之努力，实乃可贺可勉。

余观厦门文献丛刊编纂方案，入选书目多为未曾开发的地方文献，其中不少是劫后残余、弥为珍贵之古籍。如明代厦门文士池显方的《晃岩集》、同安名宦蔡献臣的《清白堂稿》等，皆为唯一存世的个人文集，所载厦门、同安之人文史事尤多，乃研究明代厦门地方史之重要文献；又如清代厦门文字金石名家吕世宜的《爱吾庐笔记》、《爱吾庐题跋》等作品，乃其精研文字，揣摩金石之心得，代表清末厦门艺术研究之时风；再如宋代朱熹过化同安时所著的文集《大同集》、明代曹履泰记述征剿海上武装集团的史料文献《靖海纪略》、清代黄家鼎权倅马巷时所著的文集《马巷集》、清代沈储记述闽南小刀会起义的史料文献《舌击编》等，亦都是厦门地方史研究的重要资料。这些古籍文献，璞玉浑金，含章蕴秀，颇有史料价值。更主要的是这些文献存世极少，有的可能已是存世孤本，急待抢救。厦门文献丛刊之编纂，不以尽揽历代厦门文献为能事，而是专注于这引起未曾开发之文献，拾遗补缺，以弥补厦门地方文献开发利用之空白，实乃匠心独运之举。

厦门文献丛刊虽非鸿篇巨制，然其整理、编纂点校工作繁重，绝非一蹴可就。愿编校人员持续努力，再接再厉，使诸多珍贵的厦门文献卷帙长存，瑰宝永驻，流传久远，沾溉将来。

是为序。

罗才福

己丑年岁首

且为民生唱竹枝

——浓郁土风的厦门竹枝词调

自有刘禹锡的"杨柳青青江水平,闻郎江上唱歌声"以来,咏风土诵习尚的竹枝词诗体便因其清新活泼、擅写民情而别领风骚。

厦门竹枝词,当数萧宝芬的《鹭江竹枝词》名气最盛。萧宝芬(一作萧宝菜),光绪初年莅厦任文吏。处于漳泉之交的鹭岛,此时已为通商巨埠。既见西风渐进,又有古俗尚存;既见新旧嬗替,又有南北交融。此景此情,入萧宝芬笔下,遂成风味独具的民俗画。其写市井生活:如房居,"街坊近海地如金,狭处能宽见匠心"(《街坊》);如民食,"如言口福真消受,鱼鲔时歌美且多"(《鱼鲔》);如民饮,"古屿山偏生冽泉,清晨运到隔江船"(《水夫》);如民行,"途多泥滑非关雨,终日唯闻屐齿声"(《湿路》)。其写节俗喜丧:豪奢者,如"牲仪果品送家家,一座王船萃物华"(《王船》);欢娱者,如"得彩齐声称恭喜,状元饼兆状元郎"(《赛饼》);如痴迷者,"欲觅娜嬛奉地师,敢辞币厚礼还卑"(《卜茔》);如哀伤者,"白冢累累宿草苏,镇南关外有啼乌"(《哀妇》)。欧风美雨也入诗人笔端:如教士传教,"纱厨隔处听蛮咻,礼拜堂中集女流"(《奉教》);如洋人赛马,"鞭丝络绎驰残照,尽是夷人乐晚晴"(《教场》);如洋银流通,"剩与生隅作生活,驼银以外即鹰银"(《银号》);如黑人花场,"乌番面目似妖魔,阿鸨天良狼若何"(《鬼倡》)。……三百首竹枝词,足可谓晚清厦埠诗歌界的"清明上河图"。

同处清末的王步蟾,则以《鹭门杂咏》名世。其杂咏60首,几可视为萧氏竹枝词的延续和补充。在王步蟾的笔下,岛上山川胜景、庙宇宫观、岁时节庆、世态民俗等,再次得以生动展现。赞美之余,诗人亦直面厦地之恶俗陋习,如抬神问药、师公红姨、千金嫁女、豪奢祀神、蓄婢养妾、聚族械斗、闯棍为祸、赌博成风、嗜毒成瘾……或抨击,或哀叹。诗人虽"转移风俗惭无术",但其诗却为后人留下旧时民生之风貌。

民国时的谢云声,对风土民情有更细微的观察与描写。谢云声以研究民俗为己任,撰有《闽歌甲集》《闽歌乙集》《闽谚集》《闽南风俗集》《台湾情歌集》《福建故事》等书册。谢云声又是诗人,枯燥的学术研究在其笔下,能化成活跃灵动的竹枝歌调。闽南的新正节庆与迎香盛典,其繁盛与奢靡为全国所稀见。谢云声的《闽南阴历新年竹枝词》和《鹭门迎香竹枝词》以不长的篇幅,将地方习俗做尽情地展示与有益地保存。即便在远渡南洋的日子里,谢云声一如既往地关注民风民情。本辑注收集的《新加坡新年竹枝词》《马来亚杂咏》等,即其同类作品的代表。

厦岛与台岛,隔海峡而相望。早年漳泉子弟东渡拓荒,也将闽南民俗移植海东。尽管时光迁移、岁月动荡,两岸民俗的同质同风始终不变。无论旅台的闽南子弟,抑或寓厦的海东人士,对两地民俗的认同感始终不变。台湾板桥林景仁,生于台湾,长于厦门,其《东宁杂咏》所载台湾习俗,如"上元节,未字之女偷折人家花枝";"腊月既望,各市廛竞压酒肉,名曰尾压";"四月八日僧童舁佛奏鼓作歌,沿门索施,谓之洗佛";"台人好事鬼,迎神赛佛几无虚月";"台人多养童媳,赘婿承祧"……就是闽厦民俗的无差别翻版。闽台的传统中元盛会盂兰盆节,在祖籍同安的彭廷选笔下,是"处处笙歌彻夜喧,香车宝马烂盈门";在厦门士子陈桂琛笔下,又是"宝盖珠幢供法筵,万家香火结因缘"。其热闹与奢华同出一辙,而对此类奢华的否定与批判,二人亦共情与同忾。

厦门向为进出南洋的要港,"过番"的闽南子弟,由此将闽南文化带往异国他乡。1893年，流寓泗水的厦人萧雅堂创作的《星洲竹枝词》（本辑注收于萧氏《新加坡竹枝词》组诗中）和《锡江竹枝词》，被新加坡学者李庆年称为"南洋竹枝词的奠基之作"（李庆年《南洋竹枝词汇编·南洋自竹枝词概说》）。随着南迁之士的增多，古老的中华诗体竹枝词亦在南洋地区广泛流传，其中闽厦子弟之功亦不可磨灭。在南洋地区的竹枝词中，既有椰风蕉雨的异国情趣，也有海外游子的艰难创业；既有漂泊异乡的痛苦哀伤，也有家山故土的思念渴望。而中外文化的融合，又是南洋竹枝词的一项重要内容。谢云声《新加坡新年竹枝词》所记录的异域节庆，有元旦的休业、亲友的拜年、连天的爆竹、相馈的礼品、压岁的红包，乃至赌场上的呼卢喝雉，大量的闽南元素充溢其中。而陈桂琛的《菲岛竹枝词》，则以中华典故解说异国俗尚，如菲女头顶篮筐，如"鳌戴三山"，如"蝺蛘"出行；菲女的衣着纱笼，则是"六幅湘裙"；菲人出殡，则有"悲歌薤露""白马素车"……

"南国诗宗"邱菽园的《星洲竹枝词》，虽称"用闽南语撰"（李庆年语），然其中仍方言与俚语杂用、英文与华文并存，再辅以诗末的解说，一幅幅星洲风俗图就此绘出。不同文化、不同语言的交织碰撞，予人以奇特的感受。如"白相游街唤敕桃，原从英语实吩劳"，将闽南话"敕桃"（玩耍），与上海话"白相"、广东话"游街"相联系，又阐说"敕桃"与英语"实吩劳"的关系。再如"绝倒头家娘叫惯，译来原是事头婆"，"头家娘"在闽南语中，是权势赫赫的老板娘，但一到粤语中却成猥琐的鸨母。邱菽园等侨胞的竹枝词，又有着很浓烈的家国情怀。即便是一个小小的足球，也能引出无限的乡愁，"初祖何人传蹴鞠？轩辕文化五千秋"。祖国抗日军兴，邱菽园又以"竹枝体"写了《抗战韵言》，虽这些竹枝词文句浅白、迹近宣传，然在特殊年代的特殊背景，依然能让人感受其浓烈的爱国情感。

鸦片战争之后，厦门成为通商口岸，商旅云集，五方杂处。浮华背后，恶俗横行：如烟毒，"人情嗜好迩来乖，洋药招牌处处皆"；如赌博，"叶子骰盆已盛行，字猜十二斗输赢"；如娼寮，"繁华赛过夕阳寮，灯火通明闹彻宵"。时代痼疾，难以避免。苏眇公的《鹭江惆怅词》虽也写花街柳巷，但贯穿诗作中的对强权的愤恨，以及对不幸者的哀伤，使得作品不再是无聊的"摘香撷艳"之作。

　　长期以来，闽省尤其是厦地，竹枝词的产量一直不被人看好。北京古籍出版社1997年出版的《中华竹枝词》（全六册），共收集竹枝词21660多首，而厦门的仅只潘庆琳《鹭江竹枝词》4首。北京出版社2007年版的《中华竹枝词全编》，收集竹枝词70000多首，所录入的厦地竹枝词也仅郑开禧《鹭门竹枝词》10首，潘庆琳《鹭江竹枝词》4首，林兆鲲《鹭洲竹枝词》2首，林憾《鼓浪屿竹枝词》1首，再加上林文湘的《浯江竹枝词》4首，充其量也就21首。萧宝芬《鹭江竹枝词》的缺位，无疑是地方文化的极大遗憾。因此，有幸获得《鹭江竹枝词》稿本后的第一念想，便是将其介绍给热爱民俗、热爱诗歌的同好，这也是辑注本书的驱动力。

　　本书搜集的竹枝词文本，有纯粹意义上的竹枝词，也有名以"杂咏""杂诗""棹歌""荔枝词""柳枝词"的竹枝调诗。历史上的厦门，与同安、金门、海沧等，有密不可分的关系。故诗作者的身份与此相关，或为厦同籍民，或为宦厦、寓厦人士。由于诸多原因，厦门竹枝词（调）的搜集，充满了诸多的遗憾。比如同安的李鼎臣（梅生），著有《同安竹枝词百首》，却已佚失。民国初年《江声报》编辑黄莪生，常于报纸副刊刊登竹枝词，也已无处寻觅。其他有如与之擦肩而过者、沉默于故纸堆者，又不知凡几。史料搜集整理的过程，就是一个发现惊喜的过程。我们相信，在历史研究步步深入过程中，必定会有新的发现和新的惊喜不断出现。

目　录

卷之一　鹭江竹枝词 …………………………………………… 1
　萧宝芬　鹭江竹枝词（三百首）………………………………… 1
　　谢章铤序

节候	版图	观日	朝天	戏龙	飞凤	海口
道头	街坊	屋宇	园亭	门第	湿路	明沟
蝇衙	蚊市	石槛	木檐	书院	教场	盐馆
税关	厘局	义仓	婴堂	义冢	虎溪	鹿洞
鸿山	鸡亭	奎宿	仙人	古屿	普陀	石泉
江火	白岭	碧山	紫岩	青墓	溪蓼	岩松
菜河	竹穴	分宫	列墓	圣圣	生生	四神
五将	士品	儒衔	书画	楷行	通士	蒙师
儒丐	狡童	虎药	鼠牙	文蠹	武蟊	兵丁
保甲	行商	郊铺	援例	雇工	银号	钱名
船艘	舢舵	鳌艇	龙艚	水夫	火壮	厕楼
更屋	董贾	线娘	解瘾	疗饥	吹螺	挏羯
捕鼠	阉猫	斗鹁	纵鸽	抢虎	拿龙	土优
影戏	线班	囊剧	脚夫	首丐	穿窬	椿碰
拿勒	房售	买路	劫船	斗乡	劫墓	执柯
酬简	颁糖	缚畜	行聘	试妆	酬婿	随娘
绣枕	加笄	饯嫁	别帏	敲镯	佩灯	迎舆

揭盖	偷杯	合卺	坐炮	穿花	同衾	折柬
拜堂	光座	贺房	设席	回舆	主馈	添口
联肩	弄璋	设帨	乞子	伪胎	招弟	谊娘
选姬	宠媵	私婢	讳娘	招郎	赘婿	醮妇
伙夫	便娠	良倡	营窟	迁乔	生辰	阴寿
药签	参剂	降僮	扛佛	迎棺	入殡	荐食
更衣	丢钗	填钱	丧戏	孝宾	停柩	卜茔
焚尸	点主	贺春	观艳	祝皇	拜后	看烛
听香	烟树	火埕	拾烛	分灯	净油	颁胙
福辰	慈诞	祭牙	送发	哀妇	情倡	后驾
王船	妆棚	看阁	蛇旗	龟桁	活佛	假僮
赛亭	醉辇	浴佛	祝仙	龙舟	龟饽	天门
地藏	搓丸	赛饼	看星	赏月	会兰	炊粟
围炉	压柜	春联	晦娶	烧金	补运	谈星
占课	作窍	抽签	奉教	听歌	掩羞	售艳
看屋	嗜妆	邀赌	祷寺	供床	祈嗣	添妆
放生	咒夭	花债	茶围	痴郎	劣妓	评艳
调腔	生客	暗房	赠郎	爱少	牵猴	打鸟
豢猪	走狗	夷妓	鬼倡	芟菜	拈花	僧眷
尼雏	募缘	课绣	先尼	情佛	半空	双秃
贩米	樵薪	菜蔬	鱼鲔	桃盐	豆粕	苓豆
芽蕉	炙蛄	烹蚓	厅帘	房几	短榻	长棡
署玉	裹巾	围肚	袭皮	时装	吉鞯	孩饰
婢妆	戴鬘	斗珥	短裾	窄袖	荇带	莲环
红裀	黄裳					

卷之二　厦门竹枝词 96
　释元璟　　厦门竹枝词（四首）........................ 96
　林兆鲲　　鹭洲竹枝词（六首）........................ 97

张锡麟	竹枝词（四首）	99
吴国翰	鹭门竹枝词（五首）	100
郑开禧	鹭门竹枝词（十首）	101
潘庆琳	鹭江竹枝词（四首）	103
中央半圭道人	鹭江竹枝词（四首）	103
陈如山	鹭江竹枝词（二十八首）	104
陈祖荣	鹭门竹枝词（十二首）	112
芹 采	厦门竹枝词（六首）	114
鹭江归客	厦门竹枝词（九十首）	116
赵复纡	鹭江竹枝词（八首）	139
陈秋影	鹭江竹枝词（八首）	141
陈菊痴	鹭江竹枝词（八首）	143
曾沧玲	鹭江竹枝词（二首）	144
王谷青	鹭江竹枝词（二首）	145
施耀亭	鹭江竹枝词（六首）	145
施可愚	鹭江竹枝词（二十首）	146
枇 杷	瓮菜河竹枝词（十四首）	150
林 憾	鼓浪屿竹枝词（十首）	152
贺仲禹	鼓浪屿竹枝词（六首）	154
地瓜子	鼓浪屿竹枝词（十首）	155
陈一策	同安竹枝词（二首）	156
程定远	同安竹枝词（二首）	157
任 丹	同安竹枝词（二首）	157
李烺焜	银城竹枝词（六首）	158
许廷圭	莲河竹枝词	159
林文湘	浯江竹枝词（四首）	160
李印山	浯江竹枝词（六首）	161
张茂椿	竹枝词（三首）	162
谢云声	闽南阴历新年竹枝词（二十一首）	163

谢云声	鹭门迎香竹枝词（十首）	169
香案吏	迎香词（九首）	173
彭廷选	盂兰竹枝词（十二首）	175
陈桂琛	盂兰盆会竹枝词（六首）	178
陈荣仁	五航船竹枝词（六首）	180
徐思防	斗龙舟竹枝词	181
陈 杰	斗龙舟竹枝词（二首）	181
洪焘生	斗龙舟竹枝词（二首）	182
钱丕谟	斗龙舟竹枝词	182
阿 策	康乐道竹枝词（七首）	183
琳 琅	姑嫂竹枝词（四首）	184

卷之三　别咏竹枝调 …… 185

林 豪	厦门港棹歌（四首）	185
林 豪	筼筜港杂咏（六首）	186
林鹤年	鹭江棹歌（并序）（二十首）	187
王步蟾	鹭门杂咏（六十首）	192
贺仲禹	鹭江杂咏（十首）	205
吴钟善	筼筜港棹歌（四首）	207
陈觉夫	鹭江杂咏（九首）	208
叶际唐	鹭江杂咏（十一首）	209
龚显曾	厦门绝句（四首）	212
黄子直	厦门杂咏（六首）	213
洪 浩	丙子重九鹭江杂诗（二首）	214
赖 和	厦门杂咏（十二首）	214
周 凯	插花词（四首）	217
林树梅	柳枝词	218
林鹤年	柳枝词	218
林鹤年	渔父词（五首）	219

李印山	采茶歌(四首)	220
林辂存	杨韵笙明府为杏香歌者索题(四首)	221
李正华	踏青词(二首)	221
陈桂琛	闺巧节(二首)	222
黄　瀚	村妇吟(七首)	223
庄克昌	新年竹枝调(四首)	224
庄克昌	四时田家杂兴(十六首)	225
苏眇公	鹭江惆怅词(二十一首)	229
邱菽园	抗战韵言(五首)	236
李　禧	厦门灯谜杂咏(十五首)	237

卷之四　羁旅竹枝调 243

蔡复一	芋江竹枝词(十首)	243
池显方	西湖竹枝词(四首)	245
池显方	湄洲竹枝词(五首)	246
吴兆荃	泉州荔支词(四首)	247
吴兆荃	兴化杂咏(四首)	248
王步蟾	沪江竹枝词(二十首)	249
沈琇莹	西湖采莲歌(四首)	253
周　凯	澎湖杂咏(二十首)	254
[附]陈廷宪	澎湖杂咏(二十首)	259
周　凯	咏　物(二十四首)	264
林树梅	台阳竹枝词(四首)	270
施士洁	台江新竹枝词(三十二首)	271
林景仁	东宁杂咏(三十一首)	277
王养介	打狗竹枝词(四首)	288
邱菽园	星洲竹枝词(一○六首)	289
邱菽园	元月十六夕新加坡即事诗并序(五首)	315
邱菽园	十六夜即事竹枝词(四首)	316

萧雅堂	新加坡竹枝词(十三首)	317
萧雅堂	锡江竹枝词(十二首)	319
谢云声	马来亚杂咏(十首)	321
谢云声	新加坡新年竹枝词(八首)	324
谢云声	越南蓄臻游艺展览会杂咏(六首)	325
陈桂琛	菲岛竹枝词(有序)(十八首)	327
洪镜湖	吉里门杂诗(四首)	331
李烺焜	星洲杂咏(二首)	332
孙世南	星洲杂咏(五首)	332
谢兆珊	槟屿谣(三首)	333
黄 錞	星洲杂咏(八首)	334
[附]黄瀚	和錞儿星洲杂咏(八首)	336
黄 錞	麻六甲杂咏(五首)	337

卷之五　闽南竹枝词 …… 339

袁 绥	闽南竹枝词(二首)	339
曾 懿	闽南竹枝词(八首)	339
申翰周	闽南竹枝词(十三首)	341
王廷灿	闽南竹枝词(七首)	345
李仰莲	闽台杂述(十三首)	347

后　记 …… 350

卷之一　鹭江竹枝词

萧宝芬① 　鹭江竹枝词（三百首）

谢章铤②序

  韵秋橐笔③厦岛，适某观察④新任观风⑤，以此命题。韵秋试作四十余篇，名列第一。后遂足成三百首。其初若虎药、鼠牙、文蠹、武蝨等篇，皆列有名字。观察欲据以捕治，诸无赖汹惧，将大与韵秋为难。韵秋不得已，悉删之。诗虽体格未尽合，而有关风土足备輶轩⑥，故备录之。

---

 ①　萧宝芬，又作萧宝棻，字韵秋，闽县人，生卒年不详。
 ②　谢章铤（1821—1904年），初字崇禄，字枚如，号江田生，又自称痴边人，晚号药阶退叟，福建长乐人。同治四年（1865年）举于乡，光绪三年（1877年）进士。晚年掌教福建致用书院，对晚清闽省文化界有广泛影响。著有《赌棋山庄文集》《赌棋山庄文集续编》《赌棋山庄文集又续编》《赌棋山庄诗集》《酒边词》《赌棋山庄续集》《赌棋山庄词话》《赌棋山庄词话续编》等。
 ③　橐笔：古代书史小吏，手持橐橐，簪笔于头，侍立于帝王大臣左右，以备随时记事，称作持橐簪笔，简称"橐笔"。后亦以指文士的笔墨耕耘。
 ④　观察：道台的敬称。
 ⑤　观风：指观察民情，了解施政得失。
 ⑥　备輶轩：指"备輶轩之采"。輶轩，使臣。

辛巳①药阶退叟手记

节　候

厦地多暖少寒。

　　寒暄十载客游中，海国光阴约略同。
　　数遍来鸿与去燕，一年多是谱薰风②。

版　图

方四十里，来往运载漳泉、石码、同安、玉洲、安海各渡船。

　　鹭江绵亘岛孤悬，运载全凭五渡船③。
　　横海程途四十里，生涯大半合漳泉。

观　日

鹭门胜迹约有二十余景，谨列于后。云顶岩上有观日台，可观日出，谓之"云顶观日"。

　　岩登云顶势崚嶒，观日台堪观日升。
　　一望海天莽万里，鲛宫蜃市④结层层。

---

①　辛巳：即清光绪七年，公元1881年。
②　薰风：和暖之风。
③　五渡船：指五航船。
④　鲛宫蜃市：鲛宫，即鲛室，传说中生活于海底的鲛人的住所。蜃市，海市蜃楼。

朝 天

万石岩石排如笏,谓之"万笏朝天"。

岖嵚①石径路盘旋,矗尔危岩势若悬。
到最上头一睥睨,果然万笏尽朝天。

戏 龙

龙须亭②地系龙穴,下有双桥跨水,如龙须然,谓之"龙须戏水"。

卜叶在田有见龙③,祥钟福地压千峰。
杨鬐④气若蒸云雨,六合乾坤一荡胸。

飞 凤

西城外有飞凤穴,里人建朝天宫以镇之,谓之"飞凤朝天"。

城西阙耸碧霄高,丹穴⑤居然凤振毛。
五色祥云扶翠辇,排空隐隐列仙曹。

---

① 岖嵚:形容道路崎岖不平。
② 龙须亭:即龙湫亭。
③ "卜叶"句:语出《易经·乾卦》"见龙在田,利见大人"。
④ 杨鬐:同"扬鳍"。扬鳍,谓水势浩大,如鱼扬鳍摆尾。晋郭璞《江赋》:"扬鳍掉尾,喷浪飞蜓。"
⑤ 丹穴:典出《山海经·南山经》:"又东五百里,曰丹穴之山,其上多金玉。丹水出焉,而南流注于渤海。有鸟焉,其状如鸡,五采而文,名曰凤皇。首文曰德,翼文曰义,背文曰礼,膺文曰仁,腹文曰信。是鸟也,饮食自然,自歌自舞,见则天下安宁。"

海 口

昔年海口空地均被英法各商占据添填,大兴土木,起盖番楼高极。

番商各国议和来,土木经营亦壮哉。
占尽海滨翻眼界,摩空金碧耸楼台。

道 头

傍海起落货物有十三道头①。

傍海道头有十三,人非负戴即肩担。
金陵慨自兵多燹,北货零星只望南。

近日江浙等处多故,北货甚少,多属粤东以及外洋等物。

街 坊

大市肆近海一带行屋地窄,每重叠楼阁以储货。

街坊近海地如金,狭处能宽见匠心。
楼上重楼阁上阁,储藏不匮擘筹②心。

屋 宇

厦有十八乡,人烟稠密,屋宇皆高于城墉。俗尚华丽,仿佛木

---

① 道头:即"路头",俗称渡头、渡口。道光《厦门志》称:"厦门渡连列者十三,各处大小船辏集停泊,乃通商要地。"
② 擘筹:安排策划。

衣绨锦、土被朱紫①。
　　　　烟火毗连十八乡，人家宛在水中央。
　　　　鳞鳞尽是墙低屋，丹艧②门庭灿一方。

园　亭

　　地少园亭，胜处唯凤池古境，有榕林别墅③，中多名流题壁，可供清赏。
　　　　一拓园亭有凤池，庭多树木壁多诗。
　　　　嚣尘谁处堪消夏，近得榕林也合宜。

门　第

绅衿④门首皆画司阍之神⑤。
　　　　同此乡间结比邻，许多门面不犹人⑥。
　　　　羁游欲识绅衿第，武尉文丞画有神。

---

①　木衣绨锦、土被朱紫：语出张衡《西京赋》："木衣绨锦，土被朱紫。"薛综曰："言皆采画如锦绣之文章也。"绨，光滑厚实的丝织品。锦，有彩色花纹的丝织品。朱紫，红色、紫色的官服。
②　丹艧：涂饰色彩。
③　榕林别墅：黄日纪《嘉禾名胜记》："榕林别墅，在厦城南门外，凤凰山之南，望高山之北。古榕攒簇，奇石屹峙，有堂、有楼、有台、有阁、有亭、有池、有果木、有花竹。盖近喧嚣而自成幽僻，入城市而若处山林者也。"
④　绅衿：泛指地方上体面的人物。
⑤　司阍之神：即门神。阍，门。
⑥　不犹人：不同于人。

湿　路

鹭门依山开道，多不平坦。其地近海卑湿，不雨亦滑。
　　道路崎岖势不平，高高下下碍人行。
　　途多泥滑非关雨，终日唯闻屐齿声。

明　沟

地多明沟，凿复不深，常有浊气，行者每掩鼻而过。
　　沿途多有两边沟，人似枯鱼市上游。
　　一值熏风烘暖气，行踪过处莫勾留①。

蝇　衙

灵应殿至草蟒庵一带苍蝇甚多，地为之黑，如蜂之闹衙②。
　　草蟒庵前臭味呵，喧阗蝇似闹蜂窠。
　　不图虫亦趋风闹，此地慕膻③分外多。

---

①　勾留：逗留。
②　蜂之闹衙：即称"蜂衙"，群蜂早晚聚集，簇拥蜂王，如旧时官吏到上司衙门排班参见。
③　慕膻：喻因爱嗜而争相附集。

蚊　市

瓮菜河①一带聚蚊成市。
　　　亦能破梦亦哦诗，傍晚偏同市哄时。
　　　居肆②功能成利器，针针见血逞神奇。

石　槛

屋中窗槛每用石条为之。
　　　小窗久坐爱多明，不道阴偏愜俗情。
　　　赢得凉宵休闭户，当前石齿列庚庚③。

木　檐

店铺檐前遮阳，多用木板为之，极其粗重。
　　　夹道横檐瓦接承，绿杉碧桧叠层层。
　　　纵教风雨能遮蔽，明月曾无露半棱。

---

　　① 瓮菜河：即蕹菜河，又名桂洲堆，旧称长寮河，1925年开筑马路填废。洪卜仁《厦门地方史讲稿》(1983年)："长寮河，一名鲲池，俗称蕹菜河。原河址在今新南轩酒家一带。妙香路的中岸巷、霞溪路的后岸巷，是这条河的一段河岸。"厦俗讹称蕹菜（空心菜）为"瓮菜"，据（嘉庆）《同安县志》卷十四《物产》载："瓮菜，《遁斋闲览》：本生东夷古伦国，人用瓮载其种归，故俗名瓮菜。"

　　② 居肆：倨傲放肆。居，通"倨"。

　　③ 庚庚：横布状。

书　院

　　城内提署旁有玉屏书院,又厦港有紫阳书院。今合在玉屏考校。

　　　　弹丸蕞尔小城隅,文教区联讲武区。
　　　　多士心香留一瓣,玉屏化雨尚涵濡①。

教　场

　　近南普陀里许,有演武亭。近日,英法诸商人每于傍晚时在此驰马。

　　　　演武亭空不阅兵,往来无数马蹄声。
　　　　鞭丝络绎驰残照,尽是夷人乐晚晴。

盐　馆

　　盐系官办。同安县盐大关,在洪本部,外双涵、厦门港、水仙宫、厦崎仔、曾厝庵②,皆有分馆。

　　　　鹾务③归官法却严,间阎犹是卖私盐。
　　　　蚩蚩④非不知科律,总为大关价未廉。

---

① 涵濡:滋润,沉浸。
② 曾厝庵:即曾厝垵。
③ 鹾务:盐务。
④ 蚩蚩:无知貌。

税　关

总口在岛美道，外口如厦门港、古浪屿①、排头门、刘五店、玉洲、浦头、石码、石浔、澳头，皆有分关。

　　海关货税重丝毫，草乌偏能揽载②逃。
　　官为漏卮③严哨捕，怎如龙断④有红毛。

草乌，船名。捷极，多依附番行，专走漏税。

厘　局

厦地推广厘金⑤，分为四局，曰常税分局，曰茶厘分局、洋北分局、匹头分局。按凭税则，入三折征，加二增耗。

　　凭将关课复加厘，推广征余作度支⑥。
　　常税茶厘洋北匹，分开四局有新规。

义　仓⑦

在东关外，旧储米粟以备不虞，今殆有名无实。

　　义仓储积久垂箴，丰岁先防水旱临。
　　此日晒场空晒日，可曾古法尚行今。

---

① 古浪屿：即鼓浪屿，旧称五龙屿。
② 揽载：招揽装运。
③ 漏卮：指漏税。
④ 龙断：即垄断，独占其利。
⑤ 厘金：旧时在内地交通要道对过往货物征收的税。
⑥ 度支：经费开支。
⑦ 义仓：旧时各地为备荒而设置的粮仓。

婴　堂

育婴堂在镇南关外，近年重修，立有册籍。
　　隘巷残生解脱良，广慈义建育婴堂。
　　离胎多少呱呱子，不识亲娘藉乳娘。

义　冢

自南普陀至外清多设义冢，收埋按年台湾太平船①载到枯骸，及本地无主暴露者，竖碑题云"万善同归"。
　　年年运到太平舟，风雨二陵②暴骨收。
　　万善同归安乐界，免教巫峡夜猿愁。

虎　溪

岩如虎形，月出落时，虎口中皆有月痕③，谓之"虎溪夜月"。
　　怪石天然猛虎蹲，入云深处绝尘喧。
　　石中定韫精华久，锯齿高张吸月痕。

---

　　① 太平船：道光《厦门志》："乾隆二十七年（1749年），台湾县夏瑚详设太平船，专运流寓兵民棺骸，于海屩寺内设棺厂收贮。"
　　② 二陵：典出《左传·僖公三十二年冬》，秦穆公欲潜师伐郑，蹇叔阻之，穆公不听，强行出师，"蹇叔之子与师，哭而送之，曰：'晋人御师必于殽，殽有二陵焉。其南陵，夏后皋之墓也；其北陵，文王之所避风雨也。必死是间，余收尔骨焉。'秦师遂东。"
　　③ 月痕：月光。

鹿 洞

白鹿洞晚际,漫山烟锁,谓之"白鹿含烟"。
　　暮烟袅袅翠漫山,白鹿遗踪迥①可攀。
　　六合洞中天一孔,萧然趺坐②隔尘寰。

鸿 山

鸿山寺前两峰对峙,每有旋风卷雨,丝丝交加如织,谓之"鸿山织雨"。
　　鸿山屈曲卷旋风,吹落丝丝密雨蒙。
　　可是天孙③工组织,轻梭抛掷向空中。

鸡 亭

金鸡亭地势最高,鸡常先唱,谓之"金鸡唱晓"。
　　金鸡高唱梦同惊,万户千门第一声。
　　唤醒世人当不少,恰如平旦听钟鸣。

奎 宿

魁星河上有奎光阁,山旁有石如斗,俗传"魁星拱斗"。

---

① 迥,高也。
② 趺坐:双腿交叠而坐,为僧人坐法。
③ 天孙:传说中巧于织造的仙女。

碧驾金鳌①海上来，巍然星阁逐江开。
山前拱斗撑拳石，罗列文峰此夺魁。

仙 人

仙洞外有岩石如掌，谓之"仙人抚掌"。

层峦叠嶂石庚庚，中有仙人一掌擎。
含却笑颜真绝倒，此间正似玉山行。

古 屿

古浪屿石崖相叠，顶有一石如幔，谓之"古浪洞天"②。

古浪屿前浪拍空，涛头一线海门通。
岩巅别有神仙府，巧辟洞天夺化工③。

普 陀

南普陀面海背山，山有五峰环列，俗传"普陀五老"。

南普陀悬五老峰，岚光拥出碧芙蓉。

---

① 金鳌：神话中海里金色的巨龟。
② 古浪洞天：即鼓浪洞天。
③ 化工：旧谓自然创造万物的功能。

游河①曾献中天瑞，道貌②岩岩③此地逢。

石　泉

石泉岩地有洌泉水涌出，谓之"石砌当泉"。

　　石髓④流香溅碧蹊，声声漱玉⑤落崖低。
　　挈瓶多少来奚仆⑥，山径弯环带月蹄。

江　火

圆通港⑦晚间渔舟回棹，灯火磷磷，谓之"圆通渔火"。

　　圆通港阔夕烟霏，罨画⑧村庄接翠微。
　　风定月斜渔返棹，满天灯火作萤飞。

---

　①　游河：典出《比考谶》："仲尼曰：'吾闻帝尧率舜等游首山，观河渚，有五老游河渚。一老曰河图将来告帝期，二老曰河图将来告帝谋，三老曰河图将来告帝书，四老曰河图将来告帝图，五老曰河图将来告帝符。有顷，赤龙衔玉苞舒图刻版。歌讫，五老乃为流星，上入昴。龙没图在。'"

　②　道貌：正经、严肃的外貌。

　③　岩岩：高耸。

　④　石髓：本指石钟乳，道家传说吃了石髓，可以长生不老。后因视石髓为神仙所食。此处喻泉流如石之精髓。

　⑤　漱玉：谓泉流漱石，声若击玉。

　⑥　奚仆：奴仆。

　⑦　圆通港：即筼筜港。

　⑧　罨画：色彩鲜明的绘画。

白 岭

白鹤岭山形如鹤,两边山脚宛如转翼,晚间分外逼真,谓之"白鹤下田"。

飞翔白鹤下芝田,高岭遥看势宛然。
向晚斜阳明一抹,两山翼似展蹁跹。

碧 山

碧山寺边多竹,俗传"碧山修竹"。

扶筇①转过碧山阴,断续疏钟度远林。
行到上方遮望眼,参天翠竹拂萧森。

紫 岩

西山紫岩寺上有一塔,俗传"紫岩塔影"。

峰露层岩似列屏,流丹②不似六朝青。
深幽洞府开仙境,塔影横斜户半扃。

青 冢

青冢山,俗传有黄姓在此牧羊,得窟金巨万,谓之"青冢埋金"。

乡阛回护绕高岑,芳冢名山共古今。

---

① 扶筇:扶杖。
② 流丹:流动着红色。形容色彩飞动。

却笑世人翻眼孔,爱山不及爱黄金。

溪 蓼

万寿宫边有小溪,溪多蓼花,谓之"蓼花溪美"。
　　红蓼花开浅水边,沿溪何处觅渔船。
　　萧疏影里明斜照,绘出清秋九月天。

岩 松

万寿岩多松,每晚涛声谡谡①,谓之"万寿松声"。
　　岚光翳霭②锁沧洲,万寿岩边望眼收。
　　涤却尘氛无着处,一山松韵半天秋。

菜 河

瓮菜河地低,每大雨,群山积水奔溢,俗传"菜河涨碧"。
　　方塘数亩绿交加,曲曲村环两岸斜。
　　碧涨雨添三尺水,缤纷藻采溢人家。

竹 穴

镇南关下歧路中有穴洼然③,中多翠竹,俗传"丛隆结穴"。
　　双叉路趁镇南回,穴结山腰地户开。

---

①　谡谡:劲挺有力貌。
②　翳霭:遮蔽。
③　洼然:凹陷貌。

入眼萧疏森玉竹，龙孙凤子尽胚胎。

分 宫

每乡必有一宫，铺多即以某宫为名。
　　逢乡各建一神宫，蕞尔①东西南北通。
　　欲识东西休问讯，牌悬三字庙门中。

列 墓

住宅多有近墓，其地亦以某墓为名。
　　当年此地少居人，渐辟荆榛结屋频。
　　扑地②闾阎③联古冢，莫嗤宅与鬼为邻。

圣 圣

此处宫庙只奉关帝、天后二圣，行郊铺户供奉二像，多以本郊字号两字押于冠顶，为分颂二圣联对。
　　忠臣孝女各千秋，供奉家家任祷求。
　　怪煞世人空颂圣，竟将郊号冠联头。

---

① 蕞尔：形容小。
② 扑地：遍地。
③ 闾阎：里巷。

生　生

俗有崇奉保生大帝与注生圣母①，合庙祀之。

两大乾坤本好生，其中宰制②有神明。
成男成女均崇奉，调燮③阴阳两抗衡。

四　神

城内万寿宫④有四大神将，俗妇女多敬末座者，有求辄应，香火盛极。

轩昂像似列金刚，首座光分末座光。
香火灵偏巾帼应，神兮儿女太情长。

五　将

俗多雕塑五将神⑤头，以配五行，并无全身。

无数伧兄合荐馨⑥，五行主宰镇幽冥。
龛前具有头颅在，赫赫厥声濯濯灵。

----

① 注生圣母：即注生娘娘。主司生育之神，专门保护孕妇、产妇和婴儿。
② 宰制：统辖、控制。
③ 调燮：调理。
④ 万寿宫：应为今之南寿宫。道光《厦门志》："南寿宫，在城内，祀天后、吴真人。两旁有四大将军。其站西下首者最灵，男妇祈祷络绎不绝。"
⑤ 五将神：即五行神。（唐）丘光庭《兼明书·五行神》："木神曰勾芒，火神曰祝融，土神曰后土，金神曰蓐收，水神曰玄冥。"
⑥ 荐馨：上供祭品。

粗俗人谓之"伧兄"。

士 品

厦士品学并优者,亦自不少。素所仰企,同在肆业之中,已觉指不胜屈。

人才蔚起本名区,况复鳣庭①懔②步趋。
知识③居先文艺④后,尽多握瑾与怀瑜。

儒 衔

士子每有尊称,以见珍重。

儒林未许俗人看,只为鸿逵⑤待振翮⑥。
艳羡青钱⑦能入选,头衔称得秀才官。

---

① 鳣庭:即鳣堂。讲堂。
② 懔:畏惧。
③ 知识:知道事理。
④ 文艺:撰述、写作之事。
⑤ 鸿逵:贤达君子的高超举止。
⑥ 振翮:振动羽翮。
⑦ 青钱:喻优秀人才。《旧唐书·张荐传》载:张荐的祖父张鷟"凡应八举,皆登甲科。再授长安尉,迁鸿胪丞,凡四参选,判策为铨府之最,员外郎员半千谓人曰:'张子之文如青钱,万简万中,未闻退时。'时流重之,目为'青钱学士'。"后遂以"青钱学士"赞许屡试屡中者,今以"青钱万选"称屡选屡中的文章或喻人之文辞出众。

书 画

兼优楮墨①与丹青，东谷先生杨紫庭。
更羡西村隶超绝。砚砖卅九尚留铭。

叶孝廉东谷，名化成。杨茂才紫庭，名凤来。吕故孝廉西村，名世宜，家有端砚卅九。

楷 行

宾秋韶秀②雪庵圆，楷法名家各卓然。
濡染淋漓间走笔，草书近亦有晴川。

林茂才宾秋，名鹓翔。卢广文雪庵，名春魁。林茂才晴川，名呈材。

通 士

通文艺者多，通诗赋者少。
攻苦芸窗③十载逾，能谙八股即通儒④。
骚坛若使森旗帜，可解敲金戛玉⑤无？

---

① 楮墨：纸和墨的代称。亦指书画或诗文。
② 韶秀：美好秀丽。
③ 芸窗：书斋。
④ 通儒：通晓儒家经典、学识渊博的学者。
⑤ 敲金戛玉：形容声音铿锵。

蒙 师

此处开馆训蒙①者，笔墨银朱，生徒按日匀摊供给。

也有寒儒学守株，满堂桃李课之无。
经书句读休拘束，较及锱铢②墨与朱。

儒 丐

多有赋芹③者，凡郊铺中虽无半面之识，亦皆飞柬索仪④。

鹏程奚必入云霄？赚得青衿⑤似莫聊。
丹柬飞馀当伸掌，不拘吴市⑥也吹箫。

狡 童

亦有陋习，多扰青楼。

夕阳门巷往来频，竟使娥眉空笑嚬⑦。

---

① 训蒙：旧时学塾对儿童进行启蒙教育。
② 锱铢：极少的钱，比喻微利。
③ 芹：微薄。
④ 索仪：索要礼物。
⑤ 青衿：古代学子穿青衿（青领）之服，后因称士子为青衿。
⑥ 吴市：成语有"吴市吹箫"。典出《史记·范雎蔡泽列传》，范雎曰："伍子胥橐载而出昭关，夜行昼伏。至于陵水，无以糊其口，膝行蒲伏，稽首肉袒，鼓腹吹篪，乞食于吴市，卒兴吴国，阖闾为伯。"篪，竹管乐器。"吴市吹箫"，亦指行乞街头。
⑦ 笑嚬：欢笑或皱眉。

莫怪青楼深拥被,闭门先谢①读书人。

虎 药

勾通胥役,捏词妄控,号为"调虎药"②。
  吏胥丁役亦相邀,臂指供余气愈骄。
  人畏儒生如畏虎,只因虎药善烹调。

鼠 牙

亦多兼作讼师③。
  敦诗说礼旧名家,文艺④抛余案牍加。
  不少茆芹⑤吟薄采⑥,穿墉⑦分外鼠多牙。

文 蠹

闻有不守卧碑⑧者十人,俗称"十八学士",不知其姓氏及何

---

① 谢:推辞。
② 调虎药:也称"合虎药"。《厦门志》卷十五《风俗记》:"讼师、阊棍、衙役三者合而为一,择肥而噬,名曰合虎药。大抵控阴私,牵及妇女,藉案图诈,官不加察,姑准之。遂目无法纪。"
③ 讼师:旧时代写状子,助人争讼的人。
④ 文艺:撰述和写作方面的学问。
⑤ 茆芹:莼菜与水芹,皆水草名。喻指泮水、学宫。
⑥ 薄采:《诗经·鲁颂·泮水》:"思乐泮水,薄采其芹。"
⑦ 穿墉:墉,墙。《诗经·行露》:"谁谓鼠无牙?何以穿我墉?"
⑧ 卧碑:明代洪武年礼部颁学校禁例十二条,禁生员不得干涉词讼及妄言军民大事等,刻石置于学宫明伦堂之侧,称为"卧碑"。

时人。

曾向芸窗①食过书,咬文嚼字任侵渔②。
蝉联也结瀛洲③侣,利薮④能钻尽裕如。

武 蓝

有愍不畏死⑤者三十六人,俗称为之"三十六猛",亦不知其姓氏及何时人。

鸱心术擅草锄根,赳赳桓桓⑥亦将门。
全是天罡半地煞,肩撑三角肆鲸吞。

兵 丁

厦兵左右中前后,凡五营,每营一千人。

前后中兼左右营,貔貅⑦亦聚五千兵。
门前不减昆明水⑧,可有军声摄海鲸。

---

① 芸窗:书斋。
② 侵渔:侵夺,从中侵吞牟利。
③ 瀛洲:唐太宗在城西建文学馆,当时称被选中者为"登瀛洲"。
④ 利薮:财利的聚集处。
⑤ 愍不畏死:强横之人不惧死。愍,祸乱。
⑥ 赳赳桓桓:威武雄健貌。
⑦ 貔貅:喻指骁勇之师。
⑧ 昆明水:指昆明池。汉武帝欲通使身毒国,为南越昆明国滇池所阻,故在长安西南凿昆明池,以习水战。

保 甲

共十八保①，皆有团练。
　　豫防②外侮杜戎锋，村有余夫③铺有佣。
　　团练联将十八保，海隅兵更寓商农。

行 商

此处巨商践实④经营，不似榕城铺张门面。
　　行户规模另有章，外观端不藉铺张。
　　门前无限清凉况，那觉船方整外洋。

郊 铺

客货招之入行，主值代卖，招其二分，谓之"九八郊"。
　　郊户⑤全凭客货投，奚论海澨及山陬。
　　利途⑥纵觉今殊古，伸费由来九八抽。

---

①　十八保：据道光《厦门志》载，清代厦门城区分四社十八保。分别为福山社辖四保：前园保、外清保、南联溪保、南双溪保；怀德社辖四保：吴厝保、溪岸保、岐西上保、岐西下保；附寨社辖五保：永丰保、西江保、连真保、新和保、大中保；和凤前后社辖五保：张厝前保、张厝后保、黄厝保、厦门港保、鼓浪屿保。
②　豫防：同预防。
③　余夫：古代谓法定的受田人口之外的人。
④　践实：踏实、切实。
⑤　郊户：即郊商，大批发商。
⑥　利途：取利之途径。

援 例

近开捐例①，市井中人皆有职衔。

　　俗无笑贱只嫌贫，得志休论甚出身。
　　一自捐需优奖下，煞时市井尽乡绅。

雇 工

雇佣挑货，俗曰"雇捞"。十三道佣挑系属何族，皆有定业，辛工亦有成章，外姓不得混淆。

　　雇捞大半属强乡，远近辛资自主张。
　　各据一隅作田亩，人思越畔莫商量。

银 号

近无纹银转运，市间行用只有捧番银②，谓之"驼银"。英番银谓之"鹰银"。

　　西洋船本碍商民，白镪③难胜转运④频。
　　剩与生隅作生活，驼银以外即鹰银。

---

① 捐例：清代纳资捐官的规例。
② 捧番银：指西班牙的"本洋"银。
③ 白镪：白银。
④ 转运：运输。

钱　名

币少官铸，皆资转运。多以光中钱①行用，大者号为"明金"。
　　泉刀②利用宝宜通，子母兼权③市法同。
　　串串飞蚨④轻又便，明金钱是号光中。

船　艘

是处入港商艘，南北船外，更有大船小照者，曰"祥芝船"；商船透洋者，曰"红头船"。招其进口，海关文武皆有规例⑤。
　　透南透北透西洋，船照逾经费倍常。
　　关口道厅文武汛，按章折取寓招商。
北船走南，南走北华，走洋皆谓之"透"。

舡　舵

另有港内小船为商船起落货物，大者名为"大舡"，小者名为"双桨舵"。海中驶舵者，半皆石浔乡吴姓。
　　橹摇桨荡寄生涯，水道环如蚁阵排。
　　两两三三咏客与，江乡大半属吴淮。

---

① 光中钱：越南西山朝阮文惠（又名阮惠）时期的钱币。
② 泉刀：钱币。
③ 子母兼权：放债生息，经商取利。
④ 飞蚨：钱的别称。
⑤ 规例：常规惯例。

鳖 艇

渡船舱顶皆作鳖形,取其储货,亦善蔽风雨。
　　渡船舱尽鳖形如,背稳心虚货易储。
　　来往只凭潮涨退,任教风雨疾兼徐。

龙 艚

武营、海关所设,以为哨捕。近日似乎虚设。
　　壮丁轮值度支①供,击楫中流备折冲②。
　　一遇海鲸偷入港,龙艚卦已演潜龙③。

水 夫

地多咸水,不可为炊。民间食者,多藉古浪山泉。早晚水船载至道头,水夫挑往家家售买。
　　古屿山偏出冽泉,清晨运到隔江船。
　　压肩水价分高下,或作薪炊或茗煎。

火 壮

此处回禄④,邻近者皆用砖石掷下,以防乘机抢夺。救火壮

---

①　度支:指经费开支。
②　折冲:制敌取胜。
③　潜龙:《周易》乾卦的第一爻为"潜龙勿用"。意为事物萌生,力量单薄,不宜轻举妄动。应当积蓄力量,夯实基础,待时而动。
④　回禄:传说中的火神,借指火灾。

丁，皆戴竹鍪，持各铺撒灯为号。

　　一阵兜鍪①一号灯，长枪短戟众喧腾。
　　沿衢休便抛砖石，此是救荧②大股肱③。

厕　楼

厦地田土硗薄④，道无弃灰。厕所上皆有小楼，夜间有人看守，以防偷窃。

　　三尺楼悬厕所滨，此君鼻已脱凡尘。
　　无声无臭潜高卧，道是羲皇以上人⑤。

更　屋

挨铺街中，多有小屋一橱。橡矮门低，大仅如床，可容一人出入，以为巡街歇宿。

　　半堵⑥萧然夜夜防，亦为房屋亦为床。
　　鞠躬如也公门人，镇日⑦赢来⑧午梦长。

---

①　兜鍪：古代战士戴的头盔。此处代指救火丁壮所戴的竹笠。
②　救荧：救火。荧，火星。
③　股肱：大腿和上臂。喻指有力的帮手。
④　硗薄：（土地）坚硬不肥沃，瘠薄。
⑤　羲皇以上人：伏羲氏以前的人，即太古的人。比喻无忧无虑，生活闲适的人。
⑥　堵：围墙。
⑦　镇日：整天。
⑧　赢来：换来。

董 贾

卖玩器者，每盛一竹簪①上门招买，市上甚夥，谓之"董贾"。
  物华天宝垄成堆，手抱簪篮去去来。
  美玉于斯非韫匮②，但求善价即沽哉。

线 娘

多有老妇携一竹篮，中盛针线，沿街为人缝纫，谓之"线娘"。
  一篮碎布合残缣③，命薄唯工针线拈。
  缝纫生涯作糊口，何曾女手有纤纤。

解 瘾

此处买洋烟④者极多，每垂帘悬灯为号。
  人情嗜好迩来乖⑤，洋药招牌处处皆。
  一桁⑥竹帘灯一盏，斯间果是妙香斋。

疗 饥

夜间卖点者极多，竟成夜市。

---

① 竹簪：竹笠。
② 韫匮：藏在柜子里。
③ 缣：双丝的细绢。
④ 洋烟：即鸦片。
⑤ 乖：不同。
⑥ 桁：架。

白酒蚵糜麦粉丝，宵中有市不嫌迟。
五更枵腹①君休虑，门外犹过方舍龟。

"方舍龟"，粿名。糖粥，曰"白酒"。蛎粥，曰"蚵糜"。

吹　螺

屠猪者入市求售，皆吹螺为号。

朝朝绕道听吹螺，讶是兵丁巡海多。
童子开门看队伍，谁知屠贾压肩过。

挏　羯

卖饧②者击鼓为号。

路过三叉趁晚晴，频挏羯鼓③听声声。
浑疑花事忙难了，不道长街是卖饧。

捕　鼠

有捕鼠为生者，夜间持火巡街逐鼠，伺有回头则促之。

被擒机在急回头，鼠窜居然入鼠囚。

---

① 枵腹：空腹，谓饥饿。
② 饧：同"糖"，为饴糖、麦芽糖之类。
③ 羯鼓：羯鼓：古代的一种鼓。两面蒙皮，腰部细。成语有"羯鼓催花"。典出（唐）南卓《羯鼓录》："（唐玄宗）尝遇二月初诘旦，巾栉方毕，时当宿雨初晴，景物明丽，小殿内庭柳杏将吐，睹而叹曰：'对此景物，岂得不与他判断之乎？'左右相目，将命备酒，独高力士遣取羯鼓。上旋命之临轩纵击一曲，曲名《春光好》，神思自得。及顾柳杏，皆已发拆（坼）。上指而笑，谓嫔御曰：'此一事，不唤我作天公可乎？'"

油火光中具手眼,灵猫应许结同俦。

阉　猫

阉猪阉鸡,到处皆有,唯厦地更有阉猫。
　　逾垣未免越东家,牝牡求馀踪迹遐。
　　但使蕃生①机窍去,威施捕鼠更无加。

斗　鹑

俗好斗鹑②为赌。
　　掌握光阴历炼精,蓄将锐气冀功成。
　　纷纷莫漫雌雄决,且向圈中借背城③。

纵　鸽

鸽多野放,不能成阵。
　　双双好合④比雎鸠⑤,挥却竿头不自由。
　　恰似鹳鹅军⑥漫点,可曾能发亦能收。

---

　①　蕃生:繁衍生殖。
　②　鹑:鹌鹑。
　③　背城:决战。
　④　好合:语出《诗·小雅·棠棣》:"妻子好合,如鼓瑟琴。"子,你。
　⑤　雎鸠:典出《国风·关雎》:"关关雎鸠,在河之洲。窈窕淑女,君子好逑。"
　⑥　鹳鹅军:列阵的军队。

抢　虎

抢钱虎，赌场供奉之神，宝场①最敬祀之。俗压宝，谓之"打铜城"。

（一）
抢钱有虎作经营，顷刻能教箧倒倾。
笑煞不知机械②者，佳名犹诩打铜城。

（二）
亦有骰摊、棋谱、双副、四色诸赌。
骰摊棋谱与诗猜，双副场兼四色开。
嗤彼囊空身倦后，犹言明日早些来。

拿　龙

夜间沿街敲竹板者，乃为人抚摩肢体，名为"拿龙"。每伺人熟睡，即窃其衫履而逃。

（一）
此君手段擅高强，筋骨疲时有妙方。
手舞连珠施绝技，原来床是卧龙冈。

（二）
探骊③妙手显神通，一梦才知拿法工。
衫履尽归乌有处，鳞兮如脱爪兮空。

---

① 宝场：赌场。
② 机械：巧诈多机心。
③ 探骊：语出《庄子·列御寇》："夫千金之珠，必在九重之渊，而骊龙颔下，子能得珠者，必遭其睡也。"成语有"探骊得珠"。骊，黑龙。

土　优

土优有七人成班者，名"七子班"①。多演《陈三磨镜》一出。
　　新班名托在桑鸠②，乱打铜钲涩转喉。
　　每唱陈三磨镜曲，管他红粉在前头。

影　戏

夜间结棚，用纸蔽隔。一人于内燃灯唱演，名为"影戏"。
　　楚调蛮腔聒耳频，模糊灯影认难真。
　　世情鬼蜮皆如此，莫笑台中演剧人。

线　班

即傀儡。天君生前一日，挨家祷祝，必演一出。各班四散，沿街打锣招演，每出不过数蚨。
　　登台班是冠诸优，动作全凭线索抽。
　　木偶两身锣一面，年年皇诞叩门售。

囊　剧

用土木小偶，饰以衣服，伸指其中，转运唱演，俗谓"布袋

---

①　七子班：陈佩真、苏警予、谢云声编《厦门指南》（1931年）："戏仔，又名七子班。演员只七人，皆童子，且多坤角，以善送秋波为唯一艺术。台下观众恒因此酿成斗争。"
②　桑鸠：布谷鸟。

戏"。各处皆有,唯厦地肢体皆全,指法工绝。

　　架中唱演两人兼,小小衣冠套指尖。
　　神妙工夫运诸掌,竟成活相绝无嫌。

脚　夫

　　为人持舆负寄远皆曰"脚夫",处处皆有。唯厦地以此营生者尤多。

　　人中牛马路盘钞,旅橐行囊珍重交。
　　也算山川钟毓妙,壮丁多是足能跑。

首　丐

　　厦地丐首皆有役缺,可以买卖。船商多时,每年有数百金出息。

　　管领江湖众弟兄,向人伸掌作营生。
　　船商冷淡余郊铺,例减从前八九成。

　　从前船商来往,丐费甚多。自躲舨通商,丐首不敢向其索费,唯余郊铺而已。俗谓"几分"为"几成"。

穿　窬[①]

　　偷术不一,甚有僻乡僻巷由地开穴而入,谓之"滚地龙"。

　　穿窬妙具挟刀钯,怪脸妆成似夜叉。
　　钻穴逾墙兼滚地,五更正好入人家。

---

　　① 穿窬:穿壁逾墙。

椿 碰

　　黑夜捣人门户，肆行抢劫，谓之"椿碰"。去时升炮鸣锣为号，恐有漏党被擒。

　　　　椿碰刁风亦可憎，率徒劫抢势崚嶒。
　　　　临行还响三声炮，不畏明庭按律绳。

拿 勒

　　柏头①乡一带，多拿人勒赎。人被荼毒，剥肤断体，尚须保认重价赎回，不敢具控。

　　　　藐法顽乡逼尔联，拿人勒赎恶弥天。
　　　　私刑煅炼②填溪壑③，剩却残肤更值钱。

虏 售④

　　拿人卖番者，曰"客头"。人如暗路孤行，多被虏去。

　　　　别有佥壬⑤是客头，髫龄⑥勾引落夷舟。
　　　　暗中巧设牢笼计，宗绪⑦教人一线休。

----

①　柏头：即琼头。
②　煅炼：以逼供等高压手段，陷人于罪。
③　填溪壑：义同成语"溪壑无厌"，比喻贪欲很大，难以满足。溪壑，山里的河流深谷。
④　虏售：即俗称"卖猪仔"。虏，同"掳"。
⑤　佥壬：小人，奸人。佥，通"憸"。
⑥　髫龄：幼年。
⑦　宗绪：祖先的事业。

买　路

同安一带多有截路勒索,名曰"买路钱"。

　　沿途豪客绿林潜,为道行装合戒严。
　　饮水投钱①传郝子,此君想是励人廉。

劫　船

柏头、潘都、关碍②各乡皆系贼薮,其住屋虚架橡瓦,官军至,即并折载船中而逃。

　　海上横行自有巢,商艘不幸遇咆哮。
　　忽然泛宅浮家遁,为有官军欲进剿。

斗　乡

俗多因小衅竟至连乡械斗,谓之"碰乡"。

　　口头衅隙③启嫌疑,正是凶夫奋臂时。
　　东也刀枪西剑戟,联乡械斗竟忘疲。

劫　墓

地多开坟劫棺之盗。

---

①　饮水投钱:(汉)应劭《风俗通义·愆礼》:"(郝子廉)每行饮水,常投一钱井中。"比喻廉洁不苟取。
②　潘都:即潘涂。关碍:即官浔。
③　衅隙:纠纷、争执。

术擅钻坚入墓门,搜求珠贝昔年存。
致令古冢无完骨,鬼亦含冤在九原①。

执 柯②

为媒妁者,身皆披采。

夭桃秾李待春风,二姓端资③好语通。
预兆百年偕老庆,先将媒妁采披红。

酬 简

定庚④日,女家回帖,谓之"酬简"。女亲剪鞋样,附送婿家。

许字⑤郎先弓样谙,红绫亲剪笑娇憨。
他年贴地莲花朵,分寸凭启仔细参。

颁 糖

许字日,婿家送糖品数筐,女家遍颁戚友。

颁遍亲邻与故交,相沿遗俗亦堪嘲。
郎心大半甘如醴,愿把饴饧⑥比漆胶。

---

① 九原:即黄泉。
② 执柯:做媒。《诗·豳风·伐柯》:"伐柯如何?匪斧不克。取妻如何?匪媒不得。"
③ 端资:的确需要。
④ 定庚:订亲。
⑤ 许字:许配,许嫁。《礼记·曲礼上》:"男子二十,冠而字……女子许嫁,笄而字。"
⑥ 饴饧:指饴糖。

缚 畜

受聘①日,男家送全猪、羊各一。女亲用五代钱、蚶谷各两串,为猪羊结采。
　　扛来刚鬣与柔毛,结彩偏劳女手操。
　　莫使豕交还兽畜②,同心但愿结坚牢。

行 聘

行聘币帛外,更有各色大宝糖、鲜花为礼。
　　璧合珠联金玉相,乾坤书已定鸿章。
　　随将采币③行征聘,富贵花兼百宝糖。

试 妆

女家即于纳采日④试妆。
　　庭实⑤煌煌正塞门,新妆兀理粉脂痕。
　　问渠今日缘何事,含笑低头不肯言。

---

① 受聘:女家接受男家之聘礼。
② 豕交、兽畜:比喻待人接物没有礼貌。《孟子·尽心上》:"食而弗爱,豕交之也;爱而不敬,兽畜之也。"
③ 采币:币帛,彩色丝织品。古代常用作馈赠的礼物或聘礼。
④ 纳采日:即受聘日。
⑤ 庭实:陈列于堂上的物品。

酬 婿

报币①礼仪中,必有新郎肚围一袭。女亲自挑绣,系以金链。

香闺不语度鸳针②,酬聘无多意较深。
一幅肚围挂金链,愿将牢系阮郎心。

随 娘

嫁女虽寻常家,必有随从。

算是寻常嫁女家,也曾随从有双丫。
近时夫婿多轻薄,遮莫③妖娆艳似花。

绣 枕

贫家奁具④不备,必有绣枕一对。

寒俭家风迨吉⑤吟,妆奁莫及合欢衾。
殷勤绣有鸳鸯枕,罄尽爹娘一片心。

---

① 报币:回报的礼物。
② 鸳针:绣鸳鸯图的金针。
③ 遮莫:莫要。
④ 奁具:盛梳妆用品的盒子,指嫁妆。
⑤ 迨吉:指女子出嫁。《诗经·召南·摽有梅》:"求我庶士,迨其吉兮。"

加笄

　　加笄①日，妆罢，用大筥②一，中安椅子。女登其上，有福女人为之穿裙。

　　　　妆罢双双烛剪红，飘然霞举欲凌风。
　　　　疑从群玉山头见，留得仙裙曳晚风。

饯嫁

　　嫁前数日，盛设吉宴。女在上座，父母兄弟列坐其次，为之作饯。

　　　　珍馐罗列敞华堂，饯嫁今朝各举觞。
　　　　旁坐爷娘下弟妹，靓妆娇女在中央。

别帏

　　女临行时，遍拜家中神佛暨谢父母。

　　　　拜佛兼怀父母恩，临歧③密语几温存。
　　　　娇啼宛作家庭恋，虚把绫巾掩泪痕。

---

① 加笄：谓以簪束发。古时女子十五岁始加笄，表示成年。
② 大筥：即栲栳，用竹篾或柳条编成的器物。
③ 临歧：临别。

敲 锣①

婿家亲迎，必请亲友中有父母妻儿者二人在舆，为其敲钲②开道。

峨冠博带喜叨陪③，敲锣车疑记里推。
舁过街衢伸手打，声声报道福人来。

佩 灯

更有二人灯佩舆后，礼同敲锣。

蓝舆④旁挂两红灯，人坐中央手自凭。
簇拥前行添喜气，彬彬扈从⑤尽亲朋。

迎 舆

亲迎之礼，豪家亦有行焉。

冠盖拥途步武⑥徐，新郎亲自迎銮舆。
斯家想是真知礼，岂独蜚声耀里闾。

---

① 锣：古代乐器，形似小钟。
② 钲：古乐器，用铜做的，形似钟而狭长，有长柄可执，口向上，以物击之而鸣。
③ 叨陪：叨光陪侍。
④ 蓝舆：竹轿。
⑤ 扈从：随从。
⑥ 步武：脚步。

揭 盖

新娘进房,即将盖冠红绫掀起,与新郎对坐合卺①。
　　掀起红绫盖凤冠,明珠此日落晶盘。
　　双行宝炬琼筵②闪,疑是嫦娥下广寒。

偷 杯

伴新郎往女家亲迎者,谓之"伴行"。吃茶必挟其杯而返。
　　鼓吹声中赋好逑,伴行茗各一杯酬。
　　斯时贵客工藏器,不讳称为从者廋③。

合 卺

娶日不拜堂、不会客,房设两筵,合卺对坐竟日。妇云鬟上堆插首饰,加以凤冠,倍觉昂极。
　　请下香舆入洞房,双筵对坐似禅床。
　　金身丈六菩提树,佛国光阴分外长。

---

　　① 合卺:合卺。卺是瓢,把一个匏瓜剖成两个瓢,新郎、新娘各拿一个饮酒,是旧时成婚时的一种仪式。
　　② 琼筵:华丽珍美的宴席。吴雅纯《厦门大观》:"洞房之中,另开一宴,名'合卺'席。办十二碗,多为生物。男女对坐,由陪嫁娘举箸夹馈。每夹一物,道吉利语一套,大抵为生男、中状元、做大官之类口吻。"
　　③ 廋:同"廋",隐藏。

坐 炮

新娘舆中安纸糊炮鼓,中盛连元①炮。到婿家,即将炮鼓发放。

连元鼓预报连元,拥入红舆送过门。
他日蝉联符吉兆,定知百子庆千孙。

穿 花

娶妇三日,已嫁姊妹手捧鲜花一盘,面向新妇,导其出房。在厅中环绕而行,然后交拜。

姑捧名花向嫂招,居然翡翠对兰苕②。
凌波环舞红莲朵,八尺猩毡步步娇。

同 衾

三日而后成礼,先配后祖③之意。

合卺醉余鸳梦浓,果然此会是奇龙。
椿萱④还俟三朝拜,先上巫山十二峰。

---

① 连元:旧指科举连中解元、会元,或连中会元、状元。
② 兰苕:兰花。
③ 先配后祖:先婚配再告庙(祭告祖先)。
④ 椿萱:代指父母。

折 柬

娶之翌日,郎亲往邀请戚属,坐舆铺以红毡。
　　舆坐红毡门外停,躬亲折柬①入中庭。
　　逢人定问新娘貌,燕瘦环肥②领略经。

拜 堂

娶后三日交拜,婿如常礼顿首,妇仰面手上拱,无下拜,俗谓之"反拜"。
　　鸾笙凤管③夹鸳丝,展拜④双双礼亦奇。
　　娘自仰观郎俯察,何曾菩萨尽低眉。

光 座

客来贺者,礼毕,进龙眼茶一杯,鸡子汤一碗。
　　蝉联珠履座生光,龙眼茶兼鸡子汤。

---

① 折柬:同"折简",书信。
② 燕瘦环肥:形容女子体态不同,各有各的好看之处。燕,汉成帝皇后赵飞燕。环,唐玄宗贵妃杨玉环。典出苏轼《孙莘老求墨妙亭诗》:"杜陵评书贵瘦硬,此论未公吾不凭。短长肥瘦各有态,玉环飞燕谁敢憎。"
③ 鸾笙凤管:笙箫之乐的美称。
④ 展拜:拜谒,行跪拜之礼。

一碗琼浆齐领略,蓝桥杵①是捣元霜②。

贺 房

客拜贺毕,即请入新娘房,进以蜜果一盘。客以吉语为贺。
　　翠栊掀起水晶帘,有妇娉婷看莫嫌。
　　围碟中多陈蜜果,酬君吉语且尝甜。

设 席

受贺之日,喜筵只宴女客。内择父母俱存少女,与新娘同席。
　　此日华筵绮阁开,诸姑伯姊一齐来。
　　鬟红黛绿团为乐,新妇还须少女陪。

回 舆③

回舆无定期,另择吉日。回时多另设卧房,如招赘然。

---

　　① 蓝桥杵:比喻男女相爱之情。典出(唐)裴铏《传奇·裴航》:唐穆宗长庆中,秀才裴航因落第出游,遇樊夫人,有国色。裴航爱慕之至,夫人乃赠诗云:"一饮琼浆百感生,玄霜捣尽见云英。蓝桥便是神仙窟,何必崎岖上玉清!"裴览诗不解。后归京,经蓝桥驿,渴甚,向一老妪求浆,遂见云英,艳丽惊人。裴航求婚,老妪提出:须得玉杵臼捣药,即可相许。裴约定以百日为期。至京城,以重金购得玉杵臼,携至蓝桥。云英又命其捣药百日,然后结为夫妻。婚礼中,仙女樊夫人亦来祝贺,乃知其为云英之姊。
　　② 捣元霜:即"捣玄霜",借指男女求婚。
　　③ 回舆:新娘婚后回娘家。

诹日①回舆集羽觞②,门楣此会大辉煌。
馆甥③礼是今行古,安置东床④另有房。

主 馈

新妇时唯日盛妆饰,井臼⑤之事多属暮年。
侬是娘家掌上珠,妇人义⑥只取从夫。
主张中馈⑦他年事,井臼操时待作姑。

添 口

娶妇必买婢以供呼唤,倩⑧姥为炊,俗呼佣妇为"姥"。
蓝田⑨因欲玉成团,淡泊儒风料理难。
家口重重肩压担,婢供呼唤姥为餐。

---

① 诹日:商量选择吉日。
② 羽觞:酒杯。
③ 馆甥:女婿。
④ 东床:女婿。
⑤ 井臼:汲水舂米,泛指操持家务。
⑥ 妇人义:(唐)周仲美《书壁》:"妇人义从夫,一节誓生死。"
⑦ 主张中馈:负责家中供膳诸事。
⑧ 倩:请。
⑨ 蓝田:(宋)林洪《山家清供》:"魏李预每羡古人餐玉之法,乃往蓝田,果得美玉种七十枚。为屑服饵,而不戒酒色。偶病笃,谓妻子曰:'服玉,必屏居出林,排弃嗜欲,当大有神效。而我酒色不绝,自致于死,非药过也。要知长生之法,当能养心戒欲,虽不服玉,亦可矣。'"

联 肩①

寻常归宁②,婿亦相随。妇家必另设卧榻。
　　夜夜鸳鸯本熟眠,奚容归去不联肩。
　　从知此地调琴瑟,分外鸾和韵入弦。

弄 璋

生子,家煎鸡子加于秫③食上,沃之以膏,曰"油饣宾④"。遍颁邻戚报喜。
　　果然吉梦叶飞熊,报喜重重礼却隆。
　　油饣宾炊来佐鸡子,遍颁戚属及邻翁。

设 帨

生女礼同,俗妇尤钟爱女儿。
　　虺蛇⑤协吉⑥礼无殊。设帨⑦良辰更可娱。
　　未必生男胜生女,况经到手有珍珠。

----

①　联肩:并肩。喻行动一致,关系密切。
②　归宁:回娘家看望父母。
③　秫:古指有黏性的谷物,此处指糯米。
④　油饣宾:油饭。
⑤　虺蛇:虺,蛇。古人认为虺蛇为阴性的象征,如梦见虺、蛇则是生女的前兆。典出《诗经·小雅·斯干》:"维虺维蛇,女子之祥。"
⑥　协吉:聚合吉祥之意。
⑦　设帨:古礼,女子出生,挂佩巾于房门右。后用以指女子生辰。

乞 子

作洋船生计者,娶妇未几即螟蛉①一儿,急于承继其业故也。
　　入门新妇半年经,即卜当阶桂子②馨。
　　在抱呱呱奚太急,大都主器③是螟蛉。

伪 胎

妇不能生育,多假腹欺人。
　　荒唐浪说梦熊罴④,作伪心劳术亦奇。
　　蠃负⑤法兼工避眼,欺人还是自家欺。

招 弟

艰于子息⑥者,先螟蛉一子,谓之"压花楪"。命名必曰招弟。

---

① 螟蛉：稻螟蛉等的幼虫。《诗·小雅·小宛》："螟蛉有子,蜾蠃负之。"蜾蠃捕捉螟蛉喂它的幼虫,古人误以为蜾蠃养螟蛉为子。因以"螟蛉"或"螟蛉子"作义子的代称。
② 桂子：对他人儿子的美称。成语有"桂子兰孙"。
③ 主器：器,祭器。古代国君的长子主宗庙祭器,因以称太子为"主器",后对人长子也称"主器"。
④ 梦熊罴：借指生男孩。典出《诗·小雅·斯干》："乃寝乃兴,乃占我梦。吉梦维何? 维熊维罴。大人占之,维熊维罴,男子之祥。"罴,亦称棕熊、马熊、人熊。
⑤ 蠃负：原作"蠃负"之误。《小雅·小宛》曰："螟蛉有子,蜾蠃负之。"古人以为蜾蠃不产子,于是捕螟蛉回来当义子喂养。
⑥ 子息：子嗣、儿子。

并头①花梦久同甘,盼望成阴子未含。
移植幽兰占吉兆,好将待女引宜男。

谊 娘

独子必拜多男者为谊娘。

秋风吹下小桐孙②,珍重栽培沃慧根。
五桂③仙班④如许附,依然荫托北堂萱⑤。

选 姬

贫女得重聘作小星⑥者,俗称为"细姨",呼其嫡为姊。

小星佳号袭邢谭⑦,貂续都因硕鼠贪。
但愿郎心圆似月,频呼阿姊也情甘。

宠 媵

随嫁婢,本供婿纳,其去留唯妇主之。

---

① 并头:头挨着头。比喻男女好合。
② 桐孙:桐树新生的小枝,用以称美他人子孙。
③ 五桂:旧称进士登第为折桂,亲族五人相继登科美称"五桂"。
④ 仙班:借指朝班。
⑤ 北堂萱:借指母亲。北堂,古代居室东房的后部,是妇女盥洗的处所。后因指主妇居留之处、母亲居室。
⑥ 小星:妾的代称。
⑦ 邢谭:原指姊妹嫁后两家之间的亲戚关系。

待年①有媵②赋江沱③,桃叶桃根④渡任歌。
欲把一麾⑤如愿去,除非乘尔瑟琴和。

私 婢

买婢虽已纳生子,欲卖则卖。
生来薄命恨难禁,赤脚如何赋抱衾⑥。
纵使榴花多结子,此中轻重总郎心。

讳 娘

婢所出者,只母其嫡母,生母讳不称娘,多名呼之。俟生孙,方呼为姐妈。
鞠育⑦恩勤总不殊,旁枝反哺少慈乌⑧。

---

① 待年:等待年老。
② 媵:随嫁之人。
③ 赋江沱:周文王时,江沱一带嫡妻不能善待媵妻,媵妻劳累而没有怨言。后来嫡妻感到自己做事太过分了,因此有了悔意。《诗经·召南》有《江有汜》:"江有汜,之子归,不我以。不我以,其后也悔。""江汜"同"江沱"。
④ 桃叶桃根:相传晋王献之有爱妾桃叶,桃叶有妹名桃根。王献之有《桃叶诗》:"桃叶复桃叶,桃树连桃根。相怜两乐事,独使我殷勤";"桃叶复桃叶,渡江不用楫。但渡无所苦,我自来迎接"。后世以"桃叶桃根"借指爱妾。
⑤ 一麾:原指出外任职。
⑥ 抱衾:同"抱衾裯",指侍寝,亦借指作妾。
⑦ 鞠育:生育、养育。
⑧ 慈乌:乌鸦的一种。相传此鸟能反哺其母,故称。

梦兰①更卜生孙兆,始博一声阿妈呼。

招 郎

妇有子而寡,多招夫育之。

莫笑人人尽可夫,怀中为有此呱呱。
前尫②地下休含恨,汝有赢金③遗子无?

赘 婿

有女无子者,恒赘婿送老。

恨抱邓攸④剧可怜,东床⑤入赘送余年。
宜家卜汝螽斯⑥衍,也算宗祧⑦半线延。

---

① 梦兰:指妇女怀孕。
② 尫:指丈夫。
③ 赢金:余金。
④ 邓攸:典出《世说新语·邓攸避难》:"邓攸始避难,于道中弃己子,全弟子。既过江,取一妾,甚宠爱。历年后,讯其所由,妾具说是北人遭乱,忆父母姓名,乃攸之甥也。攸素有德业,言行无玷,闻之哀恨终身,遂不复畜妾。"
⑤ 东床:代称女婿。
⑥ 螽斯:《诗经》有《螽斯》篇,祝贺人子孙兴旺。后世以"螽斯衍庆"作称颂语。
⑦ 宗祧:宗庙。引申指家族世系。

醮　妇

再醮①者，每订在神庙议婚。
　　曲赋离鸾②不用悲，庙中定聘抑何奇。
　　对神未必无惭色，遮莫③相邀列女祠。

伙　夫

不能给妇衣食者，招人共室，谓之"伙夫"。
　　莫漫操戈入室争，通家正好结新盟。
　　花农有伴欣偕隐，不谓情田亦耦耕④。

便　娠

婢因外交有娠而贱售，村男廉其价而娶之。比生，亦养同如己子。
　　结褵⑤未几制花绷⑥，问姓无庸且命名。
　　博得一声阿罢唤，珍珠一样掌中擎。

俗呼父曰"阿罢"。

---

①　再醮：再婚。古代男女举行婚礼，父母给他们酌酒的仪式称为醮。故男子再娶或女子再嫁皆称为再醮。
②　离鸾：分离的配偶。
③　遮莫：莫要，不必。
④　耦耕：二人并耕。
⑤　结褵：同"结缡"。古代女子临嫁，母亲给她结上佩巾。后用指成婚。
⑥　花绷：刺绣用品。

良 倡

倡①有愿从良人者,亦有因有娠而娶者。
   钟情久已属檀郎②,况复桃花结子刚。
   留与东君③报消息,番风廿四④费猜详。

营 窟

娶妓同居不相得者,多购别业⑤。
   移栽杨柳向章台⑥,密约营成兔窟才。
   偶卷珠帘看过客,似曾相识燕归来。

迁 乔

徙宅必先移棹⑦子,取举案之义。

---

 ① 倡:同"娼"。
 ② 檀郎:女子对丈夫或所倾心男子的美称。
 ③ 东君:司春之神。
 ④ 番风廿四:即二十四番花信风。古代认为从小寒到谷雨间,每五天应着一种花开,称作"花信"。一百二十天间,共分廿四番花信。应着花信而来的风称花信风。
 ⑤ 别业:别墅。
 ⑥ 章台:指妓院聚集之地。
 ⑦ 棹:同"桌"。

陶令移家莫笑贫,先将鸿案①展香茵②。
齐眉③定称心头愿,圆影双双镜里人。

生　辰

女送父母生辰,必用龟形饽饽,取长寿之意。

玉屑团成五总④形,承筐相送喜超庭。
丈人峰效华嵩祝⑤,争道高逾彭祖龄。

阴　寿

亲没后,于其生日宴客,曰"祝阴寿"。间有吉服⑥从事。

喜丧里谚昔曾传,阴寿新闻更骇然。
楚楚衣冠孙子辈,宴宾依样启华筵。

药　签

神庙多设药签,祷病者辄往抽服。

---

① 鸿案:谓夫妻和好相敬。
② 香茵:美艳的坐垫。
③ 齐眉:犹言举案齐眉。谓夫妻相敬如宾。
④ 五总:即五总龟。《白孔六帖》云:"龟百岁一尾,千岁十尾。二百岁为一总龟,千岁曰五总龟。"古人以为龟生千年有灵性而能知古今事,因称年老博学者为五总龟。
⑤ 华嵩祝:指"华封三祝"和"嵩呼万岁"二典。帝尧上华山,华州守地之人祝尧多寿、多男、多福。汉武帝上嵩山,群山高呼"万岁"三声。
⑥ 吉服:礼服。古人以为穿吉服办丧事是非礼。

慎疾①难将馈药尝，抽签毋乃近荒唐。
不分补散温凉品，漫道千金②是此方。

参　剂

俗医不论甚疾，好开参剂。

药有攻邪即养真，术施妙手自成春。
庸医大半参为主，补剂何尝不杀人。

降　僮

俗女觋③曰"尫姨"，以人用符请其上神，曰"僮子"。患病者向其求药。

倏尔颠狂倏尔醒，尫姨僮子各威灵。
神兮自有专司责，未必闲披本草经。

扛　佛

患病者多迎清水祖师到家作诊脉状，即扛向药铺随问药名。扛头进则是，退则非，如命服药。

诊脉神能识症机，如斯设教④古来稀。
死生关系同儿戏，药品扛头判是非。

---

① 慎疾：典出《论语·述而》："子之所慎，齐、战、疾。"齐，通"斋"，斋戒。
② 千金：即孙思邈所著《千金方》，中国古代中医学经典著作之一。
③ 女觋：女巫。
④ 设教：实施教化。

迎 棺

木美者,用金鼓仪从舁过街衢。子孙于半途迎接。

鞳鞳铿锵驺从①呼,棘人②迎接向中途。
原来木美观瞻壮,不独虞③亲土近肤。

入 殡

附身多金银宝器。

棺椁衣衾灿一新,漫藏异宝与奇珍。
山川瑞气归怀韫④,只伴重泉⑤大梦身。

荐 食

苫块⑥中择日设奠,谓之"孝飧"。

孝飧荐陈⑦未有期,若敖鬼馁⑧已多时。
忽然一日思亲嗜,罗列盘飧奠酒卮。

---

① 驺从:侍从。
② 棘人:古时子女居父母丧亡时的自称之词。
③ 虞:担忧。
④ 怀韫:怀藏。
⑤ 重泉:九泉。
⑥ 苫块:"寝苫枕块"的略语。苫,草荐。块,土块。古礼,居亲丧时,以草荐为席,土块为枕。
⑦ 荐陈:进献并陈列。
⑧ 若敖鬼馁:原指春秋时楚国的若敖氏因灭宗而无人祭祀,后比喻断子绝孙,无人祭祀。馁:饿。

更 衣

开吊①亦择吉日,门外有客更衣所。俗以开吊曰"作旬"。

翻却通书②吉日诹,作旬受吊酒新篘③。
门剪④别有更衣所,共把裼裘换袭裘⑤。

丢 钹

俗延僧忏悔,谓为"作功德"。有演飞钹禅师⑥之法,为"丢钹",是大功德。

飞钹腾空妙转旋,即兹功德大如天。
世人欲赎生前过,但备延僧一付钱。

填 钱

用纸糊仪从,高与人等,阴宅箱簏亦极工致,咸以冥银纸钱当街焚化,谓之"填钱"。

仪从堂堂阴宅张,富人入地定安康。

---

① 开吊:办丧事的人家在出殡以前接待亲友来吊唁。
② 通书:历书。
③ 新篘:新酿的酒。
④ 门剪:疑为"门前"。
⑤ 裼裘:古行礼时,袒外衣而露裼衣,且不尽覆其裘,谓之裼裘。非盛礼时,以此为敬。裼,古行礼时覆加在裘外之衣,也称中衣。袭裘:古代盛礼时,掩上裼衣而不使羔裘见于外,谓之袭裘。
⑥ 飞钹禅师:《三宝太监西洋记通俗演义》中的神话人物,居于齐云山碧天洞,因擅长使用铙钹,故得名。

贫家也送金千万,泉壤①应无穷鬼乡。

丧　戏

　　开丧末旬,应女子报孝之期,乃演猪哥猴戏,盛设筵席,大会亲朋。优人妆成一猴、一猪,登台演剧。
　　夙承姆教②那堪酬,大会亲朋看演猴。
　　知否羝羊能跪乳③,三声可有断肠悲。

孝　宾

　　送葬,宾客皆服缟素,与子孙蝉联而行。行丧亲友各具彩亭一、鼓吹数人相送。受吊日所送联轴,亦并列迎出郭。
　　彩亭素轴塞街衢,相拥桐棺出郭俱。
　　亲友行随孙子后,衣冠纯素辨模糊。

停　柩

　　每因兄弟房多,恐损益④不齐,久停亲柩。
　　伯仲房多私见存,致令亲柩委荒原。
　　不图鞠育⑤殚精后,遗骨偏防误子孙。

---

　　① 泉壤:泉下、地下,指墓穴。
　　② 姆教:原指贵族家庭女子之师教。《礼记·内则》:"女子十年不出,姆教婉娩听从。"姆,亦作傅母,为贵族女师。婉娩,仪容柔顺。
　　③ 跪乳:羔羊跪地吸乳。比喻孝行。
　　④ 损益:得失。
　　⑤ 鞠育:生育、养育。

卜 茔

俗酷信堪舆风水之说，营求福地，不惜重费。

欲觅娜嬛①奉地师，敢辞币厚礼还卑。
想因术擅堪舆者，福泽大都永不亏。

焚 尸

俗亦多火葬。

遗骸送入丙丁②方，道为儿孙卜炽昌③。
生女水埋亲火葬，天然旗鼓两相当。

闽中多溺女，厦乡村尤甚。

点 主④

点主在坟前，笔遥指丘首所向，顺点"主"上，以为气脉可注。

笔指遥峰第几尖，点来锦上想花添。
定知龙脉前山驻，全伏雕龙巨手拈。

---

① 娜嬛：仙境。
② 丙丁：古人以天干配五行，丙丁属火，故借以指火。
③ 炽昌：昌盛。
④ 点主：主，指神主，又称木主、牌位。请人用朱笔补上灵牌上"主"字一点称"点主"。

贺 春

暖帽①上多有槟榔环积,登堂不求见主人,只向神前一揖而去。女人相见,亦互相登贺。

（一）
槟榔堆帽似簪花,绿衬猩红出色加。
投刺②不须求见面,神前拜揖礼休差。

（二）
新妆加倍炫纤浓③,元日逢人尽肃容。
笑启樱唇无别语,大家都道一声恭。

敛衽拜,俗谓"肃容"。称恭喜,只曰"恭"。

观 艳

新婚家正月时不论戚邻、男女,及素不识面者,皆得往观新妇。妇亲擎果盒为敬,客贺以吉语。

（一）
新娘未许懒叨陪④,果盒擎余倚镜台。
来遍红髻和白发,无人不道看花回。

（二）
笑声争说看新人,高烛烧来媚眼真。
共道隔时浑不识,红颜添却许多春。

---

① 暖帽：冬天所戴的帽子。
② 投刺：投递名帖。
③ 纤浓：艳丽。
④ 叨陪：陪侍。

祝　皇①

正月玉皇诞，处处设坛，俗谓"祝天君生"。妇女往拜甚多。

（一）

筑坛争说祝天君，处处梨园演妙文。
真个至诚天可格②，几般牲品一炉薰。

（二）

才过灵辰③事又忙，天君生日竞铺张。
座前无数裙钗拜，万朵红云捧玉皇。

拜　后

三月妈祖诞，俗谓"祝妈祖生"。

（一）

巍然功德驾曹娥④，谁似湄洲妈祖婆。
万户千商齐拜祷，年年航海尽平波。

（二）

丛丛柳绿与花红，上巳⑤灵辰⑥妈祖宫。

---

① 祝皇：即农历正月初九日"天公生"。道光《厦门志》："初九日，设香案，向户外祀之，爆竹之声达旦，名曰祭天。富家演剧。"

② 格：感通。

③ 灵辰：旧时谓正月初七日为人日，亦称"灵辰"。

④ 曹娥：东汉时孝女。相传其父五月五日迎神，溺死江中，尸骸流失。娥年十四，沿江哭号十七昼夜，投江而死。

⑤ 上巳：即"上巳节"，俗称"三月三"。道光《厦门志》："三月三日，采百草合米粉为粿，祭祖及神。"

⑥ 灵辰：吉祥的时刻。

料得拈香诉心愿,频年海上石尤风①。

看 烛

元宵夜,圆山宫、福海宫及各处宫庙烛大如椽,妇女往观甚多。

圆山福海斗繁华,三五良宵笑语哗。
郎自看花侬看烛,要他喜结两枝花。

听 香

元夜、中秋夜、玉皇诞夜、灶君诞夜,妇女默祷灶神,出门悄听人语,冀得吉兆。听香即镜听②之意。

肃容拜罢灶神前,踏月弓鞋剧可怜。
私慰听香传吉谶,今年喜事定连连。

烟 树

元宵放花,俗谓"放烟火"。妇女观者如堵,辄有恶少年乘机拥挤蹭蹬,落花狼藉,詈语狺狺,亦奇观也。

春宵火树倏生烟,拥挤偏多恶少年。
为怕损花蜂蝶伙,匆匆坠地有珠钿。

---

① 石尤风:逆风、顶头风。传说有商人尤某娶妻石氏,尤远行不归,石氏思念成疾而亡。临死时叹曰:"吾恨不能阻其行。今凡有商旅远行,吾当作大风为天下妇人阻之。"

② 镜听:占卜法之一。于除夕或岁首,怀镜胸前,出门听人言,以占吉凶休咎。

火 埕

正月元宵,道士在神庙烧柴,率众男女驰而过之,谓之"过火埕"。

烔烔①兽炭②四围烧,咒送灵符达碧霄。
一岁妖魔归火化,欢腾绿鬓与红髽。

拾 烛

每逢年节,神庙董事挨家题烛,俗谓"拾烛"。元宵尤盛。

巍峨庙貌镇乡阛③,喜烛双双君莫悭。
也似福缘题善庆,遂教灯艳粲鳌山④。

分 灯

捐修神庙者,鸠工完竣,董事每家分一红灯。灯中必写"富贵吉祥"。

翚飞鸟革⑤敞神宫,况直灵辰报奏功。
富贵吉祥灯一盏,诸君合庆满堂红。

---

① 烔烔:烟貌。
② 兽炭:做成兽形的炭。亦泛指炭或炭火。
③ 乡阛:城乡。阛,街市。
④ 鳌山:堆成巨鳌形状的灯山。
⑤ 翚飞鸟革:又作"鸟革翚飞",形容宫室壮丽。

净　油

正月社建清醮①，道士用铗铫一②，中盛油燃薪。一人持着，同执藤牌刀与火把者，往各铺喷水除秽，谓之"净油"。

油锅火炬各辉煌，牛角声中舞剑忙。
符水喷余魔远遁，家家人口庆安康。

颁　祚

凡祝天君及普度等供神之物互相酬送，谓之"颁祚"。

牲仪餻品③荐殷勤，彻罢案前好细分。
道是神余能锡福④，乡邻戚属送纷纷。

福　辰

二月福德正神⑤诞，各行铺奉祝甚闹。妇女亦多拜祷，倡家尤甚。

（一）
福德宫中二月辰，都知财妙可通神。
香花供奉纷纷是，不数行郊铺户人。

---

① 清醮：道士设坛祈祷。
② 铗铫：铗，剑。铫，矛。
③ 餻：同"糕"。
④ 锡福：赐福。
⑤ 福德正神：即土地神。道光《厦门志》："（二月）初二日，街市乡村敛钱演戏，为各土地神祝寿。"

（二）

绮罗队里敛香襟，拜祝多财恰费心。
道是一株钱树子①，愿头缠锦臂缠金。

慈　诞②

二③、六、九月十九日大士诞，妇女入寺拈香者千计。

（一）

秋九春三纪佛生，宝昙放出大光明。
莲花世界慈悲相，不识清修几度成。

（二）

蓬心④花貌巧梳妆，争向蒲团谒上方。
尽把渡将南海去，不知南海几慈航⑤。

祭　牙

二月二日，各行铺大飨众兄弟，谓之"牙祭"。俗谓阴鬼为"众兄弟"。

行郊牙祭飨群狙⑥，热闹无如二月初。
众弟众兄齐大嚼，今年生意暗吹嘘。

---

①　钱树子：亦称摇钱树。
②　慈诞：观音生日。
③　二：原作"三"误，观音诞日为二月十九日。
④　蓬心：比喻知识浅薄，不能通达事理。
⑤　慈航：佛教语。谓佛、菩萨以慈悲之心度人，如航船之济众，使脱离生死苦海。
⑥　狙：猴子。

送 发

四月八日,俗传佛洗菜。小尼于是日削发,即以其发分送施主。

一挥并剪落乌云,是色是空此度分。
几辈心能如发细,亏伊投赠①枉殷勤。

哀 妇

清明日,镇南关外多妇人哭于墓。

白冢累累宿草②苏,镇南关外有啼乌。
纸灰风里飞蚨蝶,或泣儿郎或泣夫。

情 倡

亦有情倡往哭旧好。

清明触景泪沾巾,肠断歌楼已几春。
哭诉声声皆昵语,看来多半为情人。

后 驾

各郊铺皆有公奉③,圣诞前问杯以定首事,谓之"炉主"。请驾迎回,供奉各宫,多于四月、五月出巡,闹极。

---

① 投赠:赠送。
② 宿草:隔年之草。
③ 公奉:公款。

凤驭排銮境内巡，前呼后拥按乡循①。
路关远近由炉主，不为娱人为悦神。

所行路途列牌示众，谓之路关。

王　船

夏月，乡人制小船一座，船器具、食物俱全。诹日②迎遍街衢，并备牲礼，将船送往海滨焚化，谓之"送王爷船"。

牲仪果品送家家，一座王船萃物华。
清醮建余随绕境，海滨火化当驱邪。

妆　棚

夏间赛会曰"迎香"，用闺女妆成粉阁。长者号"蜈蚣棚"，其父母受赂，恬不为怪。

天风吹汝下瑶台，好把青蚨作雉媒③。
都道迎香神默佑，他年得婿定多才。

看　阁

迎阁时所过街衢，妇女皆列门观看。

粉阁妆成锦绣堆，轻舒柳眼露桃腮④。
六街尽把珠帘卷，争看妖娆魔女来。

---

① 循：同"巡"。
② 诹日：商量选择吉日。
③ 雉媒：猎人用驯养的雉诱捕野雉，谓为"雉媒"。
④ 桃腮：形容女子粉红色的面颊。

蛇 旗

迎香多用大纛旗,帷间饰以金环玉器。旗或用大蛇皮为之。
  阵阵撑来大纛旗,亦将雉尾夹蛇皮。
  帷间无数细环饰,此也夸多彼炫奇。

龟 桁[①]

迎香多妆大脚妇,跨在马上,持行桁打其夫,名为"打乌龟"。
  尺五金莲马上娆,斓斑脂粉貌难描。
  一竿持却追豚桁,乱向郎头打不饶。

活 佛

迎香好事者妆成佛像,坐于舆中,以给沿途妇女拜揖。
  衣冠妆扮坐神舆,道是香烟供奉余。
  赚得女郎齐拜手,肉身菩萨[②]果非虚。

假 僮

神辇后,每有假僮子踏于杠上,左手持剑,右手执球,面泼脂水,以为神附其身,吓人为乐。

---

  ① 桁:古代的一种刑具。
  ② 肉身菩萨:禅宗六祖慧能大师死后,身体不腐,被完整保留下来。因此后世将佛教僧侣死后肉身不坏者称为全身舍利、肉身菩萨。

手足瘫瘓①踏杠头，左持短剑右钉球。
自戕肌肉图欢乐，父母遗肤似敌仇。

赛 亭

迎香多用彩亭，或以金银首饰结成，争相耀美。
五彩华亭百宝兼，花团锦簇壮观瞻。
许多簪珥参珠翠，疑是豪家嫁女奁。

醉 辇

迎香抬神辇者，缨笠②上结神符一道，非按步徐行，忽进忽退，偏左偏右，如醉辇然，谓之"醉辇"。
缨结灵符辇压肩，忽而退后忽驰前。
更兼反侧偏攲③势，竟似瑶池醉八仙。

浴 佛④

四月八日，各寺庵以五香水浴佛，即以水分送施主。
花棚铙鼓敞檀汤，浴佛犹余水五香。
禅味有谁能解领，如何送与世人尝。

---

① 瘓：手脚痉挛，口歪眼斜，俗称"抽风"。
② 缨笠：清代官署的差役，头戴盔形的帽子，上缀红色的丝穗，名曰缨笠。
③ 偏攲：不正、歪斜。
④ 浴佛：指浴佛节。每年农历四月初八举行，以佛教创始人释迦牟尼佛诞生。是日，佛教寺院举办法会，用香水、糖水或清水等灌洗佛像，谓之"灌顶"或"浴佛"。"浴佛节"因此得名。

祝　仙

十月，各船户郊铺合祝水仙王诞。
　　　泛宅浮家①终岁忙，小春②合祝水仙王。
　　　海民生业无多愿，稳渡风波万里洋。

龙　舟

端阳竞渡，龙泉宫外一带妇女如山。
　　　龙泉宫外看龙舟，扇影衣香处处稠。
　　　怪道锦标容易夺，却惭夫婿不封侯。

龟　饽

年节酬神，俗妇用龟式大饽。饽大至如箕，或书其夫姓名于背上。
　　　龟形饽饽荐神明，上写儿夫姓与名。
　　　心愿已酬真得意，如登鳌背上蓬瀛。

天　门

六月七日相传为天门开，无论良家倡③家妇女，皆茹斋④祈福。

---

①　泛宅浮家：以船为家。
②　小春：夏历十月的代称。
③　倡：同"娼"。
④　茹斋：吃素食。

不知始自何时。
>天门开果自何时，礼佛烧金母乃痴。
>更笑青楼脂粉窟，茹斋也要乞慈悲。

地 藏

七月晦①日地藏王诞，家家置香烛于阶前拜祝。
>地藏王非地下藏，家家祝礼亦荒唐。
>阶前便当神前案，红烛双辉一炷香。

搓 丸

六月望日，家家搓丸，谓之"半年圆"。冬至夜，谓之"冬节圆"。

（一）
>一炷名香杯酒倾，传来遗俗值三庚②。
>愿教百事皆如意，似此弹丸脱手成。

（二）
>分冬遗事此间传，儿女环围坐绮筵。
>大小珍珠盘上落，家家吉语说团圆。

---

① 晦：阴历每月的最后一天，大月为三十日，小月为二十九日。地藏王菩萨诞日为七月三十日。
② 三庚：三伏。

赛 饼

中秋赛色①,赌状元饼,如俗赌状元筹,以占来年臧否②。闺阁中亦有之。

(一)
卢雉③酣呼月正中,一团饼号状元红。
请看唾手功名得,豫兆来年运数通。

(二)
掷来纤手响叮当,璧月光中见艳妆。
得彩齐声称恭喜,状元饼兆状元郎。

看 星

七夕家家闺人散坐中庭,以看牛郎织女。

云軿④渡过鹊桥忙,一别经年恨亦长。
侬是化身秦吉了⑤,天仙不羡羡鸳鸯。

赏 月

中秋庭设瓜果,谓之赏月华。

秋满空庭寂不哗,琼筵瓜果敞家家。

---

① 赛色:指掷骰子以赌输赢。
② 臧否:好坏。
③ 卢雉:掷骰赌博。
④ 云軿:神仙所乘之车,以云为之,故称。
⑤ 秦吉了:即鹩哥,形似鹦鹉,能模仿人说话,声音比鹦鹉大。

开帘学拜闻私语,莫遣团圆让月华。

会　兰

七月盂兰会①皆用牲礼,设场演剧。按社周轮,月无虚日。
　　盂兰胜会杂梨园,锣鼓声中聒耳喧。
　　秋令一交无馁鬼,家家瓜果社鸡豚。

炊　粟

重阳家家炊粟糕,比年②虎溪各处亦有放风筝。
　　插萸佳节乐陶陶,乡味千家赛枣糕。
　　也学榕城传韵事,满天风送纸鸢高。

围　炉

除夕,家家设火盆于案下,团坐饮酒,谓之"围炉"。
　　销寒除夜设围炉,绘出全家安乐图。
　　妇劝阿姑郎劝舅,双杯满饮酒屠苏③。

---

①　盂兰会:盂兰,梵语为解救苦难的意思。民俗农历七月十五日中元节请僧人结盂兰会,念经施食,超度饿鬼。俗称"放焰口"。
②　比年:每年。
③　屠苏:(唐)韩谔《岁华纪丽》注云:"俗说屠苏乃草庵之名,昔有人居草庵之中,每岁除夜遗闾里药一贴,令囊浸井中。至元日,取水至于酒樽,合家饮之,不病瘟疫。邻人得其方而不识名,但曰屠苏而已。"

压　柜

除夕，用冥银纸钱安放箱簏各处，谓之"压柜"。
　　岁除压柜见情深，营利都存三倍心。
　　阿堵①若教真似假，家家尽有满嬴金。

春　联

除夕，人家门首换贴联对，多用香奁②韵语。
　　红笺联句旧翻新，报道风光斗转寅③。
　　半撷香奁集里语，分明曲坞署藏春。

晦　娶

贫家多于腊晦④娶妻，俭约故也。
　　除夕飞来绿萼仙，罗浮一梦⑤喜初圆。
　　酒阑闹促鸡声唱，忽道佳期是去年。

烧　金

俗谓入庙烧香曰"烧金"。

---

① 阿堵：钱。
② 香奁：（唐）韩偓有《香奁集》，其诗多绮罗脂粉之语。
③ 斗转寅：斗转寅回，意即斗杓回转，正月又至。
④ 腊晦：腊月三十日。
⑤ 罗浮一梦：传说隋开皇中，赵师雄于罗浮山遇一女郎。与之语，则芳香袭人，语言清丽，遂相饮竟醉。及觉，乃在大梅树下。

二八明姝三五群，烧金到处各殷勤。
喁喁①暗祝背人事，环珮喧中语不闻。

补 运

倩②僧道用纸糊替身一、牲礼数品，往神庙祈禳，谓之"补运"。

恼煞郎君运大穷，募求法力显神通。
补天手段全凭汝，一纸替身付祝融。

谈 星

算命营生，善哄闺阁，俗妇女偶有不遂，即云命舛③，多向问津。

堪叹奴家命不犹④，先生细细为推求。
世间多少裙钗辈，到底前生甚样修。

占 课

俗有图画故事解以俚言，叠折成帙，教鸟衔之，为占鸟课。孕妇多呼之以卜雌雄。

莲房有子结来鲜，欲卜雌雄转赧然⑤。

---

① 喁喁：低声细语。
② 倩：请。
③ 命舛：命运不好。
④ 不犹：比平常坏。
⑤ 赧然：惭愧脸红貌。

几度嗫嚅①言不得,笑呼阿姥替奴传。
俗呼佣妇为"姥"。

作 窍

街坊有众公妈②龛,儿女私事咸往祷之,俗谓"作窍"。
　　闺中情事费调停,公妈龛前向乞灵。
　　悄奉瓣香③祈甚事,提防蜜语被人听。

抽 签

妇女多入庙抽签。
　　名香一炷屈双鸾,乞示灵签容易看。
　　多谢神兮明指点,春闺甚日梦团圞。

奉 教

夷人礼拜日,凡奉教妇女齐集礼拜堂,花团锦簇,在两边设帐处听教。
　　纱厨隔处听蛮咻,礼拜堂中集女流。
　　教主果然能救苦,一生定不识春愁。

---

① 嗫嚅:想说而又吞吞吐吐的样子。
② 众公妈:民国《同安县志》:"俗设众公妈宫,以祭无祀。"无祀,即无主孤魂。
③ 瓣香:形状像瓜瓣的香,表示祷祝敬慕之意。

听 歌

妇女嗜听词曲,夜间有卖唱为生者,每倚门儿令唱几出消遣。

筝琶一路韵东丁,艳曲撩人夜夜经。
正在深闺抽绮思,解人颐处唱奴听。

掩 羞

戏台前妇女甚多,遇演淫剧,害羞者辄引扇遮面。

相携观剧趁幽闲,无数裙钗与佩环。
看到挥情浑不禁,强拈罗扇掩羞颜。

售 艳

亦有妇女托名看戏,实欲炫玉求售①。

群花队里有桃花,勾引刘郎②青眼加。
解意悄呼同伴语,红楼深处是侬家。

看 屋

别人第宅虽不甚相识,亦欲往观。

玉洲石码彩楼新,纤步相扶渡远津。
咫尺厅厨行辄怯,浪游不惮袜生尘。

---

① 炫玉求售:相传卞和采玉三清山,捧玉求售,初不为人知,被楚厉王、武王砍去双腿。后由楚文王赏识,琢磨成器,命名为和氏璧。

② 刘郎:指女子的心上人。

嗜 妆

夫虽贱役，亦必浓抹艳妆。

　　　三椽茅屋隔疏篱，贫妇何曾惜粉脂。
　　　夫自粗佣妻自艳，应嫌臭味太嗟池①。

邀 赌

好赌四色牌及跌猴为乐。

　　　跌猴呼雉复呼么，四色筵开伴更邀。
　　　赢得槟榔随意买，管教双颊晕红潮。

祷 寺

多入寺祈嗣。

　　　梅子未酸竹未胎，禅关叩祷亦奇哉。
　　　儿生顶上圆光好，可喜飞从佛国来。

供 床

床笫之神，俗名床公、床妈②。每于朔望，必具牲礼供养。

　　　床公床妈妙温存，送尔钱财乞尔恩。
　　　结子开花归管领，还期善保我儿孙。

---

① 嗟池：又作差迟，即差错、错误。
② 床妈：亦称床母、床婆，与床公同为床神，专司保护小孩。

祈 嗣

不问何神,皆可请花祈嗣。

　　不论野庙与荒庵,争乞新花裣衽①参。
　　笑问神兮殊费事,一年多少蓄②宜男。

添 妆

闺女为贫卖笑,号为"添嫁妆"。

　　绮阁③云英④未嫁身,亏他预虑婿憎贫。
　　拼教绿叶成阴满,赚得香奁簇簇新。

放 生

俗有耆艾⑤未能生育,亦复多纳婢妾,每任外交乞种,谓之"放生"。

　　老夫耄矣无能为,冀得移花可折枝。
　　鱼婢⑥任随萍迹逐,后庭凿有放生池。

---

① 裣衽:古时女子所行的礼,拉起衣服下摆的角。
② 蓄:等待。
③ 绮阁:华丽的楼阁。
④ 云英:指成年未嫁之女。
⑤ 耆艾:泛指老年。
⑥ 鱼婢:泛指小鱼。

咒 天

俗妇或遇轻薄及不遂意,一开口即咒天寿。
　　风激绯桃怒脸生,娇声清脆啭流莺。
　　蜉蝣①身世君知否,尽是男儿轻薄成。

花 债

妇女好买鲜花,多有月给卖花者一金,日日携篮,恣其拣选。
　　花债无妨按月酬,好花争上少年头。
　　过门怕有销魂客,妆罢珠帘莫上钩。

茶 围

客入妓家,俗谓"打茶围",只以四碟果品相请。
　　只见阿娇②一面缘,动人情处亦萧然。
　　四盘果品参瓯茗,勾了当前买笑钱。

痴 郎

妓少风情,客多自坠圈套。
　　红颜此地落青楼,乡是温柔性不柔。
　　司马青衫空湿泪,可怜名士替花愁。

---

① 蜉蝣:虫名。幼虫生活在水中,成虫褐绿色,夏秋之交常飞在水面上。寿命极短,只有数小时至一星期左右。

② 阿娇:常指妓女或外宠。

劣 妓

无稍知韵事①者。
　　　　不会谈诗不会棋,徒工抹粉与涂脂。
　　　　弯弯巷曲红墙亘,里面多藏没字碑②。

评 艳

旧有名妓,皆已字人③。
　　　　近年物色④昔年差,风月场中兴自赊⑤。
　　　　若使评花高着眼,眼前人眼更无花。

调 腔

乐操土音,不会官音词曲。
　　　　深街浅巷月横窗,多少人家笑语降。
　　　　旎旎⑥歌喉珠一串,南琶⑦端合谱南腔。

---

① 韵事:风雅之事。
② 没字碑:比喻虚有仪表而不通文墨的人。
③ 字人:许配于人。
④ 物色:形貌。
⑤ 赊:长,远。
⑥ 旎旎:柔和貌。
⑦ 南琶:"南音琵琶"的简称。保留唐宋琵琶横抱的演奏姿势,用拨子弹奏。

生　客

妓见新客来，多有妆抬声价。
　　瓮菜河边门半开，尽多纨绔逐蜂媒。
　　金钗忽自抬声价，万唤千呼始出来。

暗　房

秘藏上客之所，常客不能径到。
　　风月楼中一榻联，亦供郎笑伴郎眠。
　　散花未入维摩室①，谁识中藏小洞天。

赠　郎

情投者，以兜肚香袋为赠。
　　销金窟亦似蓝桥②，只恐郎心冷不烧。
　　一袭肚围一香袋，层层花是自家挑。
俗谓暖曰"烧"，绣曰"挑"。

爱　少

客有可人，清风明月，不用一钱买。

---

　　①　维摩室：典出佛经故事。维摩室中有天女，把花散在菩萨们的身上，花落下都不沾身。至大弟子，花沾着不落，天女说这是尘世结习未尽之故。
　　②　蓝桥：桥名。在陕西蓝田东南蓝溪之上。《太平广记》卷五十引裴硎《传奇·裴航》载：裴航于蓝桥驿口渴求水，遇见仙女云英，因向其母求婚，历经磨难，满足了其母的条件，终于与云英成婚，双双仙去。

郎有容颜又少年，方期风月不论钱。
自家缺四浑休觉，艳想六郎①面似莲。

俗谓貌丑曰"缺四"。

牵　猴

每于旁②晚持一红灯在于路口，为妓院招引子弟，谓之"牵猴"。

一条线索手中拖，犹豫情郎奈彼何。
暗穴媒成便捷径，顷教巫峡拜嫦娥。

打　鸟

倡家值客多，牵引戚属共接，谓之"打鸟"。

琥珀为肌玉作肤，大都比美似罗敷③。
侬如不凿风流债，来了阿姨又阿姑。

豢　猪

阿鸨养闲汉，谓之"豢猪"，亦曰"哺鲎"。

为图肥茁博私娱，不似情郎不似夫。
人立④也生真面目，只余糟粕度残躯。

---

①　六郎：唐朝张昌宗貌美如莲花，得武则天宠幸。张昌宗排行第六，故称"六郎"。
②　旁晚：同"傍晚"。
③　罗敷：古代美女名。
④　人立：如人之直立。

走 狗

供妓院呼唤者,俗谓"走狗"。

乞怜妓院当栖身,阿鸦依为大主人。
慧眼能知生熟客,东西跑遁不辞辛。

夷 妓

有买婢为倡者,仿粤妇妆,每于旁晚三五成群往夷船卖笑。

买婢为倡假粤娘,生涯却是趁昏黄。
随潮去卖夷人笑,阵阵来如逐犬羊。

鬼 倡

径曲小户,另有乌鬼花场,价廉市闹。阿鸦多系买婢为之。

乌番面目似妖魔,阿鸦天良狼若何。
长日不知几云雨,一回营得杖头①多。

荬 菜

僧道作经醮,事毕,彻素②茹荤,俗谓"荬菜"。厦地各寺住持罕奉蘁③者。

---

① 杖头:即杖头钱,买酒的钱。
② 彻素:同"撤素",撤去素食。
③ 奉蘁:同"奉斋",奉行宗教戒律而持斋吃素。

人说僧家本奉釐,鹭门风尚有难齐①。
丈人岂尽关留客,为黍②偏难不杀鸡。

拈 花

逐逐花丛,得真解脱。

晨钟暮鼓说修真③,孽已成缘莫了因。
微笑拈花真是佛,闻香妙让上方人。

僧 眷

梅妻鹤子,佛国团圞。

空门也解作痴奴,参却禅心一点无。
供奉香灯换香彩,老僧还是有妻帑④。

尼 雏

小尼皆买幼女为之。

小尼本是女孩儿,鹦鹉青春⑤转瞬知。

---

① 难齐:难于达到。
② 为黍:意指款待宾客。典出《论语·微子》:"子路从而后,遇丈人,以杖荷蓧。子路问曰:'子见夫子乎?'丈人曰:'四体不勤,五谷不分。孰为夫子?'植其杖而芸。子路拱而立。止子路宿,杀鸡为黍而食之,见其二子焉。"
③ 修真:学道修行。
④ 妻帑:亦作"妻孥",妻子和儿女。
⑤ 鹦鹉青春:亦作"青春鹦鹉",意指鹦鹉在春天更显得活泼而富有生气。

试问几年才受戒,可怜珠泪背人垂。

募　缘

俗僧①伎俩分外滥募。
　　　　一领袈裟尘满襟,谈经不识只知金。
　　　　唯余成叠题缘簿,逢着人来请发心②。
开口言钱,逢人说项③。

课　绣

女尼不知经谶④,但课女红。
　　　　日为人家课女红,尼庵门已杜春风。
　　　　多情绣到鸳鸯处,尽在停针不语中。
自恨年年压金线,为他人作嫁衣裳。

先　尼

先山禅室,是色是空。
　　　　寺中修果让先山,月与梅花相对间。
　　　　任却东风吹入户,肯随桃片逐江还。
先山寺,近灵应殿。

---

① 俗僧:凡庸的僧人。
② 发心:萌发善心。
③ 说项:指替人说好话或说情。
④ 经谶:此处指佛经。

情　佛

外清尼庵，即空即色。

　　　庵号外清外却清，谁知此佛故多情。
　　　慈悲国是众香界①，笑与东君结主盟。

外清庵，近前园宫。

半　空

大悲阁微泄春光。

　　　大悲阁畔草菲菲，大士②居然有白衣③。
　　　半掩柴扉光不漏，寻花蝶尚采香微。

大悲阁，在东关外，清净不如先山，较外清尚为彼善于此。

双　秃

上方④人宛成眷属。

　　　僧尼本属共修行，听说称呼便入情。
　　　三宝⑤是伊同派祖，尼兮为妹彼为兄。

兄妹称呼，出家人竟似一家。

---

① 香界：佛寺的别称，佛家称佛地有众香国，楼阁园囿皆香。且寺中香气氤氲，故称"香界"或"众香界"。
② 大士：尊称高僧。
③ 白衣：代称俗人，与佛教徒穿黑衣相区别。
④ 上方：指佛寺。
⑤ 三宝：佛教指佛、法、僧为三宝。

贩 米

粮食向恃台鹿①转运,自艘舨通商番米亦多。
　　菽粟斯民粒食②关,年年转运重台湾。
　　莫嫌浮岛多沙地,番米也曾积如山。

樵 薪

此地薪柴缺乏,多来自外水。
　　山仅童童作雨云,采樵一带杳无闻。
　　大都薪亦舟艘贩,厨下为炊莫乱焚。

菜 蔬

厦地多园,菜蔬佳甚。
　　数遍嘉禾一一村,田畴有限却多园。
　　幽人③原取瓜蔬淡,真味曾经领菜根。

鱼 鲔

周围皆海,人多捕鱼为业。
　　蜃蛤④乡中景况何,钩纶日日逐江波。

---

① 台鹿:台湾鹿耳门。
② 粒食:粮食。
③ 幽人:幽居之人,隐士。
④ 蜃蛤:大蛤和蛤蜊。

如言口福真消受，鱼鲔①时歌美且多。

桃盐

俗多买未熟桃子，取其生脆，捣盐以为家菜。

累累蟠实带青芟②，杵臼春余女手掺。
欲向家中领风味，此中甘苦属酸咸。

豆粕

多买幽菽③之渣，合鱼苗煮之，以佐饔飧④。

更有家存淡泊风，剩将豆粕食堪充。
虽云精气曾消脱，渣滓同归调燮⑤中。

苓豆⑥

夥夥如珠，色黄味淡。

苓豆中藏颗颗珠，剖来色味淡黄殊。
菜蔬瓜果同培植，未必他乡此独无。

---

① 鱼鲔：泛指鱼类。
② 芟：采摘。
③ 幽菽：豆豉。
④ 饔飧：早餐和晚餐。
⑤ 调燮：调理。
⑥ 苓豆：即荷兰豆。

芽 蕉

即芭蕉，俗谓金蕉。状如牛角，色青黄，味淡性凉。

芭蕉咏入美人诗，彼美人兮叶朵颐。
都说有心抽郁苦，谁知果实正如饴。

炙 蛄

即樜①虫，俗谓樜蛄。状如蜜蜂，炙之登诸锦碟，殊为上品。

味甘于蜜状如蜂，樜境风光领略浓。
剩却残躯入燔炙②，琼筵此地异珍供。

烹 蚓

俗传可以稀痘，故婴孩多令食之。

稀痘俗皆捣蚓尝，何曾此术受岐黄③。
婴孩果使轻胎毒，可嘱医家补一方。

厅 帘

俗大厅必有行帘一桁，画以彩色。

一桁帘垂芍药厅，随风银蒜④响东丁。

---

① 樜：同"蔗"。
② 燔炙：烧与烤。亦泛指烹煮。
③ 岐黄：岐伯与黄帝的合称，代指中医医术。
④ 银蒜：银质蒜头形帘坠，用以压帘幕。

春来语燕①华堂掠，尚待弯环②出外庭。

房　几

房中皆有横几，下配四仙桌子。
　　　房几家家设四仙，益光③鸿案④总相连。
　　　虽然尺寸高低异，如尔安排却不偏。

短　榻

卧榻较榕城短有五寸，外有附床围堵，以为压帐。
　　　架悬入柱倒承天，横几围幮⑤刻琢妍⑥。
　　　此地非无躯七尺，大都尚藉屈身眠。

长　橱

俗以衣幮为橱，分外高昂，与床棚等。
　　　衣幮高接尽梁齐，门对楣间尚觉低。
　　　笑煞阿娘身短小，取携还假几层梯。

---

① 语燕：鸣叫的燕子。
② 弯环：指弯月。
③ 益光：疑为孟光误。
④ 鸿案：梁鸿与妻孟光举案齐眉，后用以指夫妻相敬如宾。
⑤ 幮：形状象橱的长方形帐子。
⑥ 琢妍：刻琢妍炼。

署 玉

士子头巾必镶方玉。

  乌帽当头辨别工,儒生珍重俗休同。
  面前饰有无瑕玉,道是方家①某相公。

裹 巾

船户、佣人头皆用乌巾包裹。

  包裹鸦青②带一条,阿侬可是首为腰。
  多情头竟浑寒燠③,当暑仍堪伴寂寥。

围 肚

兜肚挑绣甚工。

  新式衣穿六月天,花花兜肚斗新妍。
  千针万线从头绣,草木虫鱼合八仙。

袭 皮

俗服不求称好,好穿棉绸衫。寒天即袭以皮马褂。

---

 ① 方家:"大方之家"的简称。本义是深明大道的人,后多指精通某种学问、艺术的人。
 ② 鸦青:暗青色。
 ③ 寒燠:冷热。

严冬霜雪压层峦,士①着衣衫更不凡。
被体也将寒燠②并,火狐马褂棉绸衫。

时 装

顶上好戴环金毡帽,下穿广东鞋,时尚仅有数年。
翩翩公子本来佳,绝世丰姿熟与偕③。
纨绔家风好穿着,环金毡帽广东鞋。

吉 辫

俗父母俱存者,壮年亦用红丝辫发。
一样须眉装束歧,弁俄④大半辫红丝。
知君总有新来喜,道是椿萱⑤并茂时。

孩 饰

儿童服饰种种不同。
儿童少小最怡情,累得阿娘百计营。
针黹⑥先将衣帽整,忽而和尚忽书生。

---

① 士:原作"土"之误。
② 寒燠:冷热。
③ 熟与偕:"熟"或为"孰",谁能和他相比。
④ 弁俄:帽子高耸。俄,同"峨",高耸。
⑤ 椿萱:父母的代称。古代称父为"椿庭",母为"萱堂"。
⑥ 针黹:缝纫、刺绣等针线活。

婢 妆

婢女年虽已笄①,仍少翘鬟穿履。
  侍儿妆束剧怜伊,不鬌②双丫③鬌弁丝。
  赤脚如无仙掌露,前生算有礼慈悲。

戴 髻

妇女皆用假髻。
  瞥尽吴娃④越艳⑤余,翠翘⑥妥帖灿芙蕖。
  压头自有生成髻,奚事云鬟⑦逐日梳。

斗 珥

妇女宴会,多以时尚珠翠争相夸耀。
  不将妍丑品瑕瑜,鬌鬓⑧争穿似豆珠。
  罗列裙钗拼首饰,当前先看大蜘蛛。
面前珠花谓之"蜘蛛"。

---

① 笄:古代女子十五岁可以盘发插笄,即成年。
② 鬌:下垂。
③ 双丫:指双丫髻,古代婢女和书童所梳发式。因将两股辫子盘于头顶两侧,故名。
④ 吴娃:吴地美女。
⑤ 越艳:古代美女西施出自越国,故以"越艳"泛指越地美貌女子。
⑥ 翠翘:古代妇人首饰的一种。状似翠鸟尾上的长羽,故名。
⑦ 云鬟:女子高耸的环形发髻。
⑧ 鬌鬓:珠钗,又作"鬌髻"。

短　裾

衣只四裾半①，绝少五裾②。
　　裁剪工夫孰赏音，古风廉③处到而今。
　　半裾巧合藏锋笔，楚楚衣裳只四襟。

窄　袖

裹衣袖仅三寸，至纤腕难以伸缩。
　　香闺穿着十分严，小袖衫和大袖兼。
　　玉臂双弯无觅处，只余葱指露纤纤。

荇　带

脚衣④多用绿色，红色次之。
　　脚衣环碧步徐徐，艳衬绣鞋入画如。
　　仙子凌波饶别趣，天然翠荇绕红蕖。

---

　　① 四裾半：已婚妇女所穿的斜襟短衣，衣服内襟只有一半，连同衣服两侧开叉处的四角，整件衣服共有四个半角，俗称"四裾半"。裾，衣服的大襟。
　　② 五裾：女人结婚时衣服内襟被续长，不再只是一半，俗称"五裾衣"。新娘穿"五裾衣"三天后便要将其洗净存放，直到百年以后才能取出再穿，故有长命百岁之意。
　　③ 廉：绝、断。
　　④ 脚衣：袜子。

莲 环

莲①勾压以金钏,旁悬小铃,行步珊珊作响。
　　淡抹浓妆衬绛纱②,钿环③压脚遍家家。
　　双勾动处玎珰响,恰似金铃护落花。

红 褂

闺女、少妇多着猩红绉褂,俗名"披封④"。
　　大家喜庆结重重,百宝堂前拜肃容⑤。
　　罗列丛中争美丽,猩红一袭大披封。

黄 裳

俗好着蜜黄裙裤,红色次之。
　　簇蝶湘裙百褶联,硬黄色夺软红鲜。
　　曳娄⑥未许裾拖地,恐蔽潘妃⑦两朵莲。
脚小者,裙不掩裤,裤不掩脚,谓之"层层叠喜"。

---

① 莲:指"三寸金莲"。
② 绛纱:红纱。纱,绢之轻细者。
③ 钿:镶有金花的脚环。
④ 披封:即披风。
⑤ 肃容:仪容严肃庄重。
⑥ 曳娄:穿戴。
⑦ 潘妃:南朝齐东昏侯宠妃潘妃,善舞,东昏侯为她凿金,雕成莲花,镶贴在地上。潘妃在上面边走边舞,称为"步步生莲花"。

卷之二　厦门竹枝词

释元璟　　厦门竹枝词①（四首）

（一）
海山巇嶪②海波平，二十年前此用兵。
梦破槐根③成底事，向人羞说古田横。

（二）
梅花白时洋舶开，（闽地梅花十二月即开。）
荔枝红时洋舶来。
开时不管梅花恼，来时只怕荔枝呿④。

（三）
照人似镜暹罗碗，切玉如泥日本刀。
白昼难看黑鬼子，绿瓶好买酒红毛⑤。

---

① 释元璟（1655—?），字借山，号晚香老人，清嘉兴府平湖县人。台州天童寺僧，住杭州化城庵。该诗录自《完玉堂诗集》卷五。
② 巇嶪：高耸。
③ 梦破槐根：指"槐根梦"，也称"槐安梦""南柯梦"。
④ 呿：笑。
⑤ 酒红毛：即红毛酒。道光《厦门志》卷七《关赋略》："红毛酒，每瓶二分"；"红毛酒罐，百个例二钱"。

（四）

虎蟳①是蟹绿螯长，龙虱②如虫黑壳香。
三月台湾船只到，西瓜甘美胜冰糖。

林兆鲲　　鹭洲竹枝词③（六首）

（一）

舶趠④风高十幅蒲⑤，石浔⑥回棹看衔舻⑦。
西洋宝货多如许，更带葡萄酒百壶。

（二）

动地轰雷贝阙⑧翻，海天竞渡到黄昏。
何人会鼓成连曲，楚些⑨声中吊屈原。

（三）

七夕筵中瓜果垂，羊车竹马⑩走孩儿。

---

① 虎蟳：（明）胡世安《异鱼图赞补卷上》："蟹有虎蟳，蹒跚而行，狰狞斑烂，遂冒虎名。"
② 龙虱：（明）陈懋仁《泉南杂志》："龙虱，如牛粪上虫，似黑而薄，劈食之，小有风味。"
③ 林兆鲲，字南池，生卒时间不详，福建莆田人。乾隆进士，官至翰林院编修。该诗录自《林太史集》卷七。
④ 趠：远行。
⑤ 十幅蒲：十幅蒲叶编成的帆。
⑥ 石浔：民国《同安县志》卷十九《交通》："石浔，在同禾里四都丙洲北，为金厦入县必经要道。"
⑦ 衔舻：船连着船，表示船多。
⑧ 贝阙：用紫贝明珠装饰的龙宫水府，也喻指瑶台仙境或帝王宫阙。
⑨ 楚些：《楚辞招魂》的句尾多用"些"，后因以"楚些"指招魂歌。
⑩ 羊车竹马：以羊当车，骑竹当马，指儿童的游戏。

儿家已得天孙①巧，不用人间续命丝②。

（四）

怪石奇峰插碧霄，竹舆咿轧③竞招邀④。
山僧拱手山门外，引入亭心看海潮。

（五）

山骨⑤雕镂路曲盘，真行篆楷遍巉岏⑥。
就中定有韩陵石⑦，□点双睛仔细看。

（六）

竹榻纸窗炉火红，茶烟一缕飐松风。
仪征小罅⑧儿拳大，艳说⑨孟公⑩兼逸公⑪。

---

① 天孙：即织女星。
② 续命丝：即续命缕，旧俗于端午节以彩丝系臂，谓可以避灾延寿。
③ 咿轧：象声词。
④ 招邀：招集邀请。
⑤ 山骨：指岩石。（晋）张华《博物志》卷一《地》："地以名山为辅佐，石为之骨，川为之脉，草木为之毛，土为之肉。"
⑥ 巉岏：小山。
⑦ 韩陵石：张鷟《朝野佥载》卷六："梁庾信从南朝初至北方，文士多轻之。信将《枯树赋》以示之，以后无敢言者。时温子升作《韩陵山寺碑》，信读而写其本，南人问信曰：'北方文士何如？'信曰：'唯有韩陵山一片石堪共语。薛道衡、卢思道少解把笔，自余驴鸣犬吠，聒耳而已。'"后世用"韩陵石"指好文章，此处则指好的石刻书法。
⑧ 罅：同"罐"。
⑨ 艳说：十分羡慕地评说。
⑩ 孟公：茶壶名。道光《厦门志》卷十五《风俗记》："俗好啜茶，器具精小，壶必曰孟公壶。"
⑪ 逸公：指"逸公壶"。清代著名的制壶艺人惠逸公，善制几何形体紫砂小壶，亦为名壶。

张锡麟　　竹枝词①（四首）

（一）

家住双池碧水边，春风吹水碧连天。
晴时载酒双池去，醉后高歌一扣舷。

（二）

日浴双池②暑气收，炎方③唯有此方幽。
侬家恰在双池畔，尽日临池狎水鸥。

（三）

两岸秋来长绿苹，渔人网罢一舟横。
近池买得鲈偏美，好共香莼④作午羹。

（四）

双池冬日水声澌，傍水家家补竹篱。
不知对此如年夜⑤，更有何人唱竹枝。

---

① 张锡麟，字尔苇，生卒时间不详，清乾隆时期人。居厦门双莲池，自号"池上翁"。该诗录自《池上草初集》。

② 双池：即双莲池。《厦门志》卷十三：张锡麟"居鹭江双池之上，因号池上翁"。《厦门市地名志》（2010年）：双莲池，"古有两水池，中隔一岸，两池水相通，故称双连池。后雅化双莲池"。

③ 炎方：南方炎热地区。

④ 香莼：即莼菜。《晋书·张翰传》：张翰，字秀鹰，齐王时辟为东曹掾。因见秋风起，乃思吴中菰莼羹、鲈鱼脍，曰："人生贵适志，何能羁官数千里，以要名爵乎？遂命驾归。"成语"莼鲈之思"，喻指思念家乡。

⑤ 如年夜：度夜如年。

吴国翰　　鹭门竹枝词[1]（五首）

（一）

偌大红楼俯水涯，门前大字老行家[2]。
钗头春茗勤留客，看得洋来几种花。

（二）

日落风微海气佳，岸头灯火密相挨。
鱼争晚市陈鲈鳜，人影匆匆出外街。

（三）

夕阳楼槛看行舟，处处渔歌唱未休。
好是夜焚沉水候，木兰花下坐新秋。

（四）

女郎盘髻学宫鸦[3]，一串斜簪末丽花[4]。
不管客愁听不得，曼声哀节押红牙[5]。

（五）

春泥印屐腻残红，细草粘天陌路通。
小扇惹香衫子扬，柳花枝上过来风。

---

[1] 吴国翰，字铁耕，生卒时间不详，清乾隆时期霞浦人。其父任兴化、台湾诸郡教授，千里省亲得历览山川风物，著以咏歌，著有《蝉余吟草》。该诗录自《蝉余诗钞》，"蝉余"或误作"醰余"。

[2] 行家：经营货物买卖的商行。

[3] 宫鸦：宫鸦翅，古代妇女的一种发髻，也称"鸦髻"。

[4] 末丽花：即茉莉花。

[5] 红牙：檀木制的拍板，用以调节乐曲的节拍。

郑开禧　　鹭门竹枝词[①]（十首）

（一）

古浪屿前春水生，厦门港口暮潮平。
谁家夫婿横洋去，（俗谓台湾为横洋。）
趁得东风几两轻。

（二）

米价高昂少宿储[②]，居民顿顿食番薯。
荒年倍觉持家苦，望断暹罗[③]一纸书。

（三）

赔得妆奁贵万千，邻家嫁女共喧传[④]。
谁知娇婿回门后，已卖膏腴十顷田。

鹭门嫁女最为豪奢，往往至破家，可叹也。

（四）

讨海生涯亦可怜，（海边捕鱼，俗谓之"讨海"。）
十千买得鸭头船[⑤]。
日来喜得南风劲，担口侦洋[⑥]又贩鲜。

大担、小担，皆海口礁名。俗谓出洋瞭望者为侦洋。

凡南风起，则获鱼必多。

---

① 郑开禧，字迪卿，又字云麓，生卒时间不详，龙溪人。嘉庆十九年（1814年）进士，有《知守斋诗文集》。该诗录自《知守斋诗初集》卷五。
② 宿储：存粮。
③ 暹罗：泰国。
④ 喧传：哄传、遍传。
⑤ 鸭头船：船头像鸭头形状的船。
⑥ 侦洋：出海望鱼情。

(五)

悔教夫婿去当兵,几两钱粮那代耕。
挤①得新婚容易别,三年鹿港换班行。

戍台湾者三年一代,曰"换班"。

(六)

暮春时节雨晴兼,却为游山也不嫌。
漫说虎溪太奇险,阿侬还上最高尖。

(七)

高髻新妆插素馨,长裙阔袖斗娉婷。
昨宵女伴来相约,不是烧香便踢青②。

(八)

端阳最是可怜天,不寒微热恰相便。
制得纱衫新上体,水仙宫外看龙船。

(九)

洋船初到北船开,
(往西洋者为洋船,往天津锦盖州等处为北船。)
冬以为期便驶回。
商女可知离别意,镇南关是望夫台。

(十)

内街居室外通阛,③(凡贸易皆在外街。)
人物繁华见一斑。
谁谱一篇风土记,鹭门原是小台湾。

---

① 挤:舍弃。
② 踢青:踏青。
③ 通阛:四通八达的市街。

潘庆琳　　鹭江竹枝词① （四首）

（一）

油幢②拥到画轮双，异物争看贡上邦。
日暮海门风色紧，涛头一线落寒江。

（二）

俯见参差万瓦连，万家云树万家烟。
朝朝试上高楼望，九月风涛浪接天。

（三）

居民尚有古风存，善化③何由到海滨。
未厌满城喧聒甚，终朝铜鼓赛迎神。

（四）

着体绡衫乍试凉，暖风齐带木犀香。
珠帘斜卷云鬟影，何处消魂不晚妆。

中央半圭道人　　鹭江竹枝词④ （四首）

（一）

清道难将俗习除，枉教派勇遍街锄。
不知局费开何事？曲巷深沟秽有余。

---

① 潘庆琳：生平不详。该诗录自《仲子遗稿》卷五，转录自《中华竹枝词》。
② 油幢：有油布帷幕的舟车。
③ 善化：善于教化。
④ 中央半圭道人（1865—1921年），俗名黄宗仰，原名浩舜，号中央，又称邱楞禅师、楞伽小隐、乌目山僧、宗仰山人，江苏常熟人。该诗录自《鹭江报》光绪二十八年八月十一日（1902年10月1日），第45册。

（二）

医局盈盈遍四邻，别开书院作何因。
若将此事移他举，多少人家待救贫。

（三）

街市排摊闳两遍，绝无当道小周旋。
熙来攘往时争诟，只为相逢路窄然。

（四）

赌博场开十二枝①，偏隅僻处引迷痴。
只因争胜如蝇集，到底害人总不知。

陈如山　　鹭江竹枝词②（二十八首）

魏介眉③序

余同砚友④陈君如山，品诣清端，学问纯粹，耽书史，诗古今。而其志不在温饱，最厌帖括⑤之学，不屑为优孟衣冠⑥文字。凡有撰述，多属有关世道之作。曩曾示余以所著《鹭江竹枝词》若干首，其中语虽俚俗，然皆寓讽喻之意，切中厦中时弊，语明意

---

① 十二枝：赌局之一种，昔日曾盛行厦门。
② 陈如山：生平情况不详，清末在厦门禾山薛岭、曾厝垵济世医局行医。该诗原刊于新加坡《日新报》1900年10月2日、10月3日、10月5日，转录自李庆年编《南洋竹枝词汇编》。
③ 魏介眉：生平情况不详，曾与陈如山一同行医于薛岭济世医局。陈如山《鹭江竹枝词》（28首）原由魏介眉从印尼廖内（Riau）寄刊于新加坡《日新报》，魏介眉作序，并加评注。
④ 砚友：旧时称共读的同学。
⑤ 帖括：科举应试。
⑥ 优孟衣冠：单纯模仿，只追求形似。

显．不假修饰，实具一片期望移风易俗之苦心也。其原稿存余行笥①中者，且十有余年矣，人未之见也。昨检旧书，偶得之故纸堆中，一篇佳构，几乎湮没。今于无意得之，合亟录出，为之表彰，然此特其一斑耳。

君之诗稿甚富，每见诵读，余闲吟咏之声，不辍诸口，故其所著诗多于文。又素习岐黄之术，戚友中有叩之者，无不药到病瘳②，咸啧啧称其神技。当庚寅③岁，嘉禾山疫疠大作，薛岭陈乃宣茂才开创中西医药局，聘余与君任其医席，而治理之法，君主于中而兼用西，余主于西而兼用中。吾两人虽所学不尽相同，而意见则甚相融。凡一症到手，虚衷商酌，从长计议，必审慎数四，而后定方。故就诊者恒霍然以去，其间起沉疴于俄顷，拯垂毙而复苏者，不知凡几。是疫役也，自秋徂冬，历时四五个月，按册核算，阅症三千余人，百投百效，全活甚众。自时厥后，君之医名大噪，人争延请，几不暇给，于是专擅其业。盖君之著，君固由其研求有素，医术精微，而亦因华人之信用中药者尤多，一投西药，则逡巡畏缩，必几经劝解，而后敢于下咽。故余尝著论，晓谕于人，略谓西人医学，至精且备，其用药也简而贱，其获效也神而速。愈病之期，常可计日而待，实有足以补中法所未及者。第华人未达其奥，往往疑不敢用，甚堪悯惜云云。然余初犹以为中国风气未开，乡村之人见闻未辟，无怪其然。乃不意南洋华侨，日与西人居处相接者，有几十年于兹矣，而仍未敢服西人之药。此诚理之所不可解者也。间或有服之者，则必待病势垂危，中医束手，正在弥留之际，始肯一尝试之。呜呼，何其愚之甚也！

---

① 行笥：出门所带的箱笼。
② 瘳：痊愈。
③ 庚寅：光绪十六年，公元 1890 年。据《民国厦门市志》卷三《大事记》所载："（光绪）十七年，禾山大疫，继以水。"此场大疫，当于 1891 年，

现吾友在厦之曾厝垵乡,主济世医局一席,业已有年。其施送药资,悉仿庚寅之例,概由好义之家自行筹捐,不费病者一钱。盖其心之仁也如此。范文正公有言,不为良相,当作良医,吾友其庶几乎!兹因录其诗稿,并略纪其行述于前,俾世之将读其诗者,先识其人之梗概云尔。

(一)

耶稣天主本回回,也拥皋比①讲道来。
鼓瑟无端胶却柱②,可怜木主③杠成灰。

(二)

鹯驱爵也獭驱鱼④,郎奉耶稣教不虚。
累得侬家小儿女,羞着莲步不如初。

教堂放脚⑤一端,最为可取。然小儿女犹啧有烦言,殊属可笑。

(三)

檀香教⑥主究先天,道总人间富贵仙。
任是专诚求口诀,也须助道办功钱。

---

① 皋比:古人坐虎皮讲学,后以指讲席。
② "鼓瑟"句:典出"胶柱鼓瑟",鼓瑟时胶住瑟上的弦柱,就不能调节音的高低。比喻固执拘泥,不知变通。
③ 木主:木制的神位。上书死者姓名,以供祭祀。又称神主,俗称牌位。
④ "鹯驱"句:鹯,鹞类猛禽。爵,雀。意即鹰鹯驱雀。《孟子·离娄上》:"为渊驱鱼者,獭也;为丛驱爵者,鹯也;为汤武驱民者,桀与纣也。"喻不会团结人,把一些本来可以团结过来的人赶到敌对方面去。
⑤ 放脚:释放裹脚。
⑥ 檀香教:《清稗类钞》:"秘密社会,多出于明季遗民。有三祖教者,俗谓为白莲教之支流。一曰无为教,又曰檀香教。"嘉庆《同安县志》卷十四《风俗》:"近更有一种无为教会,每会男女杂沓,伤风败俗,殆有甚焉。"

昔日欺过汉武,今朝又骗清人。

(四)

曾闻龙华五部经,金童①偏与别门庭。
两家口诀取多利,不许旁人侧耳听。

未造牟尼②之室,徒存口诀之方,真不值一文钱。

(五)

持斋念佛起慈悲,问尔何因行屡亏③?
寄语香闺众香伴,丫鬟流血莫淋漓。

仁民爱物,是所望于香闺。

(六)

无端白首想花簪,百计夤缘④枉费金。
买顶乌纱头上帽,谓他人父亦甘心。

谐极,恶极。

(七)

仙舟一造倡迎王. 采路游山举国狂。
粉阁⑤妖娇弹自唱,十三街上色声香。

"举国狂"三字是各首骨子。

(八)

亦有良家小女儿,多方赁顾重琼姿⑥。

---

① 龙华:即龙华教。金童:即金童教,也作金幢教。龙华教和金幢教都是斋教的流派,以在家持斋修行为特色,流传于闽台。
② 牟尼:即佛陀释迦牟尼佛。
③ 行屡亏:德行屡屡缺损。
④ 夤缘:拉拢关系。
⑤ 粉阁:闺阁。
⑥ 琼姿:美姿。

招摇市过花迷眼，钱树①平康②种几枝？

始作俑者，其无后乎！

（九）

劝君蒙养③重防闲，赛会迎神花易攀。
多少迷花诸子弟，为花憔悴不忍还！

（十）

一点风灯作钓钩，钓将纨袴好勾留。
缠头④二两八钱八，食品猪腰烟上浮。

（十一）

妾是私家半掩扉，自来自去莫迟迟⑤。
春风一度须分散，莫遣闲人说是非。

（十二）

落魄终身不可为，帐巾早已被风吹。
前番待月西厢下，此会敲门问是谁？

悔已迟了。

（十三）

下流只道是烟花，肉眼相看反足夸。
今日头衔从二品，当年脚色冠三家。

（十四）

姊妹排成共七行，翘翘楚楚⑥少年场⑦。

---

① 钱树：指妓女，旧时妓院中以妓女为摇钱树，故称。
② 平康：唐时长安丹凤街有平康坊，为妓女聚居之地。
③ 蒙养：教育童蒙。
④ 缠头：赠送给妓女的财物。
⑤ 迟迟：徐行貌。
⑥ 翘翘楚楚：亦作"乔乔楚楚"，高大耸立貌。
⑦ 少年场：年轻人聚会的场所。

恨予夫婿多轻薄，娄艾猪猳①总可伤！

眉②评：厦俗故有七姊妹③。

（十五）

此种原来不是花，舞衫歌扇④总横斜。

问津错认桃源洞，多事渔郎也泛楂。

眉评：世间第一可恶事，莫此若也！

（十六）

可怜不幸作樵青⑤，流落人家几度经！

身价低昂难一就，贩婆私下卖零星。

（十七）

多少花龄带发尼，玉容无主也居奇。

如来见惯浑闲事，那笑人间儿女痴！

（十八）

瞽女多居草仔垵，提琴卖唱夜深弹。

市人偏喜艳情曲，一曲未终行路难。

眉评：厦俗极坏，有一丐者唱歌，则环听若墙堵。夜愈深，人愈众。

（十九）

制艺文章试帖诗⑥，苍生无补亦奚为？

---

① 娄艾猪猳：当为"娄猪艾猳"。娄猪，母猪，意指淫乱的女子。艾猳，老公猪，意指渔色之徒。

② 眉：即魏介眉。

③ 七姊妹：花名。嘉庆《同安县志》卷十四《物产》："十姊妹，蔓生有莿，一跗十朵。又有七朵者，名七姊妹。"

④ 舞衫歌扇：歌舞者穿用的衫和扇。亦借指歌舞或歌舞妓。

⑤ 樵青：女婢。

⑥ 制艺：即八股文。试帖诗：即应试诗，常在题目之前用"赋得"二字，故又名为"赋得体"。

而今一笔勾销罢，对雪衔杯唱竹枝。

时天大雨雪，随口占此，以寄予慨！

（二十）

海滨邹鲁昔曾闻，狼藉如今异所云。

今日略将陈一一，整厘①百弊仗神君。

眉评：作者一种婆心苦口，于此可见。

（二十一）

招招②舟子丧天良，客是行番价倍常。

稍有分毫违所愿，请君饱饮海中央。

可骇可怕，不免为番客担忧。

（二十二）

关中赤鼠毒于蛇，人说乌龟假大爷③。

路上偶逢携重物，诬伊漏税送官衙。

（二十三）

镇南关是鬼门关，牛鬼蛇神廿四班。

但闻阎罗长坐镇，免令作祟祸人间。

眉注：镇南关，地名。廿四班，厦防④之役。

（二十四）

披发佯狂托降神，摇头拍案怒号频。

一声吾乃中坛到，须备三牲与替身！

眉注：状得极象，不觉失笑。

---

① 整厘：整顿改革。
② 招招：摇摆荡漾貌。
③ 乌龟假大爷：民谚，狐假虎威之意。
④ 厦防：指驻厦门的泉州府海防同知署，亦简称"厦防厅"。

（二十五）

宣疏①求天称下臣，师公②法力更无伦。
可怜夜卧难安席，不问医生问鬼神！

眉注：谐语、警语，愚极、痴极。

（二十六）

入座问衣复问年，须臾呜咽出黄泉。
白花仔共红花仔③，献纸桥头买路钱。

女巫呓语，荒唐之极。

（二十七）

算命先生号半仙，青蚨④廿四问流年⑤。
妄谈岁犯伤官煞，吓取金闺解厄钱。

此种更荒唐。

（二十八）

居丧演剧未为奇，入泮⑥迎亲鼓且吹。
既是读书人种子，请歌相鼠⑦一篇诗。

眉注：警语不可多得。

予一市衣耳，食毛践土，行年四十有四，自命为天地间之剩人，固无事乎多言矣。只为江河日下，不禁黯然神伤，爰形诸歌

---

① 宣疏：诵读祝祷文。
② 师公：《厦门志》卷十五《风俗记》："别有巫觋一种，俗呼为师公，自署曰道坛。倡为作福度厄之说，以蛊惑人心。"
③ 白花仔、红花仔：男孩、女孩。
④ 青蚨：铜钱。
⑤ 流年：旧时算命、看相，把人一年的运气称为流年。
⑥ 入泮：科举时代学童入学为生员。
⑦ 相鼠：指《诗经·墉风·相鼠》诗，诗句首段为"相鼠有皮，人而无仪！人而无仪，不死何为？"

咏，冀有以变其风。其中遇事直书，随意而作，语多俚俗，不假修饰。要惟不失风人忠厚之旨斯已耳，工拙非所计也。

陈如山谨识

陈祖荣　　鹭门竹枝词[①]（十二首）

（一）

康衢四达道无陂，厦岛如何竟不夷。
马路已开三五载，至今犹自叹岖崎。[②]

（二）

不费弓刀敌竟降，楼船箫鼓夜铮鏦[③]。
只今卅里思明地，不是鹭江是马江[④]。

（三）

英人惨杀太蛮横，鹭水汹汹抵制声。
一着罢工难解决，漫言奋斗与雄争。

（四）

穷奢极欲鹭江天，阅尽沧桑慨昔年。
楚馆秦楼行处是，日消无数好金钱。

[①] 陈祖荣（1862—?），字绍宗，福建惠安上浦村人，执教于泉州、惠安等多所学校。1923年起寓居厦门，先后任华侨女子师范、同文书院中学部、励志女中学、励志女中汉文专修科教职。著有《姚峰诗稿》（厦门文化印书馆1927年印行）。该诗录自陈祖荣《姚峰诗稿》。

[②] 厦门自1920年底开始第一条现代化马路的建设，但经三五年时间，工程进程缓慢。自1927年漳厦海军厦门警备司令部接掌厦门市政改造工程后，城区的市政建设方有突破性的进展。

[③] 铮鏦：金属撞击声。

[④] 马江：指1884年的"中法马江海战"，战斗以福建水师的惨败而告结束。

（五）

粥粥群雌①住济良②，石家粗婢亦生香。
剧怜叱燕嗔莺后，依旧侍巾③入上阳④。

（六）

纱囊革履逐时妆，郎爱自由侬爱郎。
偏是神权抛不得，错看月老拜城隍。

（七）

果然万恶是金钱，争把麻姑伴寿仙。
尽道阿娘好风鉴⑤，可堪鸡犬亦升天。

（八）

开门七事⑥好担当，尽有黄金赎锦珰⑦。
怪底青溪小姑子⑧，今宵欢喜伴刘郎⑨。

（九）

几群燕燕与莺莺，多是人家买养成。

---

① 粥雌群雄：又作"群雄粥粥"，原形容鸟儿相和而鸣。后形容妇女众多，声音嘈杂。

② 济良：济良所。厦门济良所创办于1915年，由警察部门管理，专门收留逃难之妓女、婢女、弃妇。

③ 侍巾：侍候衣帽之类。

④ 上阳：上阳宫，唐玄宗的行宫。

⑤ 风鉴：相面之术。

⑥ 开门七事：古语有"早起开门七件事，柴米油盐酱醋茶"词句。

⑦ 珰：古玉器。

⑧ 青溪小姑子：泛称未出嫁的少女。古乐府《青溪小姑曲》："小姑所居，独处无郎。"

⑨ 刘郎：《太平广记·神仙记》晋刘晨、阮肇入天台山采药，遇仙女结下奇缘，遂用"刘郎"指称情郎。

差喜①笙簧②能奏巧,倍增声价重连城。

（十）
男女婚姻尚自由,爱情一动竟难收。
花前月下相欢约,好事无成誓不休。

（十一）
丧事称家之有无③,何因不惜及锱铢④。
延僧忏悔⑤成风尚,执绋驾輀⑥奈塞途。

（十二）
何来教育恶风潮,学子心荒志又骄。
安得保存吾国粹,栽培多士胜前朝。

芹　采　　厦门竹枝词⑦（六首）

（一）
鹭江春水碧如油,女伴招邀荡画舟。

---

① 差喜：略微高兴。
② 笙簧：泛指乐器。笙,管乐器名,大者十九簧,小者十三簧。簧,乐器中有弹性的薄片,用以振动发声。
③ 称家有无：谓办所费须与家境相符,不可过奢或过俭。语本《礼记·檀弓上》："子游问丧具,夫子曰:'称家之有亡（无）。'"
④ 锱铢：锱、铢为古代极小的重量单位。四锱为一两,六铢为一锱。用指很少的钱或很小的事。
⑤ 延僧忏悔：请僧人为脱罪祈福而专门举办仪式。
⑥ 执绋驾輀：绋:大绳,特指牵引灵车的大绳。輀:灵车。《幼学琼林》曰："送丧曰执绋,出柩曰驾輀。"
⑦ 芹采：作者情况不详。该诗原刊于新加坡《叻报》1922年2月18日,转录于《南洋竹枝词汇编》。

齐唱秋娘金缕曲①,仙娥侧听倚朱楼。

(二)

估客南洋满载归,形容变尽认依稀。
郎君久别为谁瘦?减却侬家带一围。

(三)

采莲游女木兰桡②,无限风情压群翘③。
郎问侬家何处里?绿杨深处夕阳寮④。

(四)

侍儿晓起插花钿⑤,珠翠丛中剧可怜⑥。
好似园林春色里,桃花带雨柳含烟。

(五)

斜阳一带送归桡⑦,为泊溪边第一桥。
月暗江村人散后,酒阑钟歇影萧萧。

(六)

莺花庭院绮罗天,筝语琴心记昔年。
旧地花场春易老,只今⑧共棹钓鱼船。

---

① 秋娘金缕曲:唐代节度使李锜作《金缕衣》,又名《金缕曲》。其妾杜秋娘以善唱此曲著名。
② 木兰桡:用木兰做的船桨,亦指很讲究的船桨。
③ 翘:翘楚,特出。
④ 夕阳寮:在水仙宫望高石下,清末至民国时沦为香艳之区。
⑤ 花钿:旧时妇女的首饰,用金翠珠宝制成花朵状。
⑥ 剧可怜:剧,非常。可怜:可爱。
⑦ 归桡:归舟。
⑧ 只今:如今。

鹭江归客　　厦门竹枝词[①]（九十首）

（一）

禾江月映白沙明，大旦[②]风波阻将旌。
天遣中原沦鞑虏，海潮空作鼓鼙声。

昔清兵入关，遣福康安、海兰察、百巴图鲁等及各省精兵浮海到厦，患风大担门外。后川湘黔粤师至，遂抵鹿耳港，全岛悉平。

（二）

嘉禾小屿旧时名，沿海曾添守戍兵。
却为防倭来结寨，只今不见厦门城。

厦门旧名嘉禾屿，宋太平兴国时产嘉禾，一茎数穗，遂以得名。明时立卫戍所，抽三丁之一为沿海戍兵，结水寨以防倭寇。筑路后城遂废。

（三）

天南开府剩蓬蒿，千古长留昼夜涛。
片石题名甘国宝[③]，传奇旧事玉提刀。

---

① 鹭江归客：疑为陈拾芗的署名。《厦门竹枝词》（90首）录自福州《华报》1934年7月6日至12月3日，共分44期连载。厦大附中期刊《囊萤》1936年第3、4、5、6、7、8、13、14期以"陈拾芗《厦门杂咏》"为题，选载其中37首。

② 大旦：即大担岛。

③ 甘国宝（1709—1776年），字继赵、和庵，清代古田（一作屏南）人。雍正十一年（1733年）武进士，乾隆二十六年（1761年）至乾隆二十八年（1763年）任福建水师提督，驻厦门。提督后园（今厦门城遗址）石壁，留有甘国宝题刻"瞻云""曼倩偷□"。

清康熙中，水师提督甘国宝开府①厦门，今海军要港司令部后园内，有甘之留题。《榕坛评话》曲本中有"玉提刀"②者，即述甘之事迹。

(四)

将军百战展龙韬③，靖海归来胆气豪。

只为封侯甘事贼，千秋遗恨在江涛。

康熙二十二年（1683年），靖海将军施琅挂侯印驻厦。施仕明④为游击，降于清，以舟师攻台湾，平郑氏。

(五)

万里江山付劫灰，伤心莫上水操台。

降王事业君休问，独向斜阳吊霸才。

明社既屋⑤，郑芝龙受明招抚，拥唐王图恢复，兵败降清。其子成功据台湾，封延平郡王，水操台为阅舟师旧址。

(六)

无官便觉此身轻，纵欲陈情未许行。

一角海湾修战垒，十年赢得太平声。

海军要港司令林国赓⑥氏，治厦十年，至著功绩。年来屡兴倦

---

① 开府：设置官府。厦门水师提督署，据道光《厦门志》记载："康熙二十四年（1685年），将军侯施琅建。"

② "玉持刀"，为福州评话。民国十年（1921年），福州李挺元据《玉持刀》改编为闽剧连台本戏《甘国宝》。

③ 龙韬：兵法、战略。

④ 施仕明：疑为"施世骠"之误。施世骠，施琅第六子，随其父出征台湾，时年十五六岁，委署守备。

⑤ 屋：终止。

⑥ 林国赓（1886—1943年），字向今，福建闽侯人。民国十三年（1924年）任漳厦海军警备司令部参谋长，民国十六年（1927年）升任漳厦海军警备司令。

勤意，均为部令所慰留。

（七）

只缘欲博姓名香，倒海移山事未妨。
欲问当年周会办，为谁辛苦为谁忙。

前市政会办周醒南①，在厦办理市政，筑堤修路，面目一新，新兴都市之名益著。近为厦某团体所控，谓有卖国嫌疑。

（八）

灯火南州万马回，虎头石破将军来。
名山小劫英雄泪，回首羊城夕照哀。

虎头山，在镇南关侧，有石状如虎头。因展路凿石遂破，上建洋楼，施以铁栏。十九路军入闽，某将军曾卜居此地。时闽南人有怨其苛政者，遂归咎于山石之败坏。盖俗传厦门之虎头山，制粤中五羊城，饿虎既敌，馋羊益张。今十九路军以叛逆党国而败，虎头山石尚继续在锤凿中。风水之说，徒增人感慨耳。

（九）

巨腹膨脝②囊橐肥，重洋苦博万金归。
岛中人语关生计，海外风波日日非。

闽南人多远涉重洋，行贾归来，类多巨富。近海外不景气，侨商生计，大非昔比。

（十）

椰浆风味念家山，横海人从岛外还。
已惯炎荒蛮子服，白衣如雪过年关。

---

① 周醒南（1885—1963年），字惺南，号煜卿，广东惠阳人。20世纪20年代后历任厦门市政促进会委员、厦门市政督办公署会办、厦门市堤工办事处顾问、厦门市路政办事处顾问、厦门市工务局局长等，实际负责制定厦门市区的建设、规划和施工。

② 膨脝：腹部膨大貌。

华侨海外归来，衣着多从热带妆饰。虽朔风凛冽，有尚着白衣者。

（十一）

生天成佛总无凭，一着袈裟便是僧。
粥鼓斋鱼消受惯，等闲还对读书灯。

南普陀禅寺设佛学院，由各名山宝刹保送光头弟子为学僧。每日照学校花样，点名上课。

（十二）

一夕因缘假作真，妆台香火总成尘。
镇南关外闲风月，难得情天血性人。

筑路以后，莺莺燕燕，咸傀居旧之镇南关。今之大生里，闲花野草，惟钱是问，金尽则情亦尽矣。

（十三）

破晓禅关笑语哗，军持①遍插并头花。
可能解脱泥犁②业，蓬首焚香拜释迦。

每逢朔望，倡门姊妹，竞往南普陀烧早香。一路香车，如入山阴道上。而飞鬟堆云，有未及梳洗者。

（十四）

六街彩仗一时新，拥出玲珑阁里人。
法曲③银筝尘海里，野花争唱满城春。

迎神赛会，辄夹以"人阁旦"。稚妓雏姬，坐台阁中，撚筝细唱，流波送媚，顾盼生春。其倾人处固不下于眉语目成④也。

---

① 军持：一种瓶装盛水器，又名军墀、君迟、群持、捃稚迦、净瓶等。
② 泥犁：佛教语，意为地狱。在此界中，一切皆无，为十界中最恶劣的境界。
③ 法曲：古代乐曲。
④ 眉语目成：用眼光传情达意。指男女相爱，目光传情，两心相许。

（十五）

作戏逢场子弟班，八仙过海七仙还。

就中脱却韩湘子，铁笛犹留海外山。

本地戏名"七子班"，梨园子弟仅七人耳。如点《八仙过海》，七人出台，一问一答，非曰韩湘子寻笛未至，即曰铁拐李脚痛难当，不克同行。捉襟见肘之状，可发一噱。

（十六）

后堂锦制合欢襦①，鹭岛河阳总不殊。

最是县君饶艳福，桃花恰种十三株。

前思明县长某君，后房广植，适得十三之数。名士风流，令人艳羡。

（十七）

苦无金屋贮歌喉，偏为书生死不休。

三日莺花春似海，可真侠骨出青楼。

书寓群花，自是高人一等。其间有悦学府高材者，征歌之余，绸缪备至，甚至生死以之，回肠荡气。求之章台间，似亦不可多得。

（十八）

夹道香风拂软尘，开帘送出晚妆人。

长宵过尽神仙侣，烛泪浇残入幕宾。

大生里两旁，闲花罗列，引咙兜春。而长夜漫漫，不得一客者有之。神女生涯，可发一叹。

（十九）

三云姓字记袁家，檀板歌残姊妹花。

---

① 合欢襦：绣有合欢图案花纹的短袄。合欢，一种象征和合欢乐的图案花纹的名称。襦，短袄。

一自申江归去后，园门闲煞碧油车①。

新世界平剧坤角袁氏曼、香、汉"三云"，为海上女银星袁美云之姐妹，造诣尚深，虽不甚卖力，而叫座者弥众。十九路军团长李金波，曾挚金求其次者，遭其竣拒，寻即返沪。

（二十）

残山剩水泪痕多，亡国犹翻别调歌。

到处红楼随意唱，桃花江②是美人窠。

近数月来，流行歌曲以《桃花江》为最，学舍商场，教坊鞠部③，均能琅琅上口，不脱音节。郑卫淫靡之声，殆亦亡国之征欤？

（二十一）

结束秋光送晚潮，江城兵气夜来消。

全军解甲元戎走，草草山河又一朝。

闽中伪府④于残秋时节成立，一旋踵即告荡平。鹭岛亦于一夜间不血刃而光复之。可谓之厦人有福矣。

（二十二）

长天帆影水滔滔，碧海风生万顷涛。

笑语哥哥泅不得，初三十八浪头高。

海滨水浴场，多粲者⑤往游。粥粥群雌，浮沉如意。亦有娇怯

---

① 碧油车：用青蓝色油布做车帷的车辆。古代为女子所乘。

② 桃花江：20世纪30—40年代的经典流行歌曲，由黎锦辉作词作曲，黎莉莉演唱。歌曲以桃花江畔环肥燕瘦、各臻奇妙的美人衬托主人公所爱慕的理想对象。这首歌当时风靡整个中国及南洋。歌词有句"桃花江是美人窝，桃花千万朵，也比不上美人多……"

③ 鞠部：戏班别称。

④ 伪府：指1933年11月，蔡廷锴、蒋光鼐、陈铭枢和李济深等人在福建发起的"中华共和国人民革命政府"。

⑤ 粲者：美女。

生嗔,欲行又止者。女儿情态,不一而足。

(二十三)

何须野籔①与山肴,短几并肩踞路坳。

沽酒不妨兼市脯,老饕记取五香苞。

鹭门谓卤味为五香,以城隍庙附近"苞记"为最。醵饮小酌,或趋之若鹜。

(二十四)

调弦度曲画楼中,买笑千金一例同。

真个销魂何处是,西湖春与玉华宫。

厦市劳动界分子,向晚恒就浮屿角之"西湖春""玉华宫"各旅社茶楼品茗,歌女亦麇聚是处。征歌选色,一曲销魂,尤以夏令为最。

(二十五)

玉堂争看筱茹珍②,异国衣冠亦可人。

最爱苏三临起解,红装憔悴女儿身。

今年六月菲律宾参观团到厦,厦人士组欢迎会,假厦门大学大礼堂宴请之。并延新世界平剧坤角筱茹珍彩排"女起解",演时碧眼儿采声雷动,叫好不绝。

(二十六)

箫鼓斜街列鹭班,歌姬台阁唱刀环③。

喧传尽孝谁家子,空巷相携看出山。

厦地谓出丧为"出山"。于普通仪仗外,尚有叶欢④、台阁、香担、花亭。粉白黛绿,品竹调丝,一切娱乐行列,无不应有尽

---

① 野籔山肴:山中的野菜和野味。籔,野菜。肴,鱼肉。
② 筱茹珍:京剧名角。
③ 刀环:"环"与"还"同音,古代隐指还归。
④ 叶欢:又称"什欢",即福州的十番音乐。

有。与所谓"丧,与其易也,宁戚;礼,与其奢也,宁俭"① 之语,大相径庭。陋俗浇风,殊不足训。

(二十七)

呼啸当途疾似猱,顽儿妙手本来高。

偷闲生事长街上,拚火争扬鹿角刀。

闽南民风骠悍,厦岛顽童,更锐不可当。今春曾发生十五岁顽童因分赃不遂,围刺某舂手②一案。他如拦途截劫之事,亦有出自乳臭未干之手者。教育无功,方斯可见。

(二十八)

沙场此日动干戈,守土无人可奈何。

八面威风丘广燮,排球输与广州多。

十九路军治闽时,曾招广州华南体育会来厦作球类比赛。足球败,篮球和,独排球一项奏凯而归。左锋丘广燮杀球尤具绝顶功夫,遍厦岛无有其匹者。

(二十九)

倚门日日卖风流,神女生涯苦未休。

偶忆生身亲父母,青楼昨夜梦温州。

大生里一带,野鸡栖遍,率皆浙之温州人。此辈有为饥寒所迫,被鬻娼门,辗转来厦者,家乡间或尚有父母兄弟在,但恨未能苦海超升,重圆骨肉耳。

(三十)

层楼新贮粤东姝,健仆囊枪护一隅。

羡煞邻人频告语,伊家夫婿绾兵符。

---

① 丧,与其易也,宁戚;礼,与其奢也,宁俭:原句出自《论语·八佾》:"礼,与其奢也,宁俭;丧,与其易也,宁戚。"意为:礼,与其铺张奢侈,不如俭朴。拿丧礼来说,与其轻松周备,不如发自心底的真正哀伤。

② 舂手:扒手。

十九路军入闽，广东人之公馆林立。岛上层楼半是官家私寓。武人得意，一例如斯，固不足为百粤健儿独责也。

（三十一）

蓬门春色暗中藏，多少瞒人夜度娘。
踏遍思明南北路，好风递到口脂香。

厦门虽蕞尔小岛，娼妓之数量，大足惊人。公开营业者不计外，台基密卖，尚不可胜数。两羊在手者，便许问津。若不仅瀹茗清谈，则此戋戋①者，不足道矣。

（三十二）

全师昨夜渡江东，娘子军前战略工。
抗敌都关肝胆事，肯从儿女识英雄。

集美学校女篮球，独步华南，无与抗手者。前岁汕头、广州等处客军，前后到境挑战。女篮球一项，全以集美队应敌，罔不获胜。儿女英雄，固不仅闽南之光也。

（三十三）

樽前拣取一枝花，凄绝胡弦寂不哗。
忍泪停歌君记否，匡庐山下是侬家。

酒楼客栈，多有走唱女郎，三五鬻歌其间。操是业者大半属江西籍，弦索迟迟，自拉自唱，可叹亦复可怜。

（三十四）

供养蛾眉第一班，红楼遥认白城山。
狂生应解情痴意，都在裙钗兼爱间。

厦门大学女士宿舍，榜曰"兼爱楼"。楼在白城山下，两字题名，艳而且韵。倘亦青衫红粉，别有会心者欤！

---

① 戋戋：细微。

(三十五)

家家庭畔树幢幡,焰口①声招月下魂。

不度生民偏度鬼,盂兰胜会闹中元。

年届七月,到处建盂兰会,法磬木鱼,声喧十里。其盛况为一年佳节中之首屈一指者。岛民迷信,可见一斑。

(三十六)

东风有意写微波,盐草当年认旧河。

犹是蓼花溪畔路,一春踏碎落红多。

民十六(1927年)秋,海军警备司令部堤工处辟新区,收地价以建中山公园。蓼花溪、盐草河一带均划为园址,旧日之荒废村庄,今则成为大好园林。溪河旧址,一仍其旧。

(三十七)

红裙白袷少年场,岛屿缁尘②结客忙。

赢得头衔官样足,两朝顾问一身当。

闽南富商黄某,卜宅鼓屿上。其令郎某君,凤蜚声于交际界。伪府时代,曾任最高机关之顾问,颇工迎送。近又任某局顾问职,识者均以跨灶许之。

(三十八)

寒山路近海棠窠,古寺芳踪入眼多。

纤手有时收好雨,织成情网寄侬哥。

鸿山寺在大生里侧,旧传"鸿山织雨",为厦门八景之一。今则惟余废寺荒山,为莺燕闲登之所矣。

(三十九)

四弦蹴损数行芽,疑在浔阳近水家。

---

① 焰口:佛教用语,形容饿鬼渴望饮食,口吐火焰。和尚向饿鬼施食称作放焰口。

② 缁尘:黑色灰尘。常喻世俗污垢。

彻夜泠泠司马泪，满天风雨响琵琶。

中山公园内有"琵琶洲"，位于晓春桥畔之蓼花溪中，斜伸水上，状肖琵琶。四弦栽绿草为之，点缀园林中，为别开生面之建筑品。

（四十）
羡煞囊中子母钱①，群公推位礼三千。
官场结束翻赔本，政海风光恰一年。

十九路军治闽时，为顶礼财神故，招华侨回国，委以官位。某处长亦其一也。及伪府失败，乃仓皇辞职。综计莅任以来，经费为省府所欠颇巨。去位后即电汇万元以清僚属欠俸。商人理政，结局如斯。回首官场，当不在商场之上也。质之处长，亦以为然乎？

（四十一）
鸳鸯零落酒痕消，燕子楼空一搦腰②。
惆怅旧时歌舞地，茶余犹话夕阳寮。

夕阳寮俗呼寮仔后，昔为娼寮丛集之地，歌扇舞衫，固不下于红板青溪间也。展路以后，歌坊中人，悉迁大生里。旧时盛况，遂不复睹。过此者，咸不胜今昔之感。

（四十二）
净业薪传愧未能，深宵聚议佛前灯。
山家底事师逐客，托钵归休一老僧。

南普陀佛学院，于招收学僧外，并向各处聘请高僧担任教授。今年春间，学僧中因某种关系，黉夜实行打倒教务长，将其驱逐离校。据所宣布之理由，有因该教务长老病不胜，好意劝其退休等语。秃驴龙性难驯，于斯可见。后经理事会紧急会议，开除三人，

---

① 子母钱：即青蚨钱。传说青蚨生子必依草叶，大如蚕子。取其子，母即飞来，不以远近。

② 一搦腰：瘦细的腰身。

风潮始已。

（四十三）
名园新压瓮头春①，喜煞寻欢买醉人。
欲索珠娘来侑酒②，当垆冷艳是乡亲。

厦岛各菜馆，多福州人所开设。白衣女侍中，省籍者亦占其半。闲来侑酒，细话乡情，亦客中消愁之一道也。

（四十四）
香骨成灰恨转长，分明血性出闺房。
诗人憔悴莺莺死，回首扶桑梦一场。

厦门大学代理秘书詹汝嘉，早年在东瀛求学时，与居停之女君代子发生恋爱。后侦知詹已娶妇生子，乃一恸而绝。詹亦为感泣不胜，草诗词纪其始末。情海归槎，千秋此恨。情场哀艳，传遍鹭江。厦大校长林文庆闻其事而器其人，遂聘入授以教职。

（四十五）
海天浩气荡层胸，鼓浪喧豗③意兴浓。
入水纷争波上路，到头共指鹭江龙。

厦地滨海，岛国居民，多擅游泳。去厦曾举行横海竞赛，冠军为王鸿龙君所得。"鹭江龙"之雅号，一时传遍厦门。

（四十六）
时装裸足步通衢，最是魂销六寸肤。
故掠衣衩腰一裛，逗人怜处在双趺。

厦门为新兴都市之一，风气独先。妇女时装，遂亦趋裸腿赤足。每当夕阳下，高跟袅娜，微步凌波，玉琢粉装，其动人处正不亚于昔日之莲钩三寸也。

---

① 瓮头春：古指刚酿好的酒。
② 侑酒：劝酒。
③ 喧豗：纷乱吵闹的声音。

（四十七）

登筵烧翅伴蒸豚，广益楼中尽一樽。
压酒①粤姬嫌格磔②，要遮③更上大三元。

粤菜在国内夙负美名。厦岛之粤东酒家，首推大三元、广益楼等。今广益楼尚在，大三元则倒闭矣。

（四十八）

寓禁于征国课充，可曾涓滴尽归公。
花间小吏今何似？都在倡门冷眼中。

淫业既盛，花捐局生涯遂亦蒸蒸日上。近开衙设局于大生里侧，楼台近水，自可收一劳永逸之功。而征及皮毛，终不免为花丛所窃怨也。

（四十九）

双翼凌空驾紫霓，此身疑共白云霄。
冲天果遂男儿志，眼底群山一蕞低。

曾厝垵有飞机场，属诸海军航空处。学员三五，日出时辄驾机练习，凌虚直上，夷犹如意。想学成之日，其为党国磐材也无疑。

（五十）

辚辚一队下斜坡，压道鸣金几度过。
辛苦又推车子转，蜂巢山下石头多。

厦门自拆屋筑路后，市中建筑物日益增多，每于炎阳之下，土车队队，载石而行，工头扬旗鸣金，沿途告警，点缀于纸醉金迷之大都市中，实一幅绝好之苦乐对照图也。

（五十一）

明珠换米怨红颜，国破方知一食艰。

---

① 压酒：以重物挤压，榨出酒汁。
② 格磔：原指鹧鸪鸟鸣叫声，后用以形容语音或文字的佶屈聱牙。
③ 要遮：邀请。

写意春江花月夜,情歌细细唱台湾。

台湾歌妓,在厦岛花界亦占优越地位,盖有恃而无恐也。亡国花枝,供人攀折。真所谓隔江商女,犹唱"后庭"者矣。

(五十二)

报道巉岩用火攻,心惊霹雳数声雄。

艰难捷径修成日,谁念移山第一功。

厦门自市政革新以后,全市街道,整整有条。路线所经,开山通路,以故巉岩顽石,首当其冲,恒以火药炸之,砰訇数响,烁石纷飞。近以不景气故,工事久已停顿。

(五十三)

璇宫①羯鼓听晨挝,新后临朝祝语多。

富丽果无薄媚好,众香输与玉梅花。

《思明商学日报》之副刊"电影",于春间举行厦门电影选后,列举中国女银星数十名,以票数最多者当选。征求一月,应者以万计。结果以陈玉梅女士名膺首席,身列昭仪。报坛影事,向往者大有其人也。

(五十四)

深宵祈梦卧荒祠,颠倒只因十二枝。

问遍鬼神皆不是,青车红马费猜疑。

营十二枝赌业者,多为籍民。青红二色,间互出之,质类花会。猜压者争先恐后,官家视若不闻。小民无知,以此而肇丧身破产之祸者,数见不鲜。鼓浪岛黄家渡空前大火,即因猜压十二枝遗落火种而起。

(五十五)

坐使裙钗拥百城,嫏嬛②福地付卿卿。

---

① 璇宫:玉饰的宫殿。指仙宫、皇宫。

② 嫏嬛:传说是天帝藏书的地方。后泛指珍藏书籍之所在。

登楼狂客争抛卷，消受当窗一段情。

县立图书馆在文渊井，阅书室中以女职员三人司其事。倚槛当窗，颇饶风韵，以是狂伧竞事登楼。究其目标，固醉翁之意也。

（五十六）

酒香销尽月华生，不负春人①此夜行。

前度落梅无恙在，东风吹送一声莺。

前岁梅花少女歌舞团②渡厦献艺，观者空巷。团员健在，不减当年。徐粲莺之歌喉，依然有绕梁三日之概。他如张仙琳辈，亦个中之翘楚。

（五十七）

华堂祝嘏③寿宴开，万道金蛇破壁来。

底事法庭干净地，竟教一炬化成灰。

思明高等分院暨地法院，旧址在太师墓。前年秋间，因院中某首席寿辰，僚属均往称觞。在院之值日员，因燃煤油炉煮酒，不戒于火，遂兆焚如。后虽将当日肇事人员依法惩办，而院址终无力建筑，近已一迁再迁于大生里侧矣。

（五十八）

又翻别调抱琵琶，太太如今不姓沙。

枕席行师④身未老，残妆瘦影落江家。

素称肉林健将之福州暗娼沙太太，自匿迹销声后，又下嫁与律师江某。江悬牌民国路，双栖鹭岛，深庆得人。从此禾江，当多艳迹矣。

---

①　春人：怀春之人。

②　梅花少女歌舞团：20 世纪 20 年代创办的歌舞团体，初名"梨花少女歌舞团"，1930 年改称"梅花歌舞团"，创办人魏紫波女士。徐粲莺与龚秋霞、蔡一鸣、张仙琳、张绮，合称"梅花五虎将"。

③　祝嘏：祝贺寿辰。

④　枕席行师：谓男女交欢。

（五十九）

弹丸小岛一航通，商略①逃生计岂穷。
舍北舍南皆入籍，日章旗②下可怜虫。

客岁闽变，中央军飞机数炸漳泉，厦岛籍民，亦恐波及，于屋顶上张日旗几遍，满目凄凉，如入异域。家国前途，可胜一叹。

（六十）

青春健美好头衔，两字摩登最不凡。
艳说姑娘多肉感，丰肌掩映裲裆衫③。

欧风东渐，洋化日深。都市姑娘，竞夸肉感。厦岛之摩登伽④风流解数，亦日新一日，袒裼⑤自如，无人无我。尤以夏日黄昏，最称盛况。

（六十一）

海上重来曼舞人，罗衣珠翠十分新。
玲仙刚健文娟瘦，一树银花报早春。

今春海上银花歌舞团，两度来厦奏艺。台柱为薛玲仙、张文娟等，环肥燕瘦，各臻其妙。

（六十二）

投江孤愤发悲歌，角黍当年吊汨罗。
信否锥筒堪益智，巧缠菰叶肉香多。

肉粽为厦地有名食品之一，经年售卖，固不限于天中佳节也。粽如常制，加以肉丝、火腿、鸡肉诸料，以洪本部之泉三号尤为驰名。

---

① 商略：准备。
② 日章旗：日本国旗。
③ 裲裆衫：古时一种无领无袖的衣服，类似现代的马甲、背心之类的上衣。
④ 摩登伽：源自梵语，为古印度旃陀罗族贱民。其女子又称"摩登女"。
⑤ 袒裼：脱去上衣，裸露身体。

（六十三）

阴宅连衡建路旁，雕梁画栋更堂皇。

原来尘世人情薄，大厦崔巍等纸坊。

厦人遇丧事终七，辄雇纸扎匠糊制阴宅。分门别户，亭台楼阁，罔不尽备，所费千金。是夕，付之一炬，不稍吝惜也。

（六十四）

日下谁招帝子魂，只余渔火照江村。

西风残夜筼筜港，晚汐平添海上喧。

筼筜港在浮屿角外，为海湾伸入处。据《厦门志》所载，清世祖升遐①于此。今则港口黄昏，惟余落日，荒江渔火，点若疏星而已。

（六十五）

期期艾艾②话生平，湘水军前老女兵。

见说情场添秘纪，群雄争拜谢冰莹③。

社民党女将谢冰莹，自遗弃顾凤城④后，即受党命来闽。初在闽西工作，旋到厦，入厦门中学充任国文教员。谢娘口吃，每语辄期期艾艾。然自命极高，辄以《从军日记》炫人。一时厦地文坛，吹捧备至。结社出刊，争以延谢演讲作序，以为荣幸。传谢亦情场尤物，初与胡云翼结缘，凤走武汉，以肉身布施于主义。后嫁顾凤城，嫌其文弱，又复仳离。入闽后与徐名鸿交，极昵。闽变既败，走港入粤，不知所终。

---

① 升遐：帝王死去的婉辞。
② 期期艾艾：口吃之人吐辞重复，说话不畅。
③ 谢冰莹（1906—2000年），原名鸣冈，又名谢彬，湖南新化人。与丁玲、白薇并誉为"女性作家三杰"。主要作品集有《从军日记》《女兵自传》等。1933年时，应聘在省立厦门中学任教。
④ 顾凤城：江苏无锡人，谢冰莹第二任男友。

（六十六）

远浦商航海上来，浮江邪许①响春雷。

渡头汗滴劳人血，换得微资带笑回。

厦地为五口通商商埠之一，扼南国之要冲。华洋互市，舟楫往还。每届商轮进口，码头上运货工人，来往如织。辛劳终日，仅博糊口之资。劳工神圣，殆即此乎？

（六十七）

纵横石齿列方塘，夕汐朝潮百倍忙。

敲破连房掬海水，蛎黄蚝白费平章。

厦地产牡蛎，就海滨砌广塘，使其繁殖。遣妇孺以铁器就石敲击之，盛以筐筐，洗净后即可登市。

（六十八）

案头清供②竞相夸，软语徐行正放衙。

消受香风增激刺，愿教常对助情花。

前厦市各机关中，如教育局、市筹处、法院等，多聘有女职员，率为南边脂粉，亦有来自三山两塔间者。一时窈彩纷呈，枝叶并重。偶入办公厅中，使人有一年十二月尽是养花天气之感也。

（六十九）

新剪鲛人十丈绡，匆匆缠上女儿腰。

江天辟暑③梁三赛，阿姊妖娆两妹娇。

沪上女星梁赛珍，于去夏南下遨游，曾小住鹭门多日。一般走马王孙，震其芳名，过访者接踵而至。梁为粤人，有妹二，赛珠、赛珊，均精于舞艺，近在申江大沪舞场伴舞。

---

① 邪许：拟声词。劳动时众人一齐用力所发出的呼喊声，即号子声。
② 清供：指摆放在室内或案头供观赏的物件摆设。
③ 辟暑：避暑。

（七十）

张旗设供女郎祠，道是湄洲孝友师。
棼尾①春光喧社鼓，六街香火拜天妃。

年届三月杪，各社保结会迎天后圣母。圣母为莆田人，事父不嫁，曾显圣于湄洲海上。永乐时晋封天后，航海者极信奉之。今春迎神尤为热闹，行列多至数十队，耗费殆尽万金焉。

（七十一）

摩天飞阁望流丹，曲槛幽花亚字栏。
传舍春深含杀气，重楼复壁好藏奸。

籍民在厦经营大旅社数家，内部建筑，备极神秘，寻常人不得窥其堂奥。传内有地道可以运输军火，一旦岛疆有事，此辈大足为虎作伥也。

（七十二）

杏脯桃干信手拈，八珍梅子半酸甜。
还乡堪赠无他物，行箧先装橄榄盐。

厦地蜜浸食物素有名，橄榄盐一项尤为居家旅行所必备，价亦不昂。持赠征人，允称恰当。

（七十三）

剧怜畚锸一朝施，枯骨黄泉取次移。
西伯有知当扼腕，幽宫官道只些时。

荒山多坟墓，展路时悉迁之。枯骨贮于瓮中，载赴他处。丛葬与否，不可知也。

（七十四）

微闻謦欬②握轻筩③，两地迢迢一线通。

---

① 棼尾：最后，末尾。
② 謦欬：咳嗽。亦借指谈笑、谈吐。
③ 筩：同"筒"。轻筩，指电话筒。

辛苦为他人撮合，传情脉脉有无中。

厦电话公司之接线生，率以女性充之。轻喉软语，恍如咫尺蓬山。散工之余，亦常盛装艳服，招摇过市。识者咸相指点，博其一盼以为乐。

（七十五）

新调玉液贮琼罍，小勺尝来肺腑清。
一派水纹窗外日，锵锵爱听卖冰声。

鹭岛地居南国，时苦烦热，卖冰者终年不绝。振铃过市，趋者如鹜，尤以苦力与小孩为多。

（七十六）

灯光人语夹歌声，东箭南金①取用宏。
为问漏卮②何日实，大罗天与永康成。

大同路上多百货店，较大者如大罗天、永康成、南泰成等。顾客如云，播音机上歌声不绝于耳，而梯航货品③，半属舶来。国产实业之前途，思之不寒而栗。

（七十七）

轰天礼炮贯珠开，小队艨艟逐浪来。
一舸冲波频拜谒，峨峨冠剑碧江隈。

外国舰队入泊鹭江时，抛锚前例鸣"借地炮"廿一响，国舰如数致答，而后互乘电艇拜谒。

（七十八）

鼎肉壶飧祀独崇，门神户尉讵称公。

---

① 东箭南金：东方出产的箭和南方所产的黄金，古时以为上品。本用以比喻各地杰出人才，此处乃指各地珍贵物产。

② 漏卮：有漏洞的盛酒器。

③ 梯航货品：梯航，"梯山航海"的省语。梯航货品，指由水陆进口的货物。

市廛更醉清溪酒，一月千家两地同。

厦地废历初二、十六，恒以菜饭、香烛祭门前，谓之"孝门口公"。商店更佐以酒，祭毕聚餐。清溪老酒，为厦门土酿名产。

（七十九）
天罗地网掩重关，蓦地枪声起貔貅。
夜半六军齐出发，恍如围猎会诸山。

思明县监狱寄禁"共犯"甚多，看守疏虞。共产党乘机运械入狱，竟劫犯破狱而逃。其他羁囚，逸者不少。司令部得讯，调驻防各军围捕，获者无几。

（八十）
灵山胜会喜相逢，十八英雄逞剑锋。
小小战袍红锦幞，压肩枰子号蜈蚣。

天后神会中，有"蜈蚣枰"一项，系鼓浪屿某社所组。以长板施彩帛，结成蜈蚣形。其蜿蜒状略似龙灯，上列坐小孩十八个，都在七八岁间，作武士装，仗剑怒目，导以提牌，上书"十八英雄聚议报仇"等字。

（八十一）
钓只偷鸡不易推，重门复室夕阳开，
呼卢喝雉拚孤注，脱手青蚨去复回。

厦岛赌场林立，各色赌博，无不俱全。经营者强半籍民，虽禁令皇皇，徒以国际上种种关系，终不能肃清之也。

（八十二）
误人最是褪红花，中夜移樽一念差。
恼煞北门毛小主，不堪回首旧天华。

沙太太未嫁于某律师之前，与厦天华斋某股东子姘识。一掷千金，豪奢无度。该店卒因之倒闭，且逋负累累。明知祸水，讵肯辞裳。天华斋在厦苏广帮中虽称巨擘，而女色当前，又几何而不败哉。

（八十三）

禅机容与^①静中参，故为山君寄一龛。
聊当苏台三笑地，依稀明月过江南。

虎溪岩亦名胜之一，即厦门八景中"虎溪夜月"是也。林木萧森，颇饶岩石之胜，略具吴中虎丘之规模，而稍不及之。上构禅林，塑泥虎一，供以香蜡，以符"虎溪"之名，殊可哂也。

（八十四）

镜台小谱十眉图，罗列名花侍丽姝。
着意涂脂轻熨发，蔻丹染指粉搓肤。

欧风东渐，时代女郎，竞事新装，女子美容室遂应时而出。不特问津者只女郎，即熨发搓脂之役，亦纯操女性之手。代价颇昂，因粉腻脂香，悉来自异域。仅染指之蔻丹一项，所费已不赀也。

（八十五）

舣舟来作狭邪^②游，碧眼虬髯鼻似钩。
醉过平康^③谁解语，玉纤指画语啁啾。

外舰抵埠，抛锚后水兵恒登岸买醉。双眼懵腾，入平康徼花遣兴，而啁啾蛮语，终少解人，仅以手讲指画代之而已。

（八十六）

新泉活火煮墙阴，茗碗浇来取次斟。
省识孟臣茶博士，色香最是铁观音。

闽南人喜吃"工夫茶"，列案路旁，呼朋闲话。中以安溪名产铁观音为最普遍。

（八十七）

一般盘剥自无形，错说穷人有救星。

---

① 容与：悠闲自得貌。
② 狭邪：妓院。
③ 平康：唐时长安丹凤街有平康坊，为妓女聚居之地。亦称平康里、平康巷。

亹夜抵消烟赌债，十家小典九窝停。

厦地之小典，即省垣之私当，为籍民所经营之私家典质所。利息重而期限短，与之交易者，恒多烟鬼偷儿辈，以赃物居其多数也。

（八十八）

饼裹干丝味最佳，春盘雪卷巧安排。
凭君认取传家店，义记名驰木屐街。

薄饼亦厦岛名食品，中裹干丝脍脯及黄芽青韭等，味极可口，以木屐街之义记为最有名。

（八十九）

影事烟消只刹那，笑啼歌哭眼前过。
收场为问痴男女，一霎繁华剩几多？

厦市之电影业极盛，有声片尤为盛行。银幕传神，声色俱备，消遣之方，以此为最。

（九十）

如此洞天旧讲坛，书声消尽叶声干。
还因白鹿思夫子，理学源流世已殚。

越虎溪岩即抵白鹿洞，相传朱文公曾结坛讲学于此。洞中石窟，亦有泥制白鹿在焉。厦地文人游宴，多假是处。

右（上）《厦门竹枝词》九十首，为暑中旋里，于晓风习习中草率成之。余以壬申①秋再度负笈鹭门，觉天南岛屿，面目一新，大非六七年前游学天马山边时所可同日语。于时萧斋课倦，辄复从事搜寻，钩稽旧志，蒐集新猷，浣酒青衫，登山蜡屐。盖曾数过于阛阓山林之中，不列风人，自难言辋轩之采。要亦山川风土，言之有物者。设身处地，付诸微吟而已。蜗庐苦热，向晚孤灯，拈题压

---

① 壬申：即民国二十一年（1932年）。

韵，初谓到头可得百什，乃人事苦牵，旋又匆匆赴厦，成之者仅春光九十。还乡草草，自笑劳人，仍拟于今冬假日，炉畔赓成之，俾偿夙愿。所望吾乡大雅曾为嘉禾过客者，有以匡之，是为至幸。

（1934年）秋八月识于十香词屋

赵复纾　　鹭江竹枝词[①]（八首）

（一）

琉璃楼阁水晶宫，丝竹纷纷半夜中。
恼尽鱼龙浑不寐，万灯辉映满江红。

（二）

酒旗千家映夕曛，当垆艳说[②]卓文君[③]。
香街车笛呜呜响，酸里乾坤迎送纷。

（三）

几间草阁结江边，辟作吴王销夏湾[④]。
醉月坐花人似海，红牙紫玉拥歌□。

---

① 赵复纾（1911—2000年），名宽，字绰庐，福建惠安人，书画家、诗人。箎篁吟社，成立于1946年12月15日，由厦门名流组成。箎篁吟社诗录《鹭江竹枝词》（54首）录自《中央日报》1947年6月22日、6月29日。

② 艳说：艳羡地评说。

③ 卓文君：西汉临邛人，司马相如之妻。《史记·司马相如列传》："相如与俱之临邛，尽卖其车骑，买一酒舍酤酒，而令文君当垆。相如身自著犊鼻裈，与保庸杂作，涤器于市中。"垆，酒店安置酒瓮的土墩子。当垆：坐在垆边卖酒。成语"文君当垆"，用以体现文人贫寒落魄，或言女子卖酒或酒垆韵事。

④ 销夏湾：在江苏省吴县西南太湖中洞庭西山之麓，绕山十余里，寒气逼人。相传为春秋时吴王避暑处。

（四）

珍重云英①□碗浆，清歌细听杜韦娘②。
春风一曲倾千座，我亦苏州刺史肠③。

（五）

桃叶④迎来古渡头，鸳鸯对对绕江游。
巫山云雨⑤无□路，笑指红墙第几楼。

（六）

冶蝶痴蜂⑥结队来，争牵刘阮⑦入天台。
浓脂抹尽春风面，西子无盐⑧总费猜。

（七）

玉腿玲珑露短裙，冰肌隐约透衫纹。

---

① 云英：唐代神话故事中的仙女名。传说裴航过蓝桥驿，以玉杵臼为聘礼，娶云英为妻。后夫妇俱入玉峰成仙。诗文中用此典借指佳偶。

② 杜韦娘：唐代歌女名，唐教坊用为曲名，刘禹锡《赠李司空妓》："高髻云鬟宫样妆，春风一曲杜韦娘。"

③ 苏州刺史肠：刘禹锡《赠李司空妓》："高髻云鬟宫样妆，春风一曲杜韦娘。司空见惯浑闲事，断尽苏州刺史肠。"

④ 桃叶：指"桃叶渡"。桃叶渡，古渡口名，在今南京市秦淮河畔。据说晋王献之与其妾桃叶在此分别，王献之作《桃叶歌》云："桃叶复桃叶，渡江不用楫。但流无所苦，我自迎接汝。"后人因此以"桃叶"为渡口命名。

⑤ 巫山云雨：典出宋玉《高唐赋序》，原指古代神话传说巫山神女兴云降雨的事，后称男女情爱。

⑥ 冶蝶痴蜂：妖冶的女子和痴情的男人。

⑦ 刘阮：东汉刘晨和阮肇的并称。相传永平年间，刘阮至天台山采药迷路，遇二仙女，蹉跎半年始归。时已入晋，子孙已过七代。后复入天台山寻访，旧踪渺然。

⑧ 无盐：丑女的代称。

街头芳躅①长来往,杨柳章台②若不分。

(八)

一棹归从菲律滨③,黄金奚足④数家珍。
缠腰骑上扬州鹤⑤,尽是春闺梦里人。

陈秋影⑥　　鹭江竹枝词(八首)

(一)

沿堤灯火夜如银,罗绮笙歌处处陈。
一色软红⑦三十里,繁华艳说鹭江滨。

(二)

寻春何必到章台⑧,乐室微闻水上开。
怪煞春光频漏泄,满江截得野鸡回。

---

① 芳躅:本指前贤的踪迹,此处指美女的行踪。
② 杨柳章台:章台,汉代长安城内的街名,歌妓聚居之所。唐代诗人韩翃和名妓柳氏相爱,后因变乱失散。乱平后,韩寻访柳氏,题《章台柳》词:"章台柳,章台柳,昔日青青今在否?纵使长条似旧垂,亦应攀折他人手。"
③ 菲律滨:即菲律宾。
④ 奚足:哪里足够。
⑤ 扬州鹤:指做官、发财,成仙三者兼而有之。《殷芸小说》:"有客相从,各言所志,或愿为扬州刺史,或愿多资财,或愿骑鹤上升。其一人曰,腰缠十万贯,骑鹤上扬州,欲兼三者。"
⑥ 陈秋影(1922—1984年),即陈德湖,号秋影,厦门苏厝街人,就职于厦门淘化大同公司,诗人。
⑦ 软红:犹言软红尘,谓繁华热闹。
⑧ 章台:汉代长安城中一条街道名称,街道极为繁华。后以之泛指游冶之地。

(三)

年年节节闹迎神,彩伏銮舆到处巡。
香火满街人似海,这般浑是太平春。

(四)

豪门富贾腹便便,陋巷穷儒瘦可怜。
才与财论谁有用,黄金当道市儿①贤。

(五)

不忘黄金解忘仇,万贯腰缠愿始酬。
却羡风流贤检事,挂官骑鹤上扬州。

(六)

阿娘也解趁时流,每道邻娃福几修。
嫁得农家好夫婿,一生衣食两无忧。

(七)

深巷黄昏□掩门,靓妆端得可销魂。
昵声唤道寻香客,一宿无多数万元。

(八)

中秋俗例夜听香②,瓜果陈庭拜月娘。
嫂卜阿兄侬卜婿,大家屏息倚门旁。

---

① 市儿:市井好利之徒。
② 听香:道光《厦门志·岁时》:"妇人拈香墙壁间,窃谛人语以占休咎,俗谓之听香。"

陈菊痴① 鹭江竹枝词（八首）

（一）
痛逝春宵麦饭②修，灵筵③秉烛夜悠悠。
难将旧恨心头解，怎说新愁此夕休。

（二）
经年揭白缟衣④妆，彻夜堂前一炷香。
底为人间多怪事，消愁竟误作烧床⑤。

（三）
广大神通自在身，何因笑谑斗灵神。
茫茫细雨浇花粉，一阵狂风戏角巾。

俗传天妃与吴真人斗法，故诞日恒有风雨。

（四）
谒祖三春请火⑥回，迎神赛会彩舆抬。
游香阵阵夸奇胜，只管穷奢浪费财。

（五）
演剧酬神鼓乐扬，连宵舞唱遍街坊。
凭君艳说改良调，此调何曾是改良。

光复后，厦市内地歌仔戏号称改良新调，但实沿用台湾旧调。

---

① 陈菊痴：作者情况不详。
② 麦饭：祭祀用的饭食。
③ 灵筵：供亡灵的几筵。
④ 缟衣：旧时居丧时所穿的白色衣服。
⑤ 烧床：即"烧新床"。厦门习俗，阴历正月初三日，家有丧事未满三年的人家，要举行祭祀亡人的仪式。准备一些迷信物在灵前焚化，俗称这天为"烧新床"。据说，"烧新床"是"消新愁"谐音而来。
⑥ 请火：神庙分炉在神佛诞日前二三天到总炉进香，俗称"请火"。

（六）

素车白马①信堪伤，底事喧阗竞化妆。
举债倾家都不惜，博人艳说死逝香。

（七）

漫云番客尽金龟，选作乘龙快展眉②。
谁想世间多骗局，天涯卖笑误娇儿。

（八）

香风吹满鹭江边③，月夜笙歌处处传。
多少野鸳争戏水，逗他生意到人前。

曾沧玲④　　鹭江竹枝词（二首）

（一）

鹭江舟楫如梭织，鹭江飞机似鸟穿。
底事儿夫消息杳，睹朋家辄庆团圆。

（二）

年年浴佛⑤女如云，妙释寺⑥中莺燕群。

---

① 素车白马：凶丧之事所用的白车、白马。
② 展眉：因喜悦而眉开眼笑。
③ 鹭江边：原诗本作"鹜江边"，疑误。
④ 曾沧玲：作者情况不详。
⑤ 浴佛：相传农历四月八日为释迦牟尼的生日，每逢该日，佛教信徒用拌有香料的水灌洗佛像，谓"浴佛"。
⑥ 妙释寺：原在中山公园东门内。始建于明代，初名"慧月室"。有禅房数楹，为出家女众静修之所。

三炷清香齐密祝①,喃喃众口佛都闻。

王谷青②　　鹭江竹枝词（二首）

（一）

元日接春兴不同,追随步步喜兜风。
愿郎财气长年好,共向补院攒钱空③。

（二）

露湿罗衣夜不寒,相携姊妹层棱④间。
虎爷也爱中秋月,泂口⑤如盘喜共看。

施耀亭⑥　　鹭江竹枝词（六首）

（一）

日寇当时陷鹭门,阿弥陀佛任人喧。

---

① 密祝：南宋王契真编《上清灵宝大法》卷二十四云："诵经之法,各有所主,有心祝、微祝、密祝。故心祝,则心中神存意而祝也；微祝,则自己可闻其声也；密祝,口言而已,使外人莫晓其声也。"

② 王谷青：即王卓生（1894—1955年）,字谷青,原名王道,字笃生,同安马巷镇美山湖村人（现属翔安区）。1927年曾出任同安县首任交通局长,被誉为"近代同安交通事业的开拓者"。

③ 攒钱空：指钻钱孔。叶清《厦门绮丽山水》（2022年）："南普陀寺前,有块有洞的岩石,高约二米半。底部埋在土中,腹部有个长宽约半米的圆孔,孔状如铜钱,俗名钱孔石。过去传说,人若能从圆孔钻过,便可发财致富。"

④ 层棱：虎溪岩有棱层洞。

⑤ 泂口：疑为"洞口"之误。

⑥ 施耀亭：生卒不详,曾在"基督复临安息日会闽南教区"任教职。

于今闾巷木鱼打,声尽步虚①出短垣。

（二）

欧化东渐电影尊,鹭江风气大推翻。
每逢佳节新年序,女女男男入戏园。

（三）

病家服药卫人生,复后渣倾垃圾埕。
此地不知有何故,偏倾路上碍行人。

（四）

俗人得梦实堪嗤,凶吉在人他不知。
一梦凶时书出卖,用心如此欲何为。

（五）

第五码头一块滩,陈吴②漫把世传观③。
此风若使长存在,旅客往来感困难。

（六）

元宵佳节入神祠,求子求财卜面龟④。
卜得面龟不胜喜,明年酬报倍多仪。

施可愚⑤　　鹭江竹枝词（二十首）

（一）

朝朝目送海鸥飞,暮暮江头独步归。

---

① 步虚：指醮坛上念诵辞章时采用的曲调行腔。
② 陈吴：指的是旧时陈吴纪码头三大姓的争斗。
③ 世传：一个接一个地观看。
④ 面龟：面制的龟形糕粿。
⑤ 施可愚：生卒不详,1942年时曾任集美学校秘书处主任。

世态那堪穷写照,漫吟游子芰荷衣①。

(二)

江头海舶往来频,去国投荒②孑尔身。
负贩③卖浆成大户,寝④教中土重番银。

(三)

行庄⑤处处耸层楼,银市官私竞欲投。
何异冰山营结绮⑥,数闻人海报添筹⑦。

(四)

横波不碍夜行船,一水盈盈境亦仙。
人去人来多似鲫,过江衔尾各投钱。

(五)

渡头据守各分曹⑧,跬步争酬手足劳。
干吸烟灰敲竹干,愤措油水润钱刀⑨。

(六)

摩挲插架⑩愧来频,书舫珠船怯问津。

---

① 芰荷:菱,俗称菱角。芰荷衣:屈原《离骚》:"制芰荷以为衣兮,集芙蓉以为裳。"后世借指隐者的服装,亦可代称隐者。
② 投荒:流放到荒凉的边远地区,旧指贬谪。
③ 负贩:肩挑货物,到处贩卖。
④ 寝:逐渐。
⑤ 行庄:银行、钱庄的并称。
⑥ 结绮:南朝陈后主曾建临春、结绮、望仙三阁,阁高数丈,并数十间,窗牖、壁带之类皆以沉檀香木为之,饰以金玉,间以珠翠。其服玩之属,瑰奇珍丽,穷极奢华。
⑦ 添筹:原谓长寿,后谓增年益岁。
⑧ 分曹:分开管理。
⑨ 钱刀:钱币的一种。
⑩ 插架:书架。

空手宝山①浏览去，便宜一目十行人。

（七）

捆载来从吕宋航，两街衣被列成行。
盟军解甲华人报，行路如今半着黄。

（八）

银灯空剪玉梳筐，鬟曲云□妙入时。
整顿衣裳旋起去，千金掷作洗头资。

（九）

轻衫小袖女真装②，露臂无端变双裆。
短袿春寒施白□，依稀风尚带南洋。

（十）

香火亭中大士尊，普陀岩上礼祇园。
齐宴随喜开方丈，直把山门化市门。

（十一）

烽火创痕尚未除，名园台榭半犹虚。
只应佳日寻欢处，蹴鞠③时时会业余。

（十二）

买醉谁家风味悠，当垆卓氏典觞筹。
青州从事冯君领，独爱平原乞督邮④。

（十三）

楼上花枝正绮年，临风婀娜笑当筵。
留欢相劝金杯酹，索醉须烦玉手拳。

---

① 空手宝山：原文为"空手宝手"，疑误。
② 女真装：女真族服装，借指外族服装。
③ 蹴鞠：古代的一种足球运动。
④ 青州从事：指好酒。平原督邮：指劣酒。南朝刘义庆《世说新语·术解》："恒公有主簿善别酒，有酒则令先尝，好者谓'青州从事'，恶者谓'平原督邮'。"

（十四）

竹格凉亭缭短篱，树阴灯影眼迷离。
求浆多少蓝桥①侣，鼓吹声中听柳枝。

（十五）

银幕高悬倩影娇，片时花蕊半空飘。
当关报道全园满，门外人群如退潮。

（十六）

街头小驻七香车②，舞罢归来月影斜。
握手与郎期后约，马缨③门巷是儿家。

（十七）

对门居处本无郎，客舍逢迎启曲房。
可怕金吾④严夜禁，等闲惊起野鸳鸯。

（十八）

饼酥暖润列行庖，玉碗春冰尽忘铇⑤。
十字街头灯火盛，夜半座客正喧呶⑥。

（十九）

弦索轻撚奏好音，灯光暗处坐来深。

---

① 蓝桥：男女约会之处。
② 七香车：用多种香料涂饰或用多种香木制作的车。亦泛指华美的车。
③ 马缨：即马缨花，合欢树的别称。
④ 金吾：古代由金吾掌管的京城警卫，除正月十五日夜之外，禁止夜行。
⑤ 铇：同"刨"。
⑥ 喧呶：声音嘈杂。

行人若个垂真赏，黑女碑铭①百衲琴②。
　　　（二十）
九流胸次杂疵醇③，云雨荒唐莫认真。
唱彻莲花谁解听，归休自笑坐诗贫。

枇　杷　　瓮菜河竹枝词④（十四首）

　　　（一）
连宵无语但盈盈，花比容颜玉比清。
一自大东沉醉后，檀郎⑤无故竟忘情。
　　　（二）
花丛屈指道云卿，姊妹个个善送迎。
更有教人倾倒处，花魁女史⑥压群英。
　　　（三）
坐宫教子定军山，几许皮黄⑦博笑颜。
最近却翻新调子，毛毛雨曲⑧满花间。

----

　①　黑女碑铭：当指《张黑女墓志铭》，原名《南阳太守张玄墓志》。张玄，字黑女，为北魏书法之精品。
　②　百衲琴：以桐木片合漆胶成的琴。宋张洎《贾氏谈录·李氏制琴》："嵩山僧如寂，尝收得李汧公百衲琴，制度甚古拙，而音韵清越无比。"
　③　疵醇：疵病与粹纯。
　④　枇杷：署名作者情况不详。瓮菜河：蕹菜河的俗称，20世纪20年代已填废。该诗录自1931年陈菊农编《小报大观》。
　⑤　檀郎：晋朝潘安小字檀奴，姿仪秀美。后以檀郎为美男子或所爱慕男子的代称。
　⑥　女史：原为古代女官名，以知书妇女充任。后指知识女性。
　⑦　皮黄：京剧"西皮""二黄"两种声腔的并称。
　⑧　毛毛雨曲：指作曲家黎锦晖1927年创作的我国第一首的流行歌曲《毛毛雨》。

（四）

十金一局已便宜，欠账郎最厚脸皮。
明日约侬岩上去，梳头洗澡莫嫌迟。

（五）

三更鼓屿忽来条，此去悬知①闹一宵。
恶客牢骚真讨厌，故装骑马落红潮。

（六）

繁华赛过夕阳寮，灯火通明闹彻宵。
娘自爱钱侬爱俏，迟郎不至撒痴娇。

（七）

一月重逢朔望天，家家姊妹拜神前。
人家尽祝生涯好，侬祝檀郎福寿全。

（八）

自幼偷情强厚颜，东西流寓总相关。
分明枕上鸳鸯侣，偶到人前冒带班。

（九）

未应开罪此佳宾，渠是商家第一人。
纵不看人须看钞，阿侬招待要倾身。

（十）

蜂蜂蝶蝶满街游，但解欢娱未解羞。
楼上唤郎郎不应，打将香果到肩头。

（十一）

女伴相携午夜时，檀郎今夕颇纵疑。
儿家门巷常来惯，何故人前说不知。

（十二）

问郎白鹿可曾游，可带阿华与玉秋。

---

① 悬知：预知。

可有石栏杆上坐,说将织女配牵牛。
　　　(十三)
酒后人前说不休,夸侬生性太温柔。
阿侬脾气年来减,大半因郎百事收。
　　　(十四)
人前相讳莫如深,一线情丝赛百寻。
最是不情诸伴侣,强郎他去痛侬心。

林　憾　　鼓浪屿竹枝词[①]（十首）

　　　(一)
南词北曲旧声多,到处笙歌奏又和。
料得古歌君听惯,为君翻唱竹枝歌。
　　　(二)
日光岩上水操台,尽有雄风扑面来。
一自台湾割让后,采茶歌调带余哀。

日光岩上巨石壁立,有郑成功水操台遗址。当时郑在此阅水师,有"据金厦两岛,抗中国全师"之豪语。其后逐荷兰人出台湾,经营之。《采茶歌》传自台湾,台女善歌,多为男女酬答褒诮之辞,甚有生客问道,她们即以歌答之,脱口成歌不用思索。

　　　(三)
田尾游人暑季多,天风海浪正相和。
却羡年青佳士女,双双携手踏沙坡。

田尾为海沙坡,风景美好,浴者及游人多趋之。

---

① 林憾（1892—1943年）,本名林和清,号憾庐,漳州平和人。曾求学于鼓浪屿寻源学校、救世医院医科。该诗录自林憾《影儿集》。

（四）

美景风光港后湾，竹篱茅舍小田村。
可惜洋楼零乱起，不然应似武陵源。

港仔后为本屿南边小村，负山临海，风景甚美，有田园、篱落、茅舍、荷塘等，饶有农村风趣。惜近为方形伧俗之洋楼包围，失掉天然的美不少。

（五）

海风吹浪拍沙坡，临浴西娃披绿罗。
为怕浪花飞湿发，橡皮小帽绾双螺。

（六）

夏月清光碎碧波，中流鼓棹兴如何？
为有清风能解愠，枕波席浪和弦歌。

夏夜雇小舟游海，最称乐事。月夜游者尤多。

（七）

刺桐茂叶自浓阴，争似郎情荫妾心？
但愿经秋桐叶落，郎情还似海般深。

鼓浪屿路傍、海边多植刺桐取阴。

（八）

汽笛呜呜番舶开，鹭江潮汐水萦回。
潮水有情去复返，小郎番去①不归来。

闽南人多出洋谋生，称往南洋为过番。

（九）

皎皎冰轮上虎头，鹭江潮水向西流。
暗想玉人何处所，清歌一曲思悠悠。

（十）

更深夜静月明时，江畔何人唱竹枝？

---

① 番去：即过番去，指往南洋谋生。

迁客离人肠欲断，半缘调苦半乡思。

贺仲禹　　鼓浪屿竹枝词①（六首）

（一）

一担食粮五十千，疗饥无术有谁怜？

如珠米贵侪唐末（史载唐末斗米三十千，较开元时之斗米三钱，增至一万倍），负郭②羡他二顷田。

（二）

家家喊着买柴单，工部局前立足难。

男妇老孺齐拥挤，中宵等到日三竿。

（三）

救济会中买票回，黄家渡上人成堆。

俨然排列长蛇阵，都为添薪到此来。

（四）

十磅一元吕宋柴，票应先买队应排。

可怜巧妇张双手，叹罢难炊叹析骸③。

（五）

昂到鲜鳞贵到猪，不知肉味咏无鱼。

万钱一食何曾侈（何曾一食万钱，尚嫌无下箸处。人以为侈），下箸盘中尽菜蔬。

---

① 贺仲禹（1890—？），字仙舫，惠安人，就学于鼓浪屿澄碧书院。曾被聘为英华书院国文教师、《东南日报》总编，兼任双十中学国文教师。著有《绣铁盦丛集》《绣铁盦联话》。该诗录自何丙仲《一灯精舍随笔》，何丙仲注："此组竹枝词，1928年出版的《绣铁盦丛集》未及辑录。"

② 负郭：靠近城郭。指穷巷或贫居。

③ 析骸：成语有"析骸以爨"。拆散死人的尸骨来烧火做饭，指被围日久，粮尽柴绝。

（六）

巷尾街头锣打频，便宜票价剧清新。
怪他满座寻常事，影院偏多看戏人。

地瓜子　　鼓浪屿竹枝词[①]（十首）

（一）

日光岩上夕阳西，再渡登临上铁梯。
碧水蛇环全鼓岛，青山鱼贯入龙溪。

（二）

此间迷信尚余残，信女虔诚跪锦团。
一炷香猊[②]样样保，如来做佛也艰难。

（三）

水操台上郑成功，孤愤空怀唱大风。
一自台湾亡国后，半千万只可怜虫。

（四）

每逢观海半斜阳，搭伴而来岂纳凉。
十色五光同展览，联翩士女炫新妆。

（五）

呼马呼牛任你来，过番[③]只要积钱财。
情哥一去无消息，想杀阿侬何日回。

（六）

过江名士多于鲫，寂寞此间愁更愁。

---

① 该诗录自《道南报》第 6 卷第 5 期（1932 年 4 月 30 日），作者情况不详。
② 香猊：狻猊形的香炉。
③ 过番：到南洋谋生。

生产毫无消费有,可怜天地小荒州①。

（七）

悠扬号声奏桓桓②,仿佛军人接长官。
一柩棺材□□□,兜单底里里兜单。

（八）

八戒无盐惹厌烦,不同中国不同番。
面敷薯粉五斤半,头发光光虱母翻。

（九）

客来个个有资方,后居③前恭荡桨忙。
不管七三二十一,先还五角小银洋。

（十）

谁怜时世效酸穷,救国空谈享乐中。
唱罢竹枝还叹息,与人暂作万花筒。

陈一策　　同安竹枝词④（二首）

（一）

同安女子怪风骚,鴂舌⑤丁香蛮语操。
红绣花鞋长一尺,脚跟垫得木头高。

（二）

棉布衫穿一色红,满头簪珥压黄铜。
婆娘面已鸡皮皱,犹把鲜花插满丛。

---

① 荒州：荒僻之地。
② 桓桓：勇猛。
③ 居：应为"倨"。
④ 录自《同声集》。《同声集》,为民国八年（1919年）童保暄部驻防同安时的将士诗合集。
⑤ 鴂：伯劳鸟。鴂舌：指伯劳弄舌啼聒,喻语言难懂。

程定远　　同安竹枝词①（二首）

（一）

绣鞋翘木高三寸，步履跫然合角音②。
但有一言须记取，崎岖道路要留心。

（二）

一般姊妹斗新奇，棉布红裳膝下垂。
头上时妆看更艳，野花堆得玉簪攲。

任　丹　　同安竹枝词③（二首）

（一）

头堆花草髻盘螺，横插荆钗④若荷戈。
天足一双轻便惯，沿街踢蹋木鞋拖。

（二）

湘竹为帘门面遮，晚天红映夕阳斜。
其中忽作莺声啭，何异春藏苏小家⑤。

---

① 录自《同声集》。
② 角音：古代五音之一。
③ 录自《同声集》。
④ 荆钗：荆枝制作的髻钗，旧时贫家妇女常用。
⑤ 苏小家：白居易有"柳色春藏苏小家"句；"苏小"，即苏小小，南朝齐时钱塘名妓。

李烺焜　　银城竹枝词[①]（六首）

（一）
叩答穹苍阅岁华，几层硕大粿盘夸。
游人齐上凤岗去，不看粿盘只看花。

（二）
结伴招游去又还，虽家娇小各姗姗。
衣裳着后频回顾，只怕人前出色难。

吾邑每年元月初九日，凤岗村敬叩上苍，粿盘之大为全同冠。是日游人往来争看大粿不绝如缕，盖风俗所系，无可告免。

（三）
年年正月刚廿日，好趁春游上梵天。
把盏酬呼随处见，有人醉倒有人颠。

（四）
如鲫游人拨不开，拈香少女杂人堆。
娘娘座上无他愿，只要明年抱子来。

（五）
池上罗陈牲醴丰，池头诉尽女儿衷。
最堪玩处池中物，贴小凤鞋朵朵工。

（六）
傀儡登场岂偶然，赚财赖此有情天。

---

① 原诗作者署名"琅琨"，即李烺焜的又一写法。李烺焜（1902—1947年），名煜，别号宸溪庐主，又号怀溪，同安人。少时居厦门，1926年南渡新加坡，在华侨中学任会计。1940年返乡，任同安县政府秘书。嗣后改任赈济会干事。著有《怀溪楼诗稿》。银城，古同安的别称。该诗录自《槟城同安金厦会馆廿五周年纪念特刊》。

讵知一剧分先后，都是大家姊妹钱。

吾邑每年元月廿日，梵天池头夫人①诞辰，善男信女前往拈香者，路为之塞。是日游人多于热闹场中酣乎拇战②，到处皆是，几至不醉无归。至若婆娘少女，接踵虔诚，俗所谓求生贵子，最不可解。妇女辈酬谢之物，均以弓鞋二寸许，放置池中。刺绣之工，非寻常可比。池外排演傀儡戏，一出先后，就中赚财。痴儿女花费之钱，只知还愿，任他排演（俗所谓阿婆阿姊，此剧就是汝还愿了云）。

许廷圭　　莲河竹枝词③

月白衫儿高髻丫，后卢溪口路三叉。
春心大半无拘束，日日田中拾菜花。

---

① 池头夫人：据说为掌管妇女的婚姻和生育之神，元月廿日为其神诞日。

② 拇战：即"猜拳""豁拳"。

③ 许廷圭：南安人，字锡瑶，号瘦生。道光十四年（1834年）中举人。该诗录自陈国仕辑录《丰州集稿》卷四。莲河，今属厦门市翔安区辖。《厦门市地名志》（2010年）载："原属南安县石井公社，为莲河大队。1971年划属同安县新店公社。1984年为新店乡（1987年改镇）莲河村委会，2006年3月改制社区改称。"

林文湘　浯江竹枝词①（四首）

（一）

孤岛回环三十里，海潮日夜响潺湲。
龙楼凤阁江中峙，矗起棱棱太武山。

（二）

澳汊山环九曲中，江干鱼子戏春风。
夜深渔父随波去，泻水灯明一点红。

（三）

小市卖鱼地数弓②，双榕日落起腥风。
子鱼通印③鯿头缩④，道是夜阑出钓筒。

（四）

倭寇当年虐焰收，六丁神甲⑤古祠头。

---

① 林文湘，字珠卿，福建金门县人。道光年间乡试未中，乃致力于诗文，博览群书，诗学韩（愈）杜（甫），尤工骈体文。著有《酴醾山房诗文集》。该诗录自道光《金门志》卷十四《艺文志》。浯江：代指金门。

② 弓：旧时丈量地亩的计算单位，1弓等于5尺。

③ 子鱼通印：亦称"通应子鱼"，一种名贵的鱼。（宋）范正敏《遁斋闲览·证误》："蒲阳通应子鱼名著天下。盖其地有通应侯庙，庙前有港，港中鱼最佳。今人必求其大可容印者，谓之通印子鱼。"《麈史·诗话》："闽中鲜食最珍者，所谓子鱼者也。长七八寸，阔二三寸许，剖之子满腹，冬月正其佳时。"

④ 鯿头缩：即"缩头鯿"，亦称"缩颈鯿"。鱼名，以肥美著名。

⑤ 六丁神甲：道教神名。

壁中画马①皆嘶起,曾服中原万姓仇②。

李印山　　浯江竹枝词③(六首)

(一)

元日颂椒④古已然,莫愁竞斗绮罗天。
何人数制樗蒲戏⑤,卖却痴呆换一年。

(二)

怕听钖箫⑥隔巷吹,芊芊草色弄春晖。
楼台一带珠帘卷,二月春风试袷衣⑦。

---

① 画马:孚济庙壁画。李禧《紫燕金鱼室笔记·马画》:"浯洲唐时为万安监马区,陈渊牧马兹土,兼能殖民,故血祀至今。庙称'孚济',建丰年山峡左麓,高华壮丽。庙壁画马,牝牡骊黄尤各极其致,遂有附会画马能逐倭寇者。先是元时浯洲屡被倭夷蹂躏,群艘周泊江浒,民村悉遭焚掠,众哀诉诸庙。越日飓大作,倭舰碎于海浪。又值阴雨黑雾,五日,寇歼焉,若真有神助也。"

② 曾服中原万姓仇:李禧《紫燕金鱼室笔记·马画》引林文湘该诗,末句作"曾报中原万姓仇"。

③ 李印山:名式矜,号印山,金门古宁头北山人,清末邑庠生。科举废,就县城设绛帐讲学,学者宗之,有"印山桃李满浯洲"之颂。民国七年(1918年)至民国十一年(1922年),于南洋任教、业商。民国二十六年(1937年),避日祸至汕头,寻卒,终年57岁。著有《印山诗草》及文集。该诗录自《印山诗草》。

④ 颂椒:古代阴历正月初一日,用椒柏酒祭祖或献之于家长,以示祝寿拜贺,谓之"颂椒"。

⑤ 樗蒲戏:指掷骰子,赌博。

⑥ 钖箫:当为"饧箫"。卖糖人吹的箫。

⑦ 袷衣:夹衣。

（三）

渔钓自饶生活计，桑麻多半野人居。
海滨邹鲁风斯古，弦诵家家课读书。

（四）

登高一览小东瀛，怅触①沧桑感不胜。
一自台澎遭割弃，鲲鹏无路徙南溟。

（五）

一声长啸海天高，放浪湖山作踏歌②。
瘠土由来民俗厚，人心风俗近如何。

（六）

大海茫茫岛屿悬，陈侯③一去已千年。
费公心力披荆棘，祀典千秋合未湮。

张茂椿④　　竹枝词（三首）

竹枝词⑤（一）

优孟⑥村歌警世篇，欲为廉吏苦无钱。

---

① 怅触：感触。
② 踏歌：边走边歌。
③ 陈侯：即陈渊，唐代人，奉命于金门牧马垦荒，对开发金门卓有贡献，被地民尊为"马祖""牧马侯"和"开浯恩主"等。
④ 张茂椿（1859—?），字冰如，别号清波，金门县东人。历任长泰县学教谕、海澄县学训导兼教谕、漳州府学教授、罗源县学教谕。民国后，任金门县农会副会长兼商会坐办，并禁烟所所长。民国十年（1921年）协修《金门县志》。著有诗集《固哉叟诗集》《固哉叟诗集续编》。
⑤ 该诗原刊于《固哉叟诗集》。
⑥ 优孟：春秋时楚国艺人，擅长于以滑稽表演进行讽谏。

甘棠遗爱①成何事,忍渴宁教饮盗泉②?

以上两句,陈县长绍前句。

竹枝词(采民间歌谣而作③)(二)

相鼠④由来尚有皮,如何人类反无仪。
一般露体衣裳短,却恨不张国四维⑤。

竹枝词(三)

男女婚姻得自由,媒言亲命尽成仇。
谁知苟合多离异,风始关雎在好逑。

谢云声　　闽南阴历新年竹枝词⑥(二十一首)

(一)

阴阳互历两王正⑦,新未通行旧未更。
除却衣冠换投刺⑧,红柑依例赠娇婴。

娇婴,小孩也。

---

① 甘棠遗爱:甘棠,木名,即棠梨。遗爱,遗留给后世的恩惠。表示对离去后的清廉贤明长官的怀念。

② 盗泉:古泉名,故址在今天山东省泗水县东北。相传孔子经过盗泉,虽渴而不饮,恶其名也。

③ 该诗原刊于《固哉叟诗集续编》。

④ 相鼠:《诗经·墉风·相鼠》:"相鼠有皮,人而无仪。人而无仪,不死何为。"

⑤ 四维:《管子·牧民》:"国有四维,一维绝则倾,二维绝则危,三维绝则覆,四维绝则灭。倾可正也,危可安也,覆可起也,灭不可复错也。何谓四维,一曰礼,二曰义,三曰廉,四曰耻。"

⑥ 谢云声(1900—1967年),原名龙文,南安人。居住厦门,闽台民俗学研究先驱。该诗录自《论语半月刊》1934年第35期。

⑦ 王正:钦定历法的正月,特指元月元日。

⑧ 投刺:投递名帖。

（二）

茶浮红枣九龙盘①，喜气盈庭庆履端②。
食美衣新欢婢女，主人家法此朝宽。

闽南蓄婢之风，至今未破。为婢女者，终年辛苦，惟逢元旦，始给以新衣服，减少工作，如狱犯之大赦然。

（三）

爆竹声喧似疾雷，千家万户报正开③。
若教元旦尝糜汁④，作客他年定雨来。

俗谓元旦饮米汁，后日出门，定必遇雨。

（四）

拜春未敢定居丧⑤，黄绿楹联⑥示不祥。
更有谐声谐恰好，"消新愁"误"烧新床"。⑦

俗例在元月初三日，居丧者有烧新床之举，实则消新愁之误也。

（五）

分钱施粥倡频频，慈善为怀孰与伦。

---

① 九龙盘：民国《厦门市志》卷二十《礼俗志》："亲友贺年，必奉九龙盘，以红枣、杂糖等敬客，客答以吉祥语。"

② 履端：年历的推算始于正月朔日，谓之"履端"。后指阴历正月初一日。

③ 正开：即"开正"。

④ 糜汁：即稀饭。

⑤ 居丧：守孝。

⑥ 黄绿楹联：汉民族传统习俗，有些地区习俗长辈去世后三年内儿孙家中春节不得贴红对联，第一年什么也不贴，第二年贴黄纸春联，第三年贴绿纸春联。

⑦ 烧新床：民国《厦门市志》卷二十《礼俗志》："新丧之家，祭亡者，戚眷来哭，名曰消新愁。本日忌往人家贺年。"

博济院①犹难博济,孤寒应念益同人。

益同人,厦门社团之一。常于元旦前后分钱施粥于一般饥寒之贫人。

(六)

挥金古代拟如土,此际诚然土比金。
一事最堪资实证,元辰②禁土倒街心。

元旦忌倒粪土道途,盖恐金钱有外溢之兆也。

(七)

家家初四接神祇,烧尽灯篝③纸马儿④。
为问天途须几里?往来只费十天期。

俗例每于腊底二十四日送神,至新年初四日接神。

(八)

初九相传是圣辰,香花果品应时珍。
如从菜市场经过,便见卖花漳码人。

初九日,俗谓玉皇圣诞。在诞辰前后,辄有一辈漳州石码人,市集菜市场以卖花焉。

(九)

傀儡前棚大戏后⑤,果真上帝爱俳优⑥。

---

① 博济院:当时的慈善机构,收容残疾人、精神病人、流浪儿童、无业游民等。
② 元辰:元旦。
③ 灯篝:灯笼。
④ 纸马:绘印着马匹的冥钱。
⑤ 作者自注:"大戏,即闽南老戏。演者都成年人,戏出皆以南词为本。"傀儡:即傀儡戏,即提线木偶,俗名"嘉礼戏"。过去戏界,傀儡戏有"百戏之首"之称,与人戏同场地演出,必由傀儡戏先起鼓,人戏方敢开演。因此有"前棚嘉礼后棚戏"之说。
⑥ 俳优:艺人。

人家寒素①寻他法，七出呼来门外抽。

玉皇诞辰，虽在初九，但初八宵，人家均已预祝。是宵每见有负责傀儡三两头者，沿门打锣招，俗传"七出"者，只取百钱。（百钱值一角银。）

（十）

烧金献帛祀苍穹，大鼓高鸣处处通。

一顿黄粱还未熟，忽传"七落"已吹终。

祀玉皇诞时，人家常延大鼓奏敬，转瞬之间，已到七落。七落，犹言七次也。

（十一）

八宵直祀到天明，龟粿牵圆杂酒牲。

不道玉皇诞才后，隔朝又是地公②生。

俗谓初十日即地公生。"牵""圆"，皆米制成物也。

（十二）

玉皇诞事闹才完，又报祈天设祭坛。

几处人家供十四，始知择日祀三官③。

元月十四日夜，为三官大帝诞辰。供祀物品，略同玉皇诞。

（十三）

征柴取草闹家家，报道元宵跳虎爷。

独有婶婆能解事，炭余携去饲肥豝④。

十五日，诸宫庙群小，抬出虎爷，向人家取柴。至晚，累柴高

---

① 寒素：门第寒微，地位卑下。
② 地公：即"后土皇地祇"，俗称"后土"。此日称"地诞"。
③ 三官：即"三官大帝"，也称"三元大帝"。分管天、地、水，俗谓"天官赐福，地官赦罪，水官解厄"。
④ 豝：母猪。

烧，俗谓"跳火盆"①。跳火盆余炭，如携去喂猪，谓易肥大。

（十四）

银花火树岁相承，拥挤街衢竞看灯。
还要前园宫口望，最高烟火十三层。

元宵节，厦门前园宫②所放烟火，为闽南有名。

（十五）

末世几存豪侠气，赴汤厦地尚称雄。
元宵一到黄昏里，蹈火争趋福茂宫③。

福茂宫，每逢元宵，例必举行蹈火。

（十六）

猜思人语事荒唐，妇女无知信一场。
不怕巷衢逢犬吠，惊心无奈为听香。

元宵，妇女多外出，街头巷底，闻人言语，以卜休咎，俗谓之"听香"。

（十七）

当局防闲恐事生，年前曾禁搭灯棚。
燃来蜡炬如椽大，福海圆山④最有名。

元宵大烛，以厦门港福海、圆山二宫为著。

---

① 跳火盆：道光《厦门志》卷十五《风俗记》："或焚杂柴于旷处，超而越之，谓之跳火。"

② 前园宫：旧宫庙名，在本部巷2号，已毁。

③ 福茂宫：旧宫庙名。道光《厦门志》卷二《分域略》："在内柴市，祀清水祖师。"已毁。

④ 福海、圆山：旧宫庙名。道光《厦门志》卷二《分域略》："福海宫，在厦门港，祀天后"、"圆山宫，在厦门港，祀天后、吴真人。朔望读法于此"。皆已毁。

（十八）

金吾不禁①庆升平，处处灯光斗月明。

谁说者②宵游大肚？诓他妇女满街行。

元宵，妇女未生子者，出游可受孕。故俗谓之"行大肚"。

（十九）

尽多宫庙斗嬉春，满眼糕龟大小陈。

好是制工偏斗巧，米糕龟上载仙人。

元宵，诸宫庙陈列大小米龟，大者上面添插纸糊之八仙过海。

（二十）

成群妇女看花红，一到神前祷满腔。

乞得龟来才一个，明年还愿要添双。

元宵节，妇女向各宫庙乞龟，庙祝为之登记簿上，明年还时，须用加倍。

（二十一）

猜谜风雅几相绳③，射覆④年来等广陵⑤。

还幸菽庄豪兴在，上元依例打春灯⑥。

泉漳每届上元，文人士子，例有猜灯之举。年来此风已减，大不如前矣。寂（菽）庄吟社，在鼓浪屿。云声附识。

岁惟求新，事惟求旧，当此新旧齐来之年，乌可无诗以咏？因

---

① 金吾不禁：《西京杂记》："西都京城街衢，有执金吾晓夜传呼，以禁止夜行。惟正月十五敕金吾弛禁，前后各一日，谓之放夜。"

② 者：这。

③ 绳：继续。

④ 射覆：在覆器下放着东西令人猜，猜者要先占卜，再用隐语解答。

⑤ 广陵：指我国最早的谜格"广陵十八格"，相传由明末扬州谜家马苍山所创。

⑥ 春灯：元宵花灯。

作竹枝词廿一首，亦聊当采风者之遗意耳。

云声附识

谢云声　　鹭门迎香竹枝词① （十首）

（一）

兴高采烈为迎神，拥挤街衢几万人。

不醮王辰②经十载，抬游粉阁看来新。

厦门打铁渡头赫灵殿，祀某王爷。岁例，遇王爷诞日，必做醮、造舟、迎香等。十年来，受当局制止，遂不赓续③。

（二）

禳神驱疫总无聊，白昼通宵竟互调。

今日潮源④方赛过，又闻福海继来朝。

曩时迎香，多在暮夜，近改午间行之。潮源、福海皆为厦门有名宫庙。

（三）

救济贫民特解严，导前香炮欲何瞻。

---

① 该诗录自1934年5月25日《昌言》报。《论语半月刊》1934年第44期刊登其中9首，题名《厦门迎香竹枝词》。《厦门迎香竹枝词》前有记："是月，闽南各处迎香最胜，厦门亦其一。余咏诗数首，以纪其事。原拟续咏几首，因见报上载省民政厅已有电告制止各地方迎神举动。若是，实无再咏之必要矣。五月十日，作者附志。"

② 王辰：王爷生辰。

③ 赓续：继续。

④ 潮源：旧宫庙名。道光《厦门志》卷二《分域略》："在寮仔后海滨，祀天后。"

"路关录"① 竟无人卖,莫是未经广告铃。

本届迎香,市局并不戒严阻止,闻为要救济一般贫民多得些利。香阵未到,有放香炮者,先来放炮。近则不见,厦市要分发广告,须经市局广告处盖章许可。

（四）

恁样②增华顷刻娱,出钱惟恐艺扛无。

伤心莫问前朝事,惨剧蜈蚣八美图。

厦谚有"有出钱无扛艺"。艺,即阁旦之谓。前清某岁迎神,以幼童坐蜈蚣棚,饰八美图故事。间有一童被恶少强行鸡奸,童不从,遂被杀死,骇闻一时。③

（五）

十番南琯④唱争新,绝似红氍毹⑤上春。

一自思明翻瓮菜,河边不见弄龙⑥人。

"十番",十番鼓也。奏者多闽县人。南琯,闽南流行之乐曲。思明路,原为瓮菜河填筑而成,栽种瓮菜者,于业余喜作弄龙戏。故当时有"中岸头好弄龙"之称。

---

① 路关录：神明游境之日期及路线等,皆须神佛乩示,并将其记载在牌子上。巡境时立于行列之首位。路关,即游境的路线。

② 恁样：如此。

③ 《厦门迎香竹枝词》该条注释为：厦谚有"有出钱,无扛艺"。艺,即阁旦,一说艺旦,装成故事,置彩棚上,用四人扛之。前清某岁迎神,以幼童坐蜈蚣棚,饰八美图故事。间有一童被恶少强行鸡奸,童不从,遂被杀死,骇闻一时。

④ 十番：也称"十番锣鼓",是锣鼓、丝竹等民间器乐的合奏。用于迎神赛会、喜庆寿诞,随队游行,且行且奏,以添加气氛。南琯：即南管、南音、南曲。

⑤ 氍毹：毛织的地毯,代指舞台。

⑥ 弄龙：舞龙。

（六）

卖金枣妇常行俏，车鼓弄①婆喜学颦。
别有幽情凄绝处，御前清曲②列花神。

福州有卖金枣妇，厦人仿为之。饰车鼓弄者，多以一老人、一少妇合演。南馆，亦号御前清曲，曲前置四季花神及郎君，均以幼童扮之。

（七）

裤枷③挂上咒艰辛，何事犹装假娶亲。
高下风头如比拟，踏肩人胜踏跷人。

扮惧内者，在马上每挂裤枷，俗谓之打杠。踏肩戏④，一说竖人戏，能在人上再叠人也，较之踏跷者，大有高低之别。

（八）

子弟吹班⑤擅一时，台歌内渡听来悲。
龙泉⑥久罢龙船斗，"陆地行舟"⑦事更奇。

---

① 车鼓弄：集说唱、表演合一的民间歌舞艺术。表演时，由二人扮作男丑与彩旦，扛着竹篮搭扣的鼓轿，踏着四方交叉步，进三步，退三步，一唱一答，妙语如珠。内容多为孝道劝善、夫妻情趣、情人相思等。常在迎神赛会上表演。

② 御前清曲：指南音。传说清康熙年间泉州南音艺人曾奉诏晋京表演，皇帝赐给"御前清客"雅称，南曲因此有"御前清曲"之称。

③ 裤枷：裤脚。

④ 踏肩戏：即现代的叠罗汉。

⑤ 吹班：即乐队。

⑥ 龙泉：即龙泉宫。道光《厦门志》卷二《分域略》："在草仔垵海滨，祀天后。官府渡台，于此迎送。"

⑦ 陆地行舟：即跑旱船。通常以竹竿儿扎成彩船，上支凉棚儿，演员套于身上，手扶船帮而走，边走边做表演。

马阵①吹班，多子弟为之。前清负盛名者，二郎庙之万全和。台歌仔调，现盛行厦鼓间。龙泉宫每届赛龙舟，必迎香随之。近龙泉宫改为市局第三署，龙船亦久不见竞渡矣。闽人踏跷者，扮"陆地行舟"故事。

（九）

妆成故事不嫌多，关将三坛境内罗。
谁悯流离人载野，道情倾听郑元和②。

关将、三坛，皆迎香中之执事，扮者多从本境内强派强拉。扮郑元和者，沿途唱道情词。

（十）

颂扬皇寿记吾曾，夺目红尘万里腾。
景气如今萧琴甚，李安纵在亦无能。

儿时庆祝万寿节，迎香三日，沿途搭"不见天红布"几十里。李安为灵应殿董迎香事，最为出力，名闻全厦。故谚有"灵应殿好安兄，凤仪宫好大厅"。③

---

① 马阵：即布马阵。闽南民间演艺形式，道具主要为一以竹木为架，用布包裹而成的布马，演员为一身着状元服的小生和作为马夫的丑角与一两位随从。后场乐手四人，吹奏唢呐、敲打锣鼓与钹助阵。状元骑马出场，节目表演轻松逗趣。

② 郑元和：戏剧人物。郑元和少年时因迷恋妓女李亚仙，以致流落在外，以给人送殡唱挽歌为生。

③ 《厦门迎香竹枝词》该条注释为：儿时庆祝万寿节，迎香三日，沿途搭"不见天"红布（一说满天遮）几百里。李安为灵应殿董迎香事，最为出力，名闻全厦。故谚有"灵应殿好安兄，凤仪宫好大厅"，实指此耳。大厅即大厅爷，因大厅爷之灵显收入香资不少，故岁有迎香之举。

香案吏　　迎香词①（九首）

闽南迎香如饮狂药，有关风纪，侈陈往以告观风者。

（一）
　　清时士子赛文昌，粉饰升平乐未央。
道咸间厦每数十年辄迎文昌一次，非士子不能参加。
　　孔圣阼阶朝服立，乡人傩本未荒唐②。

（二）
　　披发骑麟下大荒③，玉皇仙吏本司香④。
　　宫灯簇拥銮舆出，利市⑤蓝衫⑥灿两行。
林晴皋⑦太史以红绫七尺自托麟吐玉书灯，文武圣銮舆，由文武秀才分异。

（三）
　　出钱扛艺兴偏饶（厦谚），十足风头望踏跷。
　　未必李安胜林滚，千人喝采夕阳寮。

---

① 作者情况不明，该诗录自《厦门大报》1947年5月8日、5月9日。
② 《论语》："乡人傩，朝服而立于阼阶。"意为：乡里人举行迎神驱鬼的宗教仪式时，孔子总是穿着朝服站在东边的台阶上。
③ 披发骑麟：苏辙《次韵子瞻和渊明拟古九首》："夜梦被发翁，骑麟下大荒。独行无与游，阆然款我堂。"
④ 司香：负责烧香。
⑤ 利市：吉利，好运气。
⑥ 蓝衫：旧时八品、九品小官所穿的服装。
⑦ 林晴皋，名鹗腾，字荐秋，晴皋为号。道光十七年（1837年）举人，道光二十年（1840年）进士，官编修。麟吐玉书，为汉族传统吉祥图案。由麒麟、八宝、宝珠组合成图，最早称孔子诞生时有麒麟降世，吐玉书于门前，代表有圣人出世。

"灵应殿好安兄，凤仪宫好大厅"，神名谓迎香赖以热闹也。

（四）
　　　　迎香谁道可医贫，

厦警久禁迎香，王固磐①忽弛禁，谓可救贫。

　　　　逐疫居然在季春。

厦港时疫流行，迎香匝月。

　　　　港上神舟又东澳，

厦港天妃宫多赴东澳②进香。

　　　　笙歌不见采莲人。

闽厦造王船系纪念朱明，迎王香采莲人彩衣、银饰、翠珮、珠钿，备极豪华。

（五）
　　　　三坛讽咒舞天魔，俏脸还装金枣婆。
　　　　竞唱台湾亡国调，

台歌俚秽，余认为倭寇之兆。

　　　　歌衫零落郑元和。

（六）
　　　　遍地无端动鼓鼙，腰支一掬绰虞兮。

旧有车鼓旦号虞兮，后之舞者尚遵其遗范。

　　　　别挝雨点渔阳操，一路飞花没马蹄。

马阵吹以花络鼓。

（七）
　　　　曲罢真教妒善才，琵琶弹上鹭峰来。

---

① 王固磐，1934年任厦门公安局长。

② 东澳：在何厝，有顺济宫，又名妈祖宫。道光《厦门志》："妈祖宫，在东澳社，祀天后。三月中，乡人例庆天后诞。先数日，厦之诸庙必造其地，名曰请香。"

粉阁饰观音,手抱琵琶,旁侍善才童子,真堪绝倒。

瑾夫老去金枝嫁,红粉青衫总可哀。

郑瑾甫茂才风流倜傥,所装粉阁争妍斗巧,不惜金钱。金枝阁旦最擅名者。

(八)

锦彩棚高八美图,可怜关外血模糊。

蜈蚣螯比蛟璃毒,欲攫江干一个珠。

有装蜈蚣棚,饰童男为八美图者,其一被杀镇南关山上。盖诱奸不遂也。厦防分府八寿征①乃禁饰男为女。

(九)

弥陀呵呵大腹皱,智深醉酒更嬉春。

半途却有艰难处,衣钵无从得替人。

纸扎弥陀、钟馗、李白、鲁智深、小公子,皆香阵点缀品。然人多喜弄智深,可假酒态颠近妇孺,恶之者不与替代,藉以磨折云。

彭廷选　　盂兰竹枝词②(十二首)

(一)

祀典原来肃厉坛③,民间禳醮祝平安。

---

① 八寿征:本名八十四,寿征为字,满洲人,光绪二年(1876年),厦防同知。

② 彭廷选,又名雅夫,字拔元,原籍福建同安县,从其祖迁居台湾淡水槺榔庄。道光二十九年(1849年)拔贡,官教谕。有《榕榕小集诗文稿》,今佚。该诗录自连横《台湾诗乘》。连横评曰:"南人尚鬼,漳泉尤甚。盂兰之会,日縻万金,习俗相沿,牢不可破。余读《瀛洲校士录》,有彭拔元廷选《盂兰竹枝词》十二首,语虽诙谐,意存惩戒,录之于此。"

③ 厉坛:祭无祀鬼神的坛。

若云冤鬼须超度，何必森罗设判官。

（二）

七宝①灯明结彩花，金身丈六曳袈裟。
相传孝子方成佛，底事当年早出家？

（三）

遍召群神到海东，不知香火普天同。
灵旗来往当神速，未必停洋待顺风。

（四）

大千世界纳须弥②，广结因缘正及期。
见说邦都城不闭，阴司也有纵囚时。

（五）

冥府缘何不赈灾，鬼犹饥饿亦堪哀。
生前想必饕贪惯，又向人间乞食来。

（六）

宫阙金银火化时，蜃楼海市望迷离。
纸钱也要飘洋用，惑得台风阵阵吹。

（七）

处处笙歌彻夜喧，香车宝马烂盈门。
河灯万点飞星斗，应改中元作上元。

（八）

多少游魂苦海边，可能拯拔出深渊？
迢迢欲赴春闺梦，内渡何人问便船？

---

① 七宝：佛教术语，指人间最宝贵的七种宝物。不同佛经对其内容说法不同，金、银、琉璃、砗磲、玛瑙是公认的，其他二宝有说是琥珀、珊瑚，有的说是珍珠、玫瑰，还有说是玻璃。

② 须弥：古代印度传说中的大山。佛家用语。

（九）

有饛①飧簋酒盈尊，享祀无须待子孙。
好事解囊多信士，自家曾否报亲恩？

（十）

海角天涯误此身，疲癃②残疾苦吟呻。
年年添入龙华会③，年半乌烟④坠里人。

（十一）

金钱靡费万千偿，何不存留备救荒？
生渡方为真普度，舍人渡鬼总茫茫！

（十二）

缁流羽士鼓钟鸣，角觚⑤侏儒箫管声。
功德由来施此辈，鬼神还是为苍生。

---

① 有饛飧簋：《诗经·小雅·大东》曰："有饛簋飧。"饛，食物装满。簋，盛食物的器具。

② 疲癃：亦作"罢癃"。指年老多病之状。

③ 龙华会：四月八日，诸寺各设斋，用五色香水浴佛，认为弥勒下生的象征，称为"龙华会"。

④ 乌烟：鸦片之别称。

⑤ 角觚："觚"同"抵"。秦汉时期一种较力的技艺表演，多由侏儒表演。

陈桂琛　　盂兰盆会竹枝词①（六首）

（一）

骎骎②节序又中元，钲鼓③喧阗到佛门。
白鹭洲边秋七月，家家日日荐兰盆④。

厦中自七月朔至晦，各保分日普度，不相混杂。

（二）

红男绿女拜门前，惟见头陀⑤动管弦。
却怪梨园今寂寂，不容粉饰太平年。

年来警厅禁止普度演戏。

（三）

宝盖珠幢⑥供法筵，万家香火结因缘。
如何罢唱莲花落⑦，孤负⑧祇陀⑨布地钱。

往年普度丐者满途，叫嚣求乞，今则尽驱入博济院。

---

① 陈桂琛（1889—1944年），字丹初，号漱石，别署靖山小稳，厦门人。该诗录自《海天吟社诗存》。
② 骎骎：迅疾。
③ 钲鼓：钲和鼓的合称。古代行军或歌舞时指挥进退、动静的两种乐器。
④ 兰盆：即盂兰盆节，民间也称"中元节""鬼节"。每年阴历七月十五日，中国佛教徒为追荐祖先而举行的法会。
⑤ 头陀：僧人，也专指行脚乞食的僧人。
⑥ 宝盖珠幢：华美的车盖，豪华的仪仗。
⑦ 莲花落：旧时本为乞丐所唱。后出现专业演员，演唱者一二人，仅用竹板按拍。
⑧ 孤负：对不起。
⑨ 祇陀：佛寺。

（四）

爆竹声喧薄暮天，纸钱化蝶散如烟。

不知普照阴光①否，入夜明灯到处县②。

（五）

佛筵未撤客开尊，录事③传觥笑语温。

施食莲台④谁解得，歌儿一曲与招魂。

（六）

闽南信鬼笑无因，匝月⑤香花供养频。

闻道地官⑥今夕赦，泥犁⑦拔出果何人。

---

① 普照阴光：民俗，中元供物上插三角纸旗，上书"普照阴光""敬奉阴光"等。

② 县：同"悬"。

③ 录事：指宴席上负责督酒之人。

④ 莲台：佛座。

⑤ 匝月：满一个月。

⑥ 地官：道家三官之一。中元节为地官诞日，有"地官赦罪"之说。

⑦ 泥犁：佛教语，意为地狱。在此界中，一切皆无，为十界中最恶劣的境界。

陈棨仁　　五航船竹枝词①（六首）

泉漳沿海有五航船②者，以水为家，自相婚嫁。常为商人佣载，谋生一叶，陶然自成天趣。诗以纪之。

（一）
橹声轧轧水潺潺，生小儿家一叶间。
侬唱棹歌郎击楫，竹帆飞度几澄湾。

（二）
大洋风色狂于虎，小碓波声猛似雷。
生怕檀郎③操舵倦，掺衣移步出舱来。

（三）
邻舫娇娃巧靓妆，石青短袖衬葱裳。
低声频报爷娘道，言是昨来新嫁娘。

（四）
浮家何处定风波，夫婿鸳鸯对对罗。
潮去潮来浑不管，那知世上别离多。

---

① 陈棨仁：(1837—1903年)，字铁香，又字戟门，晋江永宁人。清同治十三年（1874年）进士，初任翰林院庶吉士，改任刑部主事。以父老请求归乡，曾主厦门玉屏、紫阳书院教席。该诗刊录自陈棨仁《藤花吟馆诗录》。李禧《紫燕金鱼室笔记》："泉漳五航船以赁载谋生，全家浮水，别有旖旎风光。晋江陈铁香先生棨仁有《五航船竹枝六绝》，妙能绘声绘影。"

② 五航船：也作"五帆船"。《厦门志》卷十五《风俗记》："港之内或维舟而水处，为人通往来，输货物。浮家泛宅，俗呼曰五帆。五帆之妇曰白水婆，自相婚嫁。有女子未字，则篷顶必种时花一盆。伶娉女子驾橹点篙，持舵上下，如猿猱然。习于水者素也。"

③ 檀郎：晋代潘安小名檀奴，姿仪秀美。后代以檀郎作为女性对自己丈夫或所恋爱男子的爱称。

（五）

关口收帆纳海租，满船漳橘大如盂。
客人几度询名氏，怕说侬家旧姓蒲。

传为蒲寿庚①之裔。

（六）

洋面宵光落水中，趁潮飞渡逐西东。
才经圭屿②塔边月，又过镇门③汛口风。

徐思防　　斗龙舟竹枝词④

人声喧笑聚沙堤，白鹭江滨动鼓鼙。
仿佛昆明⑤人习战，红旗飘处画桡⑥齐。

陈　杰　　斗龙舟竹枝词⑦（二首）

（一）

闻道龙舟本楚荆，年年飞桨决输赢。

---

① 蒲寿庚：宋末元初人，阿拉伯（色目）商人后裔。任泉州市舶司30年，后叛宋降元。
② 圭屿：又名鸡屿、龟屿，在今海沧区海域。旧属海澄县，为水路入海门户。
③ 镇门：在九龙江西溪下游西溪闸下方。
④ 该诗录自《海天吟社诗存》。海天吟社，始创于1917年，存世仅10个月。
⑤ 昆明：指昆明池，汉武帝在长安西开凿昆明池，作为训练水军之地。
⑥ 画桡：有画饰的船桨。
⑦ 该诗录自《海天吟社诗存》。

夺标一笑真盲俗，转为灵均①起竞争。

（二）

龙头竞渡水悠悠，士女如云泛棹游。
七尺昂藏谁冠者？终推童子一军优。

鼓浪屿俗分已婚、未婚二队，连年竞渡，未婚者胜。

洪焘生　　斗龙舟竹枝词②（二首）

（一）

载将丝竹满江纷，逸响③吹来数里闻。
不是承平观竞渡，那能士女集如云。

（二）

飞划贾勇④竞前头，两岸欢声闹不休。
夺得锦标方罢斗，愿推敌忾与同仇。

钱丕谟　　斗龙舟竹枝词⑤

双双画鹢⑥竞中流，博得倾城士女游。
无限三闾⑦怀古泪，水嬉舟子不知愁。

---

① 灵均：屈原字灵均。
② 该诗录自《海天吟社诗存》。
③ 逸响：奔放的乐音。
④ 贾勇：鼓足勇气。
⑤ 该诗录自《海天吟社诗存》。
⑥ 画鹢：《淮南子·本经训》："龙舟鹢首，浮吹以娱。"后以"画鹢"为船的别称。
⑦ 三闾：屈原为三闾大夫。

阿　策　　康乐道竹枝词[①]（七首）

（一）

头热身憊两颊绯，信无疾病是魂飞。
叫魂幸有神明力，击鼓沿途唤来归。

（二）

曾出泥泞复垫污，青庐[②]昨梦已含糊。
风尘再堕寻常事，好客原非好丈夫。

（三）

失恋追欢历几更，漫詈海誓与山盟。
奴家讵尽无真意，谁个檀郎是有情。

（四）

丛杂蓬蒿匝土堆，只今一一尽歌台。
夕阳渐淡灯初焰，次第高声喊客来。

（五）

香粉狱成海样深，栉鳞比次更难禁。
任他巧黠聪明者，轻系情丝恣纵擒。

（六）

燕莺比日[③]斗高胜[④]，顾影自怜复自矜。
尽说升沉花运巧，非关丽质与才能。

---

① 作者情况不详。该诗录自 1931 年陈菊农编《小报大观》。康乐道，大生里初辟时名"康乐道"，集全厦妓寮于此。
② 青庐：古代婚俗，以青布幔搭成帐篷，用以迎妇和举行交拜礼。后也指结婚。
③ 比日：近来。
④ 高胜：高明优异。

(七)

烟热纷飞袅袅香,抓完瓜子送琼浆。
关门不是头帮客,省盏清茶荐老郎。

琳 琅　姑嫂竹枝词[①]（四首）

(一)

姑嫂相知嫂姑缘,双双随影小楼前。
芳容每度凭栏望,惹起春闺咏絮笺。

(二)

桃腮云鬓两轻盈,秋水如梭带笑痕。
欲语不言无限意,玉人何处慰飘零。

(三)

国色天香似牡丹,含情斜眼把郎看。
佳人似笑还非笑,半带相思半带酸。

(四)

倚楼会月倍心伤,寂寞灯前感夜长。
蒲叶生风纤手动,扑萤犹似带招郎。

---

① 该诗录自《星光日报》1949年6月12日。

卷之三　别咏竹枝调

林　豪　厦门港棹歌[①]（四首）

（一）
家住黄芦苦竹洲，姻盟水上似鸥浮。
十三少女弄篙笑，为近郎舟低了头。

（二）
港内沙飞港外波，潇潇细雨满船过。
秋风已报鲈鱼信，侬下丝纶郎衣蓑。

（三）
郎如水上宿鸳鸯，侬似鹣鹣[②]喜并翔。
白首不知离别苦，烟波处处是家乡。

（四）
鲤鱼尺半鳜鱼红，估客[③]乘潮趁钓篷。
半换酒钱半下酒，醉余歌起月明中。

[①] 林豪（1831—1918年），字卓人，号次逋，金门人。清咸丰举人，同治时赴台湾，三次聘任澎湖文石书院山长。著有《东瀛纪事》《澎湖厅志》《金门志》《诵清堂诗集》等。该诗录自林豪《诵清堂诗集》卷三。

[②] 鹣鹣：比翼鸟。

[③] 估客：行商。

林　豪　筼筜港杂咏①（六首）

（一）

回环一水路西东，潮落潮生画舫②通。
安得携樽明月下，万家渔火一江红。

筼筜渔火为厦门八景之一，遭兵后景色苍凉，殊有今昔之感。

（二）

十五盈盈待字③时，布裙红映鬓花垂。
等闲未解风波恶，坐向帘前理钓丝。

（三）

临风拟出悼松词④，劫火摧残亦可悲。
寄语村人须护惜，春风应长旧之而⑤。

（四）

指顾⑥荒城夕照中，郑崇⑦碧血草蓬蓬。
我来江上寻遗镞⑧，何处秋风吊鬼雄。

---

① 该诗录自《诵清堂诗集》卷三。
② 画舫：装饰华美的游船。
③ 待字：《礼记·曲礼上》："女子许嫁，笄而字。"谓女子成年许嫁才命字，后因称女子待嫁为待字。
④ 悼松词：清朝袁枚有《悼松》诗，痛惜黄山奇松惨遭砍伐而被当作木柴出卖。
⑤ 之而：须毛。
⑥ 指顾：手指目视。
⑦ 郑崇：汉代高密人，以敢于直谏著名。作者以郑振缨比郑崇，赞许其为官清正。
⑧ 遗镞：遗弃或残剩的箭镞，此处指战争的遗迹。

谓郑游戎振缨。①

（五）

谁使冲天贼胆寒，纵横八阵此江干。
老渔屈指论诸将，尚忆军中有一韩。
谓韩镇军嘉谟。②

（六）

石磴徘徊日欲西，江花江草半村迷。
可怜一片桃源景，寂寂苍烟犵鸟③啼。

林鹤年　　鹭江棹歌（并序）④（二十首）

序

鹭江嘉禾屿，为南闽重镇，海阔涛雄，不宜歌棹。篔筜港，又远隔村落，曾约同人，制苏舸⑤，月夜逭暑⑥，作容与⑦之会。时

---

① 郑游戎振缨：咸丰三年（1853年），小刀会攻占厦门，清右营游击郑振缨与拒战，被杀于白鹿洞山脚。现遗有"厦门小刀会杀清将郑振缨处"文保碑。

② 韩镇军嘉谟：韩嘉谟，南澳总兵。咸丰五年（1855年）海战被难。镇军，总兵的俗称。

③ 犵鸟：番邦之鸟。

④ 林鹤年（1846—1901年），字氅云，又字谦章，号铁林，安溪胪传乡（今芦田镇）人。光绪八年（1882年）举人，后宦游台湾，1895年台湾割让日本，避居厦门鼓浪屿。著有《福雅堂诗钞》。该诗录自《福雅堂诗钞》卷六。

⑤ 苏舸：有画舫的游艇。

⑥ 逭暑：避暑。

⑦ 容与：从容闲舒。

则海雾冲帆，焦石压缆，鱼龙水啸，楼阁灯沉。座中海客，尚有栗容①，几不可以游，何有于歌？未及新秋而打桨②之兴索矣。濒海诸山，不宜木植，赵云松③观察谓："此地山童水廓。"孙文靖④公诗："厦门本荒碕⑤……褊陋⑥等自郐⑦。"所言亦犹齐山可登而不可望矣。余谓此间水石雄奇，天然岩壑，不愧海山福地。但未可以乌篷载酒，取例湖游。回忆生长岭南，少游吴楚。灯船花舫，旧梦魂销。画壁旗亭，天涯唱遍。独于故山游钓，忍无一言，江神有知，亦应贻笑也。迩来闭门习静，草阁寒深，怅触⑧前游，感时抚事，学为沧浪之歌，差等向若之叹，抒写无聊，随兴所发，亦藉以纪风土、叙游踪云尔。

(一)

大担横来小担开，千重海蜃幻楼台。
十三渡口谁渔父？多少桃花劫后栽。（厦岛十三渡头）

(二)

掉头高唱大江东（江东桥），天际归帆叶叶风。（吾

---

① 栗容：害怕的模样。
② 打桨：摇桨、划船。
③ 赵云松：即赵翼（1727—1814年），字云松，号瓯北，江苏阳湖（今常州）人。著有《瓯北诗集》等。
④ 孙文靖：即孙尔准（1770—1832年），字平叔、莱甫，号戒庵，江苏金匮（今无锡市）人。清嘉庆十年（1805年）进士，曾任福建汀州府知府、福建巡抚、闽浙总督等职。
⑤ 碕：同"埼"，弯曲的岸。
⑥ 褊陋：狭小偏僻。
⑦ 自郐：成语"自郐以下"省略。典出《左传·襄公二十九年》："自郐以下无讥焉。"吴国的季札在鲁国看周代的乐舞，对于各诸侯国的乐曲都有评论，但从郐国以下，他就没有再表示意见。比喻从某某以下就不值得评论。
⑧ 怅触：感触。

乡水师宿将多半罢归）

寄语平原诸子弟，不妨酣醉满江红（船名）。

（三）

海风吹雾草鸡谣①，二百年来战气消。
不断嘉禾有遗种，清时麟凤②识天骄。

（四）

白鹭横江点点烟，鱼雷冲浪演楼船。
海门终古华夷限③，放出蛟龙欲拂渊。

（五）

洞天鼓浪隔江寻，旧梦沧桑思不禁。
忍向日光岩畔望，参差楼阁暮云深（对河新辟洋场）。

（六）

才闻祆庙④福音宣，又报天宫洗礼旋。
谁赎文姬归绝塞，唐山回望祖家船（夷人自呼洋舶曰祖家船）。

（七）

十年打桨草洼安（地名），垂老归来甲必丹（华佣头目）。
争说弄潮儿有信，石头犹作望夫看（志载望高石，

---

① 草鸡谣：指郑成功事。《厦门志》卷十六《旧事志·丛谈》载："鹭门僧贯一以请经过会城，寓予竹房。言去夏夜坐，篱外小陂陀有光连三夕，发之得古砖，背印两圆花突起，面刻隶字四行，文曰：'草鸡夜鸣，长耳大尾。干头衔鼠，拍水而起。杀人如麻，血成海水。生女灭鸡，十亿相倚。起年灭年，六甲更始。庚大熙皞，太平万纪。'贯一觉有异，默识其文，投砖海中。"

② 麟凤：才智出众之人。

③ 限：门槛。

④ 祆庙：拜火教之庙。

俗讹为望夫石)。

(八)

沿街铙盋①送王船,剑树刀山日万钱。

知否河黄图铁泪,眼前因果大西天(郑州告赈,有绘为《铁泪图》募缘)。

(九)

罂粟花开遍野塍,山场花价逐年增。

何年洗尽烟花劫,大海回澜此一灯。

(十)

乘槎约略乌衣国②,浮岛分明白鹭江。

太息东南民力薄,是谁賨赋③到乡邦(燕窝贡始于某先达冒误)。

(十一)

此邦海寨尚蛮风,双桨连环八桨攻。

气尽一时闾里侠,锦帆杯酒识英雄。

(十二)

龙头山峙虎头山,万国旗分五彩斑。

此日梯航④集王会⑤,不劳惩挞到荆蛮。

(十三)

台澎新辟电书邮,锁钥重溟控部洲⑥。

---

① 盋:同"钵"。
② 乌衣国:厦门旧有"乌衣国"之传说,见《厦门志》卷十六。
③ 賨赋:秦汉时期四川、湖南等地少数民族所缴的一种赋税。此处指清代乾隆初年的厦门"贡燕"之赋,该赋至宣统元年(1909年)方罢。
④ 梯航:"梯山航海"的省略,比喻长途跋涉,经历险远的旅程。
⑤ 王会:旧时诸侯、四夷或藩属朝贡天子的聚会。
⑥ 部洲:古人有"四大部洲""五部洲"之说,即四大洲、五大洲。

欲访涵园①铸金事，眼看南纪②尽安流。（靖海侯涵园）

（十四）
筼筜港静水湾环，暧暧③如舟屋数间。
我趁开帆访场老④，夕阳无限薛家山。

（十五）
荔崖⑤风冷镜塘秋，罗绮无人续雅游。
生怕黄公垆⑥下过，一声残笛倚江楼。

（十六）
闭门不放石头去，花竹萧疏隐钓踪。
几叠青山红树外，半江凉雨梦吴淞。（榕林多天然巨石）

（十七）
江荻江枫语故乡，天涯身世倦浮梁⑦。
四弦谱出秋江怨，司马青衫泪数行。

（十八）
秦淮灯戏鱼龙舰，珠海花围翡翠篷。

---

① 涵园：施琅建水师提督署于厦门，提署后有"来同别墅"，别墅有园名"涵园"。见《厦门志》卷九郑缵祖《来同别墅记》
② 南纪：南方。
③ 暧暧：迷蒙隐约。
④ 场老：即陈黯（约805—877年），字希孺，号昌晦，福建厦门人。屡试不第，自称"场老"，后隐居金榜山。
⑤ 荔崖：即黄日纪。黄日纪（约1713—？），字叶庵，号荔崖，福建龙溪人，清乾隆六年（1741年）迁居厦门。辞官归田后在凤凰山麓筑有榕林别墅，寄情山水。辑有《归田集》、《榕林汇咏》和《荔崖诗钞》等诗集。
⑥ 黄公垆："黄公酒垆"的略称，指朋友聚饮之所。
⑦ 浮梁：语出白居易《琵琶行》"商人重利轻别离，前月浮梁买茶去"。

裙屐①少年场里过，结茅归傍水仙宫。

（十九）

浪掣沧鲸两岛开，独梯云顶望蓬莱。
此间疑有神仙窟，一笑先登海日台。

（二十）

腰钱骑鹤②事如何，乘兴闲来放棹歌。
消受湖山故乡好，海云岛月总婆娑。

王步蟾　　鹭门杂咏③（六十首）

（一）

汪洋大海作篱藩，四面弯环绕鹭门。
号小杭州犹未称，此间合比古桃源。

厦门旧有小杭州之目，纪石青④则直比以古桃源。

（二）

天生此岛对金浯，近扼台澎远越吴。
半壁东南资锁钥，海防船政莫疏虞。

（三）

南陈北薛久流传，禾屿人文此最先。
一样山川钟秀气，后贤岂必避前贤。

唐薛沙所居，号薛岭。其南为陈黯宅，时称南陈北薛。

---

① 裙屐：借指衣着时髦的富家子弟。
② 腰钱骑鹤：语出"腰缠十万贯，骑鹤下维扬"。
③ 王步蟾（1853—1904 年），号桂庭，字金波，清末厦门人。该诗录自王步蟾著《小兰雪堂诗集》卷二。
④ 纪石青：即纪许国，南明遗民。纪许国有诗句"花源今可得，此亦一桃源"（见《厦门志》卷十六）。

（四）

场老山空老颖川，石楼高筑号迎仙。
古松不见新罗种，只剩渔矶矗野田。

场老山即金榜山，以陈黯自号场老居此，故名。山上有石刻"迎仙"二字，筑楼其上，名"迎仙楼"。今架梁山之坎犹存。当时书堂有新罗松二本，临海有石，黯钓矶也。今在田中。

（五）

虎山①山北鹭城东，游屐曾邀宋晦翁②。
过化长流君子泽，山名今尚著文公。

文公山，在虎山北。朱子尝游于此，故名。

（六）

普陀寺外御碑亭，天语煌煌炳日星。
留与臣民永瞻仰，好教陬澨③詟④威灵。

南普陀，在五老山下，门有御制平台纪事碑亭四。

（七）

国初逸老⑤盛连镳⑥，阮子⑦才高志更超。
著述飘零遗址在，夕阳空望夕阳寮⑧。

阮子名旻锡，明季隐逸，所居号夕阳寮。

---

① 虎山：即今虎仔山。
② 晦翁：即朱熹。南宋绍兴二十三（1153年）年任同安县主簿，前后5年。
③ 陬澨：僻远处，犹言天涯海角。
④ 詟：惧怕。
⑤ 逸老：遁世隐居的老人。
⑥ 连镳：接续。
⑦ 阮子：即阮旻锡，字畴生，号梦庵，祖籍南京，南明遗民。后遁入佛门，法号超全。
⑧ 夕阳寮：于今水仙路口有"阮旻锡夕阳寮隐居处遗址"文保碑。

(八)

玉狮斋枕北城隅,作记文传池直夫①。

此日改祠祀真武②,欲寻旧迹半模糊。

玉狮斋,即今北帝庙,明池直夫读书处。

(九)

荔崖③别墅辟榕林,诗酒朋来订盍簪④。

如此园亭好风景,忍教韵事久销沉。

榕林别墅,在凤凰山,国朝黄日纪所筑。

(十)

广开书院佐胶庠⑤,城内玉屏外紫阳。

难得高周两宾主,主持风雅古文章。

周芸皋⑥先生观察厦门时,请高雨农⑦先生讲席,提倡风雅与古文学。一时士风称极盛焉。

(十一)

志乘当年纂述劳,梧山⑧创始后芸皋。

不知他日重修辑,更有何人手笔高。

---

① 池直夫:即池显方。池显方,字直夫,号玉屏,明代同安县中左所(今厦门岛)人。

② 真武:即玄武。本为北方七宿(斗、牛、女、虚、危、室、壁)的总称,为北方神名。民间称真武大帝、玄武大帝、佑圣真君玄天上帝、无量祖师,全称真武荡魔大帝等。

③ 荔崖:即黄日纪,字叶庵,号荔崖,福建龙溪县人,迁居厦门。

④ 盍簪:指朋友聚会。

⑤ 胶庠:周时胶为大学,庠为小学。后世通称学校为"胶庠"。

⑥ 周芸皋:即周凯,富阳人,清代道光年间出任兴泉永道道尹。

⑦ 高雨农:即高澍然,光泽人,曾应道尹周凯之聘,出任玉屏书院山长。

⑧ 梧山:指薛起凤,字飞三,号震湖,著有《鹭江志》《梧山草》。

薛梧山孝廉撰《鹭江志》，周芸皋观察因之以作《厦门志》，体例尤见谨严。

（十二）

留云洞古枕云眠，观日台高见日先。
村落鸡声犹未遍，红轮早浴海中天。

留云洞观日台在洪济山，"洪济浮日"为厦门八景之一。

（十三）

阳台耸秀势峥嵘，有客来看夕照明。
莫赋高唐同宋玉，朝云暮雨费闲情。

阳台山，在城东北，"阳台夕照"八景之二。

（十四）

灵山礼佛仲春多，万寿岩前络绎过。
夹道松风声彻耳，翻疑清梵出林阿。

万寿岩，一名山边岩，八景中"万寿松声"也。

（十五）

白鹤岩高白鹤飞，野云度岭想依稀。
流霞涧水今犹昔，不见仙禽傍晚归。

白鹤岩，在白鹤岭，昔人有"野云度岭疑归鹤，涧水流霞想落花"句，故名。

（十六）

虎溪鹿洞恣流连，更陟层峦访醉仙。
折向紫云刚半里，呼僧煮茗汲岩泉。

"虎溪夜月"八景之四，白鹿洞、醉仙岩、紫云岩皆附近名胜地。

（十七）

中岩地介两岩中，山径萦纡一线通。
行到寺门欢喜地，当前玉笋石凌空。

中岩介万石、太平二岩中，故名。山门题"欢喜地"三字，有石当户,镌"玉笏"二字。

(十八)

鸿山寺接镇南关,石寨名题石壁间。
谁向雨中看织雨,天然机杼出烟鬟。

鸿山寺,在镇南关,八景中"鸿山织雨"是也。上有石寨遗址,石刻"嘉兴寨"三字。

(十九)

厦港渔村海作田,玉沙坡尾泊渔船。
家人妇子舟居惯,不畏风涛只信天。

玉沙坡,在厦门港海滨,渔船集焉。

(二十)

洞天鼓浪石高镜①,上接龙头下晃岩。
渡海人来登绝顶,遥从天际望归帆。

鼓浪屿,在海中,上有龙头山,石刻"鼓浪洞天"四大字。下为晃岩。

(二十一)

筼筜港外钓鱼舟,出入随潮水上浮。
日暮归来天色黑,星星渔火射江流。

筼筜港,在城北,"筼筜渔火"八景之六。

(二十二)

深闺对镜损朱颜,夫婿经商久不还。
忽报洋船将入港,望高山上望夫山。

望高山,在水仙宫后,高可望远,因名。

(二十三)

第一清流数磊泉,本洪瀹茗②发芳鲜。

---

① 镜:当为"巉",形容山石高峻。
② 瀹茗:煮茶。

人情好尚今颠倒,移煮红夷鸦片烟。

石泉岩,在城东二里许,有石穴如门,泉从穴中出,石刻"磊泉"二字。

(二十四)
演武场开澳水滨,沙平如席草如茵。
无端插竹圈官地,跑马偏容外国人。

演武场,在南普陀前。冬至后十日,夷人借以跑马。

(二十五)
瓮菜青青瓮菜河,河滨小户利偏多。
每当夏始春余候,撷叶搴茎涉绿波。

瓮菜河,一名鲲池,夏月出瓮菜,甚美。

(二十六)
城东山麓野人家,不种桑麻只种花。
多种素馨兼茉莉,半供插鬓半薰茶。

城东一带山足多花,园居人世以花为业。

(二十七)
橡生花①制亦鲜妍,剪彩隋宫巧并传。
觌面②浑忘真与假,一枝斜挦③鬓云边。

岛中妇女好簪花,像生花,尤工巧。

(二十八)
焚香放爆始开门,红刺④纷投拜贺繁。
道路相逢齐拱手,先呼恭喜后寒温。

---

① 橡生花:应为"像生花",即今仿真花、人造花。《厦门志》卷十五:"岛中妇女编花为龙、凤、雀、蝶诸形,插戴满头。"
② 觌面:迎面、见面。
③ 挦:下垂。
④ 红刺:旧时礼帖的一种。用单页红纸做帖,用于节日喜庆等事。

元旦焚香楮、放纸爆，戚友以小红刺相贺。

（二十九）

风马云车接百神，朝天往返恰经旬。
再过三日逢人日，重试羹汤七宝新。

初四日接神，俗谓腊月二十四日送神。迎送皆焚楮帛舆马，人日取果蔬作七宝羹。

（三十）

正月家家祀玉皇，同瞻霄汉荐馨香。
未能免俗姑从众，敢诩明禋①格彼苍。

俗称初九日为玉皇生日，设香案向户外祀之，名曰祭天。外街结天公坛，铺设华丽，灯烛辉煌，连朝演剧，尽月乃止。

（三十一）

元宵烟火斗繁华，万点流星万朵花。
蜡烛如椽香似柱，游人看到月轮斜。

官廨神祠多放烟火，香烛有大于椽柱者。

（三十二）

寿祝街坊土地神，仲春二日是良辰。
家厨晚造蛎房饭②，风味新鲜亦可人。

二月初二日，街市乡村敛钱演剧，为土地神祝寿，家造蛎房饭为供。

（三十三）

清明前后雨初晴，挈榼提壶出郭行。
正是上坟好天气，麦花风飐纸钱轻。

清明前后十日墓祭，挂纸帛于墓上。

---

① 明禋：明洁诚敬的献享。
② 蛎房饭：俗称蚝仔饭。

（三十四）

踏青路出靖山头，麦穗新簪结伴游。

葱指纤纤扶伞走，香尘迹印小莲钩①。

妇女出郊踏青，持伞代杖，采新麦簪之。靖山头，在东门外。

（三十五）

虎头山下午晴天，箫鼓喧阗沸水边。

趁得端阳女儿节，龙泉宫口看龙船。

虎头山临大海，可观竞渡，与龙泉宫相近。

（三十六）

六月中旬过半年，粉团搓得月同圆。

牢丸②食品师成式③，也祀神明也祀先。

六月望日，造米圆祀神及祖，名曰"过半年"。

（三十七）

乌鹊桥成渡玉䡝④，银湾今夕会双星。

儒生不乞天孙巧，只向奎楼洁荐香。

七夕，士子祀魁星于萃文亭。

（三十八）

盂兰盆⑤会渡孤魂，水陆场开品物繁。

地狱果真谁解脱，虚传赦罪是中元。

七月朔起，里社作盂兰盆会，俗呼"普度"。

（三十九）

冰轮三五又中秋，闺阁暗香吉语求。

---

① 莲钩：指旧时妇女所缠的小足。
② 牢丸：汤圆。
③ 成式：固定规格。
④ 玉䡝：传说中仙人所乘的车辆。
⑤ 盂兰盆：农历七月十五日超度亡灵的节日。

月饼团圆新买得，拈骰夺取状元筹。

妇人拈香墙壁间，窃谛人语，以占休咎。亦古镜听遗意。亲友相馈以月饼，间有赌状元筹者。

（四十）

每逢重九快登高，晓市喧呼栗子糕。

到处书斋都放假，祭魁演剧献牲醪。

栗子糕，节物也。是日祀魁星，视七月较盛。

（四十一）

春秋霜露有余思，冬至人家祀祖祠。

添岁米圆仍饷耗①，粘门暗祝吉祥词。

冬至，各家祭祖祠，舂米为圆，谓之"添岁"。粘米圆于门，谓之饷耗。

（四十二）

咚咚腊鼓②应时挝，才过头牙又尾牙。

祀灶拂尘还馈岁，围炉除夕度年华。

腊月初二日曰"头牙"，十六日曰"尾牙"，廿四日祀灶送神，择吉日拂尘。有丧则否。以糕豚红柑相馈，曰"馈岁"。除夕炙炭团聚饮酒，曰"围炉"。

（四十三）

城隍庙建傍城隈，岁杪③梨园报赛④来。

观剧有人思避债，戏台借作赦王台⑤。

---

① 饷耗：冬至日，家家做红白糯米丸，除祀神祭祖外，又在门扉、器物上各粘一丸，谓之"饷耗"。

② 腊鼓：古人于腊日或腊前一日击鼓驱疫，因名"腊鼓"。

③ 岁杪：年末。

④ 报赛：酬神。

⑤ 赦王台：即"逃债台"。周赧王姬延负债于民，因逃债避居宫内台上，故称。

城隍庙，在城西南隅。腊月杪，连朝剧演，俗呼"避债台"。

(四十四)

西庵宫里惯扶鸾，竞说希夷①此降坛。
高卧华山醒也未，嫁名何苦托陈抟。

西庵宫，在西城内，有扶鸾者集焉。

(四十五)

丛祠满地已堪嗤，更造王舟②费不赀。
三载瓜期③沿旧例，游山采路总虚糜。

厦俗多迎神赛会，王醮尤甚。游山采路，举国若狂。每三年必造王舟，或浮海，或火化，暴殄天物，最为糜费。

(四十六)

赁得雏姬粉阁妆，招摇过市绮罗香。
迎神岂为评花计，空引游蜂浪蝶狂。

迎神赛会，妆小妓肖古图画，谓之粉阁。

(四十七)

不信医方信鬼神，抬舆问药④太无因。
可怜至死犹难悟，陋习相沿误病人。

以两人舁神像向药铺问药，道路中往往奉之。

---

① 希夷：宋初道教祖师陈抟，被宋太宗赐号"希夷先生"。
② 造王舟：指民间送王船习俗。
③ 瓜期：任期。
④ 抬舆问药：《厦门志》卷十五《风俗记》："疾病，富贵家延医诊视，余皆不重医而重神。不曰星命衰低，辄曰触犯鬼物。牲、醴、楮、币祈祷维虔，至抬神求药，尤为可笑。以二人肩神舆行，作左右颠扑状。至药铺，以舆扛头遥指某药，则与之。鸣罗喧嚷，道路皆避。至服药以死，则曰神不能救民也。即有奸徒稍知一二药性，惯以抬神为业者，官虽劝谕之，终不悟也。"

（四十八）

茫茫冥路①倩谁开，地狱何曾打得来？
更造血盆弄铙钹，凭他秃子赚钱财。

开冥路、打地狱、造血盆、弄铙钹，皆浮屠所以惑丧家者。厦俗惑之已深，反以此作大功德。

（四十九）

滥呼巫觋作师公，步斗栽花总是空。
蛊惑愚夫与愚妇，翻夸符箓有神通。

厦门巫觋自暑道坛，人呼为"师公"。有烧纸喷油、步斗栽花诸名目。诗礼之家亦受其惑焉。

（五十）

福饼绒花卍字糖，绮罗珠翠女儿箱。
岛中婚嫁多奢侈，荆布安知效孟光。

周礼，竹枝词云"千金嫁女时常有，百金教子此地无"，可以想见。

（五十一）

蓄婢成风锢婢多，青春灶下暗销磨。
蓬头赤脚人空老，未遂于飞鬓已皤②。

妇女喜蓄婢，虽家非富厚，亦必百计购求。锢婢者，恒多家有怨女。

（五十二）

诗歌果蠃③负螟蛉，厦俗偏遵作典型。

---

① 冥路：《厦门志》卷十五《风俗记》："至于延僧道、礼忏，有所谓开冥路、荐血盆、打地狱、弄铙钹、普度诸名目，云为死者减罪资福。"
② 皤：白色。
③ 果蠃：典出《诗经·小雅·小宛》："螟蛉有子，果蠃负之。"果蠃，是青色细腰蜂，习性以泥土在墙上或树枝上做窝，捕螟蛉为幼虫食物。古人误以为果蠃养螟蛉为子，因把"螟蛉"或"螟蛉子"作为养子代称。

渎姓乱宗都不管，只求多子易添丁。

闽人多养子，厦俗尤甚。

（五十三）
工夫茶转费工夫，啜茗真疑嗜好殊。
犹自沾沾夸器具，若琛杯①配孟公壶②。

工夫茶，即君谟茶③之讹。向日盛行，今则压于洋烟，亦稍替矣。

（五十四）
水田稀少旱田多，多种番薯少插禾。
转运偶迟粮价长，米珠④兴叹奈民何？

禾山产米甚少，多藉漳州、台湾、上海、安南等处接济。米船迟至，则米价腾涌。

（五十五）
蚶田蛏漱⑤及蠔埕，滨海乡村易启争。
此界彼疆宜审判，休教械斗累民生。

海港腥鲜，贫民日渔其利。越澳以渔，争竞立起，虽死不恤，身家之计在故也。

（五十六）
菜友⑥相逢意便亲，菜堂深处共修真。
自从礼佛无拘束，甘吃长斋不嫁人。

---

① 若琛杯：亦称"若琛瓯"，白瓷质饮具，盛放工夫茶茶汤用。相传为清代景德镇烧瓷名匠若琛所作。
② 孟公壶：亦称"孟臣壶"，工夫茶茶具。明代宜兴惠孟臣制，故名。
③ 君谟茶：宋代蔡襄，字君谟，著有《茶录》。
④ 米珠：米贵得如同珍珠。
⑤ 漱：水边。
⑥ 菜友：近代闽台斋教的在家信众，其活动场所称"菜堂"。信众通称"吃菜人"，男众叫"菜公"，女众叫"菜婆"或"菜姑"，互相间称"菜友"。

厦门旧有菜堂，经官毁禁。近复私聚僻处，诱人吃菜念佛，闺女至有不嫁者。

（五十七）

叶子①骰盆已盛行，字猜十二②斗输赢。

如何洋票③销售广，也削脂膏到厦城。

赌纸牌、掷骰子、猜十二字，皆厦中赌博名目。近买吕宋地理票，耗财尤多。

（五十八）

穿窬鼠窃本难容，闽棍④奚堪任逞凶。

底事诘奸反滋扰，爰爰有兔雉离罝⑤。

闽棍者，无赖恶少也。法宜惩治。近制吏役借此以鱼肉平民，而真匪反多漏网矣。

（五十九）

裁减营兵设练军，两湖游勇满街纷。

须知此辈能滋事，多少平民避楚氛⑥。

（六十）

卜宅嘉禾有历年，闲寻古迹吊先贤。

转移风俗惭无术，率意狂吟六十篇。

---

① 叶子：古代赌博的一种，也称"叶子戏""叶子格"。
② 十二：指"十二支仔"，赌博的一种。
③ 洋票：指"吕宋票"，即"菲律宾彩票"。由菲律宾的西班牙殖民当局发行，行销世界各地，远至美国，以中国为主要市场。
④ 闽棍：无赖恶少。
⑤ "爰爰"句：《诗·王风·兔爰》："有兔爰爰，雉离于罗。"比喻坏人行恶，却逍遥自在；百姓无辜，却陷入罗网。爰爰，舒缓。离：遭受。罝，捕鸟的网。
⑥ 楚氛：指恶劣、鄙俗之气。

贺仲禹　　鹭江杂咏①（十首）

（一）

石头无语尚思明，半壁江山半角城。
亘古男儿谁第一，千秋崇拜郑延平。

（二）

欧风暗逐海潮来，万里天南一角开。
帆影轮声齐起落，满江灯火照楼台。

（三）

夕阳无语海天秋，狂掷匏樽②下酒楼。
醉影伶仃人独立，虎头山上看龙头③。

（四）

蔚蓝无际映斜阳，万顷寒潮一野航④。
为问鹭江江上水，几时流到太平洋。

（五）

鹭江认是小蓬瀛⑤，云影天光一色明。
暮暮朝朝闻处处，读书声与踏歌⑥声。

---

① 该诗录自贺仲禹《绣铁盦丛集》第一集。
② 匏樽：匏制的酒樽。亦泛指饮具。
③ "虎头山"句：《厦门志》卷二："虎头山，去城南里许。山临海滨，危石耸起，上戴二小石如虎耳，故名。与鼓浪屿龙头山对。"
④ 野航：田家小渡舟也。或谓之舴艋，谓形如蚱蜢，因以名之。
⑤ 蓬瀛：蓬莱和瀛洲，古代神山名。相传为仙人所居之处，亦喻指仙境。
⑥ 踏歌：民间流行的表演形式，一边歌唱，一边以足踏地为节，且步且歌。

(六)

曾翻贝叶①注波罗②,随喜③偶来南普陀。
笑向旃檀④林下立,万山山里一维摩⑤。

(七)

虎溪白鹿强登临,万里乡云缕缕心。
长啸一声天地寂,山灵⑥无语夕阳沉。

(八)

晚来无事怕凭栏,独坐矶头理钓竿。
怪得芝兰芬扑鼻,美人多半在江干。

(九)

酒瓢初放负诗瓢⑦,独立江干弄海潮。
多少愁魔降不得,轻舟飞渡夕阳寮。

(十)

卅载沧桑惊过眼,欧风美雨暗推移。
樽前陡起盛衰感,记得荆榛未辟时。

---

① 贝叶:古代印度人用以写经的树叶。亦借指佛经。
② 波罗:疑为《金刚般若波罗经》(《金刚经》)的省略。
③ 随喜:佛教里把布施、供养称为"随喜"。"喜"是欢喜,"随"是"随意"。
④ 旃檀:亦作"栴檀",檀香。
⑤ 维摩:佛名,即维摩诘。亦译"无垢称"或"净名"。
⑥ 山灵:山神。
⑦ 诗瓢:宋计有功《唐诗纪事·唐球》:"球居蜀之味江山,方外之士也。为诗捻稿为圆,纳入大瓢中。后卧病,投于江曰:'斯文苟不沉没,得者方知吾苦心尔。'至新渠,有识者曰:'唐山人瓢也。'"用指诗稿。

吴钟善　　笯笃港棹歌①（四首）

（一）

笯笃港口曲岩隈②，暮色苍然未肯回。
大类当年侯叔起③，不曾钓得寸鳞来。

（二）

七尺琅玕④一叶舟，此生自分老家浮。
醉乡历尽还思睡，月上潮平网不收。

（三）

自唱渔歌自拊瓴⑤，乘风一舸去亭亭。
新朝天子非吾旧，休道先生是客星⑥。

（四）

闻道涛头百丈高，神山根脚几曾牢。

---

① 吴钟善（1879—1935年），字元甫，号守砚庵主，亦曰桐南居士，晋江人。光绪二十九年（1903年）中经济特科进士，授翰林院检讨。著有《守砚庵文集》《守砚庵诗稿》《荷华生词》《近川诗集》等。该诗录自《守砚庵诗稿》卷十二。

② 岩隈：山岩弯曲处。

③ 侯叔起：即侯喜（？—822年），字叔己、叔起。唐贞元十九年（803年）进士。其诗文深受韩愈赏识，韩愈有《赠侯喜》"吾党侯生字叔起，呼我持竿钓温水"句。

④ 琅玕：形容竹之青翠，亦指竹。

⑤ 拊瓴：即拊瓴。拊，拍打。瓴，水瓶。《淮南子·精神训》："今夫穷鄙之社也，叩盆拊瓴，相和而歌，自以为乐矣。"

⑥ 客星：指东汉隐士严光。《后汉书·严光传》："（光武帝）复引光入，论道旧故……因共偃卧，光以足加帝腹上。明日，太史奏，客星犯御座甚急。帝笑曰：'朕故人严子陵共卧耳。'"

雄心未死还东渡,擘粒①犹堪钓巨鳌。

陈觉夫　　鹭江杂诗②（九首）

（一）

燕子归来夕照明,一江春水浪花生。
凭栏试读厦门志,犹有乌衣古国名。

（二）

喜从意外识春风,疑是相逢梦寐中。
记取当筵人似玉,华灯照彻酒杯红。

（三）

尽把深愁付酒卮,玉箫吹彻月明时。
有人手执合欢扇,索我亲题绝妙辞。

（四）

索写新词索写歌,殷勤劝酒有嫦娥。
莫辞再尽三杯满,得句定教壮丽多。

（五）

蜜意浓情解不开,一书才去一书来。
把书安置枕衣底,临睡又堪读一回。

（六）

水操台上恨无穷,如此江山夕照中。
且发悲歌吟楚曲,我携玉女吊英雄。

---

① 擘粒：剖粒为饵。
② 陈觉夫：陈衍《石遗室诗话续编》："丹初门人陈觉夫,年少嗜诗,周墨史荐充海外宿雾教授。"（丹初,即陈桂琛）。该诗录自陈觉夫著《觉夫诗存》。

（七）

琵琶声里大江秋①，欲采芙蓉不自由。
底事歌残金缕曲②，匆匆又上木兰舟③。

（八）

人生得个多情婿，万事何须再较量。
今日手忙心恰喜，儿家自作嫁衣裳。

（九）

风尘有客尚英奇，赠我青萍剑一枝。
惹我抱他三日泣，恩仇不报欲何为。

叶际唐　　鹭江杂咏④（十一首）

（一）

近水楼台耸碧霄，江声时杂市声嚣。
离江渐渐人烟少，斗大城中半寂寥。

---

① "琵琶"句：典出宋俞文豹《吹剑录》："学士（东坡）词，须关西大汉，铜琵琶、铁绰板，唱大江东去。"
② "底事"句：清代女诗人吴藻《金缕曲》下阕道："英雄儿女原无别。叹千秋，收场一例，泪皆成血。待把柔肠轻放下，不唱柳边风月。且整顿铜琶。且整顿，铜琶铁拨。读罢离骚还酹酒，向大江东去歌残阕。声早遏，碧云裂。"
③ 木兰舟：用木兰树木材造的船，后作为船的美称。
④ 叶际唐（1876—1944年），字文枢，祖籍泉州同安，居台湾新竹。该诗原载于《全台诗》第28册。

（二）

上下床①分价自殊，青灯②有味客争趋。
绝佳蔗境③凭谁护，门首高悬一道符。

（三）

笙歌夜夜夕阳寮，变相谁怜吴市箫④。
如诉落花飞絮恨，天涯有客为魂销。

（四）

彩舆⑤未许近妆台，青鸟⑥殷勤探几回。
至竟金钱魔力大，双扉三阖又三开。

（五）

鱼龙曼衍⑦竞登台，遥拟谁家寿宇开。
看到满堂都缟素⑧，始知风木⑨正衔哀。

（六）

制服新鲜步调和，莘莘学子应酬多。
灵輀⑩过处人争羡，绝好专门执绋⑪科。

---

① 上下床：比喻人或事高下悬殊。典出《三国志·魏书·吕布传》：三国魏许泛逢乱过下邳，拜见陈登，却不想忧国救世，只思求田问舍，而遭陈登鄙视。陈登高卧于大床，而使许泛卧于下床，且不与许泛说话。

② 青灯：油灯，以光色青莹称之。

③ 蔗境：晚景美好。

④ 吴市箫：即"吴市吹箫"。原指春秋时楚国的伍子胥逃至吴国，在市上吹箫乞食。比喻在街头行乞。

⑤ 彩舆：彩轿。

⑥ 青鸟：传信的使者。

⑦ 曼衍：形容连绵不绝。

⑧ 缟素：白衣服，指丧服。

⑨ 风木：比喻父母亡故，不及奉养。典出《韩诗外传》。

⑩ 灵輀：丧车。

⑪ 执绋：谓丧葬时手执牵引灵柩的大绳，以助行进。泛称为人送殡。

（七）

一握香钩①瘦可怜,高谈解放已多年。
如何新到山场②女,弓样犹矜步步莲。

（八）

饥驱就食等奔逃,作队南来觅业操。
何必益州王刺史,居然好梦应三刀③。

（九）

如飞双桨④截江过,定例人容六个多。
每卸轮船常溢限⑤,未闻关吏一讥诃。

（十）

发黄眼碧语钩辀⑥,夫妇相携马路游。
毕世不知离别苦,何妨异域永勾留。

（十一）

耶稣天主说高标⑦,另有真人起白礁。
信仰自由谁管得,故应分道各扬镳。

---

① 香钩：比喻旧时妇女裹过的脚。
② 山场：旧时指厦门本岛城区以外的农村,即禾山一带。
③ 三刀：《晋书·王浚传》："梦悬三刀于卧屋梁上,须臾又益一刀。浚惊觉,意甚恶之。主簿李毅再拜贺曰：'三刀为州字,又益一者,明府其临益州乎？'及贼张弘杀益州刺史皇甫晏,果迁浚为益州刺史。"后用作官吏升迁。又古代刀头有环,"环"与"还"谐音,后用作暗指归还。
④ 双桨：近海作业的小渔船,可用以捕鱼,也可载客。
⑤ 溢限：超出限制。
⑥ 钩辀：原指鹧鸪鸣声。
⑦ 高标：造诣高深。

龚显曾　　厦门绝句[①]（四首）

（一）

潼滃[②]新添碧涨痕，万家孤屿媚晴暾[③]。
夕阳古道金鸡树[④]，细雨春帆白鹭门。

（二）

金榜山高界碧天，顽云如梦树如烟。
孤踪不见陈场老[⑤]，石壁鱼矶[⑥]九百年。

（三）

橹声欸乃[⑦]拍江烟，姊妹耶娘[⑧]一叶悬。
莫向侬家说离别，天涯咫尺五航船。

（四）

画舫咿呀竞往还，箫声吹过绿莎湾。
十三古渡头流水，潮去潮来人语间。

---

①　龚显曾（1841—1885年），字毓沂，号咏樵、薇农，晋江人。清同治二年（1863年）进士，累官至詹事府赞善。著有《亦园脞牍》、《薇花吟馆诗存》等。该诗录自《薇花吟馆诗存》。

②　潼滃：云起貌，引申为盛多。

③　晴暾：明亮的朝日。

④　金鸡：指金鸡亭。明清时金鸡亭有铺递。道光《厦门志》："金鸡亭铺，上接蛟塘铺，下接厦门和凤铺。"

⑤　陈场老：指陈黯。道光《厦门志》："陈黯，颖川人。举进士不第，避黄巢乱，隐居终南山。后徙同安之嘉禾屿薛岭，终身读书，号曰场老。"

⑥　石壁鱼矶：道光《厦门志》：金榜山上有"迎仙楼"，"堂侧石壁高十六丈，名玉笏。又有石镌'谈元石'三字，俱相传为朱子书。临海有石，俗呼'鹰搏兔石'，黯钓矶也"。

⑦　欸乃：象声词，摇橹声。

⑧　耶娘：父母。

黄子直　　厦门杂咏①（六首）

（一）
浮海南来正早春，从军王灿迹犹新。
几多旧侣曾过此，往事重提最快人。

（二）
市肆民居一带齐，楼台尽在水东西。
最堪触目惊心事，到处飘扬岛国旗。

（三）
晓来挑菜互争先，二八佳人剧可怜。
头上犹盘时样髻，双跗跣跣②露裙边。

（四）
夭桃呈艳柳丝长，游女如云路亦香。
毕竟炎方③殊节候，早春已着薄罗裳。

（五）
百尺平冈未易攀，乌岩磊磊水潺潺。
是谁叠得奇如许，绝似西湖宝石山。

（六）
见说公园万亩宽，兴来踏遍尽君欢。
自从东北山河碎，草木禽鱼都不安。

---

① 黄子直：作者生卒情况不详。该诗录自《东路月刊》1934年第1期。
② 双跗跣跣：双脚裸露。
③ 炎方：南方炎热地区。

洪　浩　　丙子重九鹭江杂诗①（二首）

食　糕

莫讶刘郎②气势豪，枯肠索字太牢骚。
岂知一二千年后，不斗题糕③斗食糕。

迎　节

飞屐④提壶徒餔餟⑤，漫云高会酿佳辰。
临风乌帽何曾落，解佩⑥茱萸⑦有几人。

赖　和　　厦门杂咏⑧（十二首）

（一）

层楼压海气峥嵘，晓色朦胧市有声。
万国旌旗迎日展，千家灯火烛天明。

---

①　洪浩：字寿年。该诗录自洪浩著《两藏楼诗》，香港1949年夏刊印本。

②　刘郎：唐代诗人刘禹锡（字梦得）。

③　题糕：邵博《邵氏闻见后录》卷十九："刘梦得作九日诗，欲用糕字，以五经中无之，辍不复为。"

④　飞屐：脚步飞快。屐，草鞋。

⑤　餔餟：吃喝。

⑥　解佩：解下佩带之物。佩，古时文官朝服上的饰物。解佩，指辞官。

⑦　茱萸：植物名，气味芳香，可入药。九月九日重阳节，采而佩之，相传能祛邪恶。

⑧　赖和（1894—1943年），原名赖河，笔名有懒云等，台湾彰化人。1921年参加台湾文化协会，为日据时期新文化运动旗手。1918年，赖和在厦门鼓浪屿博爱医院任医职，隔年返台。该诗录自《赖和诗文集》（台海出版社2009年版）。

（二）

安危无责中华吏，秩序专须印度兵。
风鹤①不惊宵不警，笙歌惟此是升平。

租界地

（三）

万家烟突②几家生，破屋斜阳户不扃③。
零乱瓦砖余劫火④，流离骨肉感飘萍。

（四）

数声野哭云沉黑，满眼田荒草不青。
匪患初安兵又到，一村鸡犬永无宁。

乡　村

（五）

楼台歌吹彻宵闻，到处淋漓酒气醺。
乡自温柔人不寐，朝看作雨暮行云。

（六）

民间忧患知何似，世上贤愚至此分。
且辇⑤黄金买欢乐，望高石下夕阳曛。

夕阳寮

（七）

对拳百战日能堪，歌舞当场笑语酣。
料得心关时事切，醉中犹自说平南。

将　校

---

① 风鹤：即风声鹤唳。
② 烟突：烟囱。
③ 扃：关闭、闩门。
④ 劫火：兵火。
⑤ 辇：车载。

（八）

三载征衣尚血斑，国家多事死尤艰。
却从百姓抽来税，孤注樗蒲①一掷间。

军　士

（九）

年来政简任高眠，治法惟明处罚篇。
毕竟此才堪乱世，四民②爱戴日呼天。

文　吏

（十）

交际场中妙誉驰，应酬有诀各能知。
四环麻雀三杯酒，一口官腔两首诗。

绅　商

（十一）

强敌眈眈迫四邻，岂容吾辈作闲人。
五分钟热休相笑，许国焉知更有身。

学　生

（十二）

门牌国籍注分明③，犯禁公然不少惊。
背后有人凭假借，眼中无物任纵横。

---

① 樗蒲：指赌博。
② 四民：指士、农、工、商。《榖梁传·成公元年》："古者有四民：有士民，有商民，有农民，有工民。"
③ "门牌"句：旧时厦门外籍人家门前挂有"籍牌"，注明其国籍，常有不良人士以假冒籍牌，谋取特权。

周　凯　　插花词①（四首）

（一）

不须羯鼓②为频催，异种多从海国来。
排月名花一齐放，岛中原说有瑶台。

（二）

子时梅与午时莲③，喷雪④洋茶⑤映木棉。
更有阇提⑥香细细，暖风吹满画栏前。

（三）

龙凤盘成压鬓斜，只名颜色莫名花。
女儿欲夺天工巧，又剪轻绒又簇纱。

（四）

璧月珠灯百和香，三千宝相斗明妆。

----

① 周凯（1779—1837年），字仲礼，号芸皋，浙江富阳人。道光十年（1830年）、道光十三年（1833年）两次任兴泉永道道尹。该诗录自《厦门志》卷十五《风俗记》。诗前按语：“岛中妇女编花为龙、凤、雀、蝶诸形，插戴满头。《闽小记》所谓肉花盏也，以不簪花为异象。生花尤工巧，馈贻必用花。”

② 羯鼓：古代打击乐器的一种。起源于印度，从西域传入，盛行于唐开元、天宝年间。

③ 午时莲：嘉庆《同安县志》卷十四《物产》：“午时莲，出水如小莲，碧色无香，过午仍缩入水。”

④ 喷雪：嘉庆《同安县志》卷十四《物产》：“喷雪，野生山溪间，有紫花者。”

⑤ 洋茶：嘉庆《同安县志》卷十四《物产》：“山茶：……殷红而萼大从日本来者，曰洋茶。”

⑥ 阇提：阇提花，即金钱花。

插花①寄语张公子②,漫侈金钗十二行③。

林树梅　　柳枝词④

画眉春滞玉楼前,独对离尊⑤更可怜。
折取劝君须尽醉,再经青眼是明年。

林鹤年　　柳枝词⑥

乍逢青眼展愁眉,长日章台⑦惯弄丝。
谁信沾泥⑧身后累,轻狂还恐不多时。

---

① 插花:清周亮工《闽小记·闽女》:"闽素足女多簪全枝兰,烟鬟掩映,众蕊争芳。响屐一鸣,全茎振媚。予常笑谓昔人有肉台盘,此肉花盎也。"

② 张公子:汉成帝喜微服出游,常与富平侯张放结伴而出,自称张公子。后因以张公子代称贵族豪门家的子弟。

③ 金钗十二行:语出南朝梁武帝《河中之水歌》:"河中之水向东流,洛阳女儿名莫愁⋯⋯头上金钗十二行,足下丝履五文章。"原指妇女首饰之多,后以比喻姬妾之众。

④ 林树梅(1808—1851年),字实夫,号啸云,又号瘦云、铁篷子,金门后浦村人。该诗录自林树梅著《啸云诗钞》卷三。

⑤ 离尊:离别的杯酒。尊:樽。

⑥ 该诗录自林鹤年著《福雅堂诗钞》卷四。

⑦ 章台:汉时长安城中一条街道名称,以其繁华常作游冶之地的代称。章台街多柳,后因以章台代指杨柳。

⑧ 沾泥:柳絮沾泥,不再翻飞。比喻心情沉寂,不再波动。北宋僧人道潜有句:"禅心已作沾泥絮,不逐春风上下狂。"

林鹤年　　渔父词①（五首）

庚寅落第，舟次潞河，偕陈丈荣仪、族侄心存②同赋。

（一）

半帆风泊夕阳滩，月上澄江水正寒。
休笑渔人空撒网，枕边还有钓鳌③竿。

（二）

丝纶十丈抛篷背，浅水芦花任所之。
多少鱼虾齐上市，拥蓑犹是醉眠时。

（三）

不风波处几人归？水角菇蒲④绿正齐。
好趁月明闲补网，海门红日待朝鸡。

（四）

几度槎乘万里游，袖中东海转浮沤⑤。
何须市外寻渔父，逢⑥着桃花笑不休。

---

① 该诗录自林鹤年著《福雅堂诗钞》卷七。
② 庚寅：即光绪十六年（1890年）。是年春林鹤年赴京参加恩科会试，落第。陈丈荣仪：即陈荣仪，字仪门，福建晋江永宁人。清同治六年（1867年）举人。族侄心存：即林心存，福建安溪人。光绪元年（1875年）举人，曾在安溪西坪南岩村讲学。
③ 钓鳌：传说渤海东有五仙山，天帝使十五只大鳌顶戴之。龙伯国有巨人钓出六鳌，致使两座山流走沉没。后因以喻抱负远大或气魄豪迈，也喻求得功名。
④ 菇蒲，同菰蒲。茭白和蒲草，均浅水植物。
⑤ 浮沤：漂在水面的泡沫。
⑥ 逢：旧同"逢"，有相遇或阻塞的意思。

（五）
何年清浅话蓬莱，缥缈神仙倦眼开。
好向五云①高处望，神仙原是劫中来。

李印山　　采茶歌②（四首）

（一）
晓起绿窗笑语温，采茶相约趁朝暾。
迢迢直上武夷去，归路惟携两袖云。

（二）
生怕年来生计难，儿家忙碌几曾闲。
匆匆破晓将篮去，忘却梢头露未干。

（三）
山行来往共穿云，薄暮归休日色曛。
凄绝侬家生命苦，连朝刺破指尖纹。

（四）
青青茶叶照侬眸，侬傍茶阴不禁愁。
茶树分明低过我，露将面目教人羞。

---

① 五云：五色瑞云，指皇帝所在。
② 该诗录自李印山著《印山诗草》。

林辂存　　杨韵笙明府为杏香歌者索题①（四首）

（一）
一笑嫣然百媚生，不关风月亦多情。
万千心曲凭谁诉，且听铜琶铁板声。

（二）
豪饮连宵不计杯，果然杏是百花魁。
仙舟棹向桃源去，会作渔郎第一回。

（三）
娇嗔丰态最宜人，花树花开色色春。
容易教侬轻一捻，腮边留得指痕新。

（四）
郎为瀛海求名客，妾是香闺待字身，
一线红丝来月下，赏心莫负此良辰。

李正华　　踏青词②（二首）

（一）
小约邻家去踏青，湔③鞋恰好绣初成。

---

① 林辂存（1879—1919年），字景商，号鹜生，安溪县人，林鹤年之子。戊戌变法时期上书变法，为光绪皇帝赏识，充总理衙门章京。1909年，当选福建谘议局议员。1913年，当选众议院议员。该诗录自《全台诗》第30册。明府：汉代对郡守之尊称，即"阳府君"的省称。唐以后则多专用以称县令。

② 李正华，字望之。清道光五年（1825年）同安拔贡，居厦港，掌教紫阳书院。该诗录自李正华著《问云山房诗存》。

③ 湔：洗涤。

雨丝花片清明近,添得空山笑语声。

(二)

联裾牵袖过山家,弱质飘摇傍柳斜。
共说今年春信①早,隔溪开到碧桃花②。

陈桂琛　　闰巧节③（二首）

(一)

前度穿针乞巧④无,双星今又聚云衢。
仙家也有重圆会,那管人间石望夫。

(二)

别来无恙旧丰姿,重诉离情若个知。
多谢羲和工撮合,及瓜⑤重与闰佳期。

---

① 春信：春天的信息。
② 碧桃花：重瓣的桃花,即千叶桃。
③ 该诗录自《海天吟社诗存》。闰巧节：闰七月的乞巧节。民国八年闰七月初七日,即1919年8月31日。
④ 穿针乞巧：传统七夕之夜,女子手执五色丝线和连续排列的九孔针（或五孔针、七孔针）,趁月光对月连续穿针引线,将线快速全部穿过者称为"得巧"。
⑤ 及瓜：定期。

黄 瀚　村妇吟①（七首）

（一）
言容工与德宜全②，误尽娇娥一字钱。
共托良媒觅佳婿，几人航海富腰缠。

（二）
男大当婚早订盟，冠婚随俗一时行。
翁姑合是痴聋好，上下依依两有情。

（三）
存问③微疏及懿亲④，新词如玉掷蓬榛。
不怜劳妇欢时浅，一半嘲嗤一半瞋。

（四）
姊妹多情饷荔支⑤，绛肤雪貌正当时。
轻红细擘羞来啖，憔悴相看惜旧姿。

（五）
投桃报李本人情，亲簸香秔⑥向月明。

---

① 该诗录自黄瀚《禾山诗钞》。原诗共22首，其中9首"迁校"，6首办学。该7首为"杂咏"。

② 言容工与德宜全：指妇德、妇言、妇容、妇功，也称"德言容功"或"德言工功"。封建礼教要求妇女具备的四种德行。语出《礼记·昏义》："是以古者妇人先嫁三月……教以妇德、妇言、妇容、妇功。"

③ 存问：慰问，慰劳。

④ 懿亲：至亲。

⑤ 荔支：即荔枝。

⑥ 香秔：稻米中的上品。秔，同"粳"。

微挚①只能出春磨,但凭微物表微诚。

（六）

七子歌台盛旧观,当年未敢出帘看。
老来转忆余甘味,无奈新腔尽乱弹。
村剧七子班②甚有益风化,自乱弹盛行,少有过问者。

（七）

不羡高梧宿凤凰,水边沙嘴有鸳鸯。
只嫌日日滩头树,一片鸦声噪夕阳。

庄克昌　　新年竹枝调③（四首）

（一）

春冰未泮④柳初黄,点额⑤梅花别样妆。
对镜邻娃私语道,人家昨夜做新娘。

（二）

蜡炬光腾欲化烟,儿童每想占春先。
围炉已罢堂前坐,争索爷娘压岁钱。

---

① 微挚：微薄的礼物。挚,同"贽"。典出苏轼《馈岁》："贫者愧不能,微挚出春磨。"

② 七子班：《厦门指南·礼俗》："戏仔,又名七子班。演员只七人,皆童子。旦多系坤角,以善送秋波为唯一艺术。"

③ 庄克昌（1900—1987年）,字蓝田,别号蔚蓝。原籍惠安,12岁时随父至厦门,居鼓浪屿。曾在厦鼓任教职,并任《民钟报》《江声报》等副刊编辑。该诗录自《庄克昌诗文存》。

④ 春冰未泮：泮,融化。《玄枢经》曰："春冰未泮,衣欲上薄下厚,养阳收阴,长生之术也。太薄则伤寒。"

⑤ 点额：宫廷习俗,以梅花妆点额头。

（三）

街头一派起虚惊，绝似奔雷①骤雨鸣。
信是儿童来作剧②，开春爆竹响连声。

（四）

幢幢旭日对春风，曲卷桃符③色色红。
独有一家门板上，横书五福④自天中。

庄克昌　　四时田家杂兴⑤（十六首）

（一）

叱犊⑥山前事早耕，溥溥⑦凉露望晶莹。
峰头乍见朝曦出，村北村南布谷声。

（二）

短树疏篱三两家，一灯明灭弄轻斜。
数声机杼深篁⑧外，知有村姑夜绩麻。

（三）

相思树下唱山歌，万缕柔情可奈何。

---

① 奔雷：来得急速而猛烈的雷。
② 作剧：戏弄、开玩笑。
③ 桃符：古代习俗，元旦用两块桃木板，写上"神荼、郁垒"两位神仙的名字，挂在大门的两边，以为能镇鬼去邪。后世演化为春联。
④ 五福：孔颖达《尚书正义》："五福者，谓人蒙福佑有五事也。一曰寿，年得长也。二曰富，家丰财货也。三曰康宁，无疾病也。四曰攸好德，所好者美德也。五曰考终命，成终长短之命，不横夭也。"
⑤ 该诗录自《庄克昌诗文存》。
⑥ 叱犊：大声驱牛，牧牛。
⑦ 溥溥：露多。
⑧ 篁：竹林。

互摘闲花簪满鬓,忽惊倩影落春波。

(四)

让畔①躬耕学老农,日斜无事倚孤松。
山岚未掩樵夫路,闲看青青数笏峰。

(五)

佳期流火②忆家乡,胜会盂兰乐未央③。
社戏庙前金鼓动,赏花④唱罢又王嫱⑤。

(六)

瓜架豆棚受晚凉,一家环坐待清光。
渔樵闲话邻翁有,抵掌⑥高谈白马郎。

(七)

疏篱茅舍近青溪,傍晚炊烟绕屋低。
负鼓盲翁牵少女,月琴一曲唱孤栖。

(八)

万户穰穰⑦庆有秋⑧,豚蹄不用祝瓯窭⑨。

---

① 让畔:畔,田界。耕田的人把田界所占的地面让归对方。形容礼让已成社会风气。

② 流火:火,指大火星。夏历五月的黄昏,火星在中天;七月的黄昏,星的位置由中天逐渐西降。后多借指农历七月暑渐退而秋将至之时。

③ 未央:没有完。

④ 赏花:地方戏曲《陈三五娘》中有《五娘赏花》。

⑤ 王嫱:即王昭君。传统戏曲有《昭君出塞》。

⑥ 抵掌:击掌。指人在谈话中的高兴神情。亦因指快谈。

⑦ 穰穰:五谷丰饶。

⑧ 有秋:丰收,有收成。

⑨ "豚蹄"句:本句原作为陆游《初夏》。典出《史记》卷一二六《滑稽传》:"(淳于)髡曰:今者臣从东方来,见道傍有禳田者,操一豚蹄、酒一盂而祝曰:瓯窭满篝,汙邪满车。五谷蕃熟,穰穰满家。"祝瓯窭,指希望贫瘠之地也能丰收。

西风一夜萧萧起,场圃连枷①响未休。

(九)

璧月丽天泛素波,一年秋色此宵多。
红绫系得团栾②饼,儿女阶前笑语和。

(十)

风雨重阳可奈何,一林黄叶雁声多。
登临自有田家乐,相约佩萸③上峻坡。

(十一)

小春④天气本轻清,坐看黄云十里明。
万户欢声相告语,今年有岁庆西成⑤。

(十二)

涤场⑥碾谷竞尝新,舂杵声声动四邻。
羔酒⑦自斟还自劳,此身已是葛天⑧民。

---

① 连枷:由一个长柄和一组平排的竹条或木条连成的农具,主要用来拍打谷物、豆子、芝麻等,使籽粒掉下来。

② 团栾:圆貌。

③ 佩萸:佩带盛有茱萸的袋子。东晋葛洪《西京杂记》:"九月九日,佩茱萸,食蓬饵,饮菊花酒,令人长寿。"

④ 小春:指农历十月。

⑤ 西成:谓秋天庄稼成熟,农事告成。语出《书·尧典》:"平秩西成。"孔颖达疏:"秋位在西,于时万物成熟。"

⑥ 涤场:清扫谷场。《诗·豳风·七月》:"九月肃霜,十月涤场。"

⑦ 羔酒:烹羊饮酒。汉杨恽《报孙会宗书》:"田家作苦,岁时伏腊,烹羊炮羔,斗酒自劳。"《幼学琼林》云:"羔酒自劳,田家之乐。含哺鼓腹,盛世之风。"

⑧ 葛天:即葛天氏,传说中的远古帝名。一说为远古时期的部落名。《吕氏春秋·古乐》:"昔葛天氏之乐,三人掺牛尾,投足以歌八阕。"

（十三）
分冬①韵事说田家，糕黍迎时荔苗芽。
儿女也知佳节到，闲添弱线傍窗纱。
（十四）
腊鼓②咚咚近岁除，小炉围坐唤提壶。
江乡饮遍辞年酒，共醉樽前不用扶。
（十五）
门后家家事插青，宜春帖子③上围屏。
娇儿更有驱神戏，爆竹千声已满庭。
（十六）
压岁分银待老翁，一堂欢笑烛光中。
大姑别有迎年兴，簪得春花朵朵红。

---

① 分冬：旧时有"冬至大如年"之谓。冬至前一二日饮酒，谓之"分冬酒"。

② 腊鼓，古时于农历十二月八日击鼓以除邪驱疫。《荆楚岁时记》："十二月八日为腊日，谚语：'腊鼓鸣，春草生。'村人并击细腰鼓，戴胡头及作金刚力士以逐疫。"

③ 宜春帖子：古俗于立春日写"宜春"二字贴于门楣，名"宜春帖"。取吉利之意。

苏眇公　　鹭江惆怅词①（二十一首）

序

　　余自客腊②重至鹭门，狂索红裙之笑，醉眼锦瑟之旁，傥荡③光阴，遂逾半稔④。今岁仲夏，亦既逝，叹陆机梦醒⑤，杜牧者矣！秋末《闽南》征诗，以"鹭江杂诗"命题应者。未至，而满城风雨，忽近重阳。啼鸟落花，终归坡老。哀身世之多艰，感旧游之如梦。摛香撷艳，乃有新吟。竹枝杂咏，两俱不类，故以"惆怅词"名篇云。

（一）

东园宴罢又南轩，载酒征诗习尚存。
旧是夕阳寮畔客，舟来争忍⑥误黄昏。

（二）

别调霓裳并世稀，承恩合让牡丹肥。

---

　　① 苏眇公（1888—1943年），字郁文，号监亭，福建海澄县（今龙海市）人。1915—1926年间，先后出任厦门《闽南报》、《厦声报》、《思明商学报》和《江声报》等报刊编辑、总编辑和评论记者。1922年，任集美中学国文教师兼《集美周刊》编辑。1932年应聘任教厦门中学，1934年改就大同中学教席。著有《眇公遗诗》。该诗录自《眇公遗诗》，仅得二十一首。
　　② 客腊：去年腊月。客，客岁。
　　③ 傥荡：放浪，不检点。
　　④ 半稔：半年。
　　⑤ 陆机梦醒：典出《晋书·陆机传》："（司马）颖大怒，使秀密收机。其夕，机梦黑幰绕车，手决不开，天明而秀兵至。机释戎服，着白帢，与秀相见，神色自若……遂遇害于军中。"
　　⑥ 争忍：怎么忍心。

鹭门金粉须撑住，休逐孤云款款飞。

阁旦金兰南曲为一时冠，同院筱云艺稍亚，而貌特妍廉，谈吐温婉，楚楚动人，辄于今春脱籍①。

（三）

渡江梅柳汝偏妍，瓜字年华最可怜。
不为楚琴②难再晤，绿章③还乞护婵娟。

襄赴绮宴④，红脸翠娥，妙龄绰态，诧为渡江之秀。娟娟此姝，初临鹭岛，便负盛名。然誉之所在，魔亦随之。一夕，因事忤警厅督察员某某之怒，率警逮宝莲。□□□□□□□□，自丑至申，□□不食，情状至为可怜。

（四）

照海惊鸿带落晖，暮云犹自想裳衣。
虎溪梦比罗浮稳，可肯蘧蘧化蝶归？

赣妓小金凤，翱翔闽厦，复重名。其人于名下妓女必须之容貌技能，皆中等程度以上。故所如辄合。今夏由厦赴粤，或传为其所欢所迫。所欢伊何，即常挟胡琴随出局之某竖也。

（五）

绿醑⑤红牙⑥夜未央，年来觥政⑦颇苍黄⑧。

---

① 脱籍：亦称"落籍"。古代妓女从良或不再为妓，经官府批准除去乐籍名。
② 楚琴：庾信《和张侍中述怀》："操乐楚琴悲，忘忧鲁酒薄。"
③ 绿章：旧时道教徒在斋醮祷神时的祝告文字，因用朱字写在青藤纸上，故名。此处指文字上书。
④ 绮宴：亦作"绮燕"。华美丰盛的筵宴。
⑤ 绿醑：美酒。
⑥ 红牙：指调节乐曲节拍的拍板或牙板。多用檀木制成，色红，故名。
⑦ 觥政：酒令。
⑧ 苍黄：苍凉。

为云为雨还为电,始识人间花小芳。

沪妓花小芳,美而荡,能歌善酒,客多喜之。惟染时下妓女习气甚深,所居楼前以密电簇映"花小芳"三字,亦厦妓所无也。

(六)

何因伧楚①劫香盟②?绣榻沉沉竟弄兵!
黑铁黄金两无济,春风不许渡瑶京③。

沪妓小宝,苗条便娟,自云守璞未破。有县知事某,一见倾城,多方诱饵,不遂其私。因重币招赴石码侑觞,酒阑灯炝,曲意求欢。先以洋蚨,继之拳铳,宝惊拒呼号,声达四邻。越日,泣归厦门,觅刀投环,哀愤欲绝。其母遣人向某严重交涉,几经磋议,始以二百五十金了事云。

(七)

虎贲④岂复识温存!荡妇思秋日闭门。
一自水晶留额印,三山从此返花幡。

赣妓财宝,放诞狂躁,对客多不以礼。尝侑某军官酒,周旋稍舛,遽遭批颊之辱。巨灵触处,素面流丹。归而恸哭,杜门谢客。未几,即返台江去矣。

(八)

画堂何幸对梨涡⑤,斗酒何曾敛翠蛾?
待到玉环微醉后,销魂一闪是横波。

沪妓雪卿丰容盛鬋,微伤于肥豪。微喜酒,当朱颜微酡之候,正□先眄视之时,唐妃娇态庶几近之。

---

① 伧楚:魏晋南北朝时,吴人以上国自居,鄙视楚人粗伧,谓之"伧楚"。
② 劫香盟:用威逼的手段强迫女性与自己订立相好的盟约。
③ 瑶京:神话中神仙居住的地方。
④ 虎贲:武士。
⑤ 梨涡:酒窝,亦借指美女。

(九)

当筵粉黛等闲看，一曲欢声四座颜。
为有风尘摇落恨，改弦更唱念家山①。

沪妓小顺红，工唱须生，而貌不称，居恒郁郁不得志。

(十)

漫说章台柳眼青，萧萧非有旧娉婷。
此君腹大真堪偶，应乏蛾眉斗尹邢②。

闽妓美玉，年事已高，貌亦不韵，而生涯颇佳。是盖能媚人于歌舞颜色之外者，富商某尤与之昵。丁娘十索③，挥霍甚巨，而玉意终不属。会忤客，见挞。沦落自伤。不得已，归某某，自以为登仙不翅也。

(十一)

吴侬生小④解温柔，耻效莺嘲与燕啁。
整顿全神一平视，轻嚬浅笑更微羞。

沪妓钱素兰□□□□廉，性蕴藉温柔，久与坐对，如饮公瑾醇醪⑤，正不必解颐传眉也。

---

① 念家山：南唐李煜自度曲。《南唐书·后主纪》："旧曲有《念家山》，王亲演为《念家山破》。其声焦杀，而其名不祥，乃败征也。"

② 尹邢：汉武帝宠妃尹夫人与邢夫人的并称。二人同时被宠幸，汉武帝怕其互相嫉妒，诏令二人不得相见。此处指女子争风吃醋。

③ 丁娘十索：丁娘，隋朝歌妓。索，索取。原指隋代乐妓丁六娘所作的乐府诗，每首末句有"从郎索花烛"等语，本十首。后用以指妓女的需索。

④ 生小：自小、幼小。

⑤ 公瑾醇醪：三国时周瑜，字公瑾，英达有文武之才。程普多次侮辱他，周瑜都不计较，程普说："与公瑾交，如饮醇醪，不觉自醉。"

（十二）

春梦谁醒北里①蛾？坠髻②加膝③总蹉跎。
美人例有升沉判，愁煞天地万叠波。

赣妓小云，台妓宝环，并姿首娟秀，而一则由走唱以登金樽、檀板之场，一则由歌妓沦于野草闲花之列。升沉之迹，感慨系之。

（十三）

谁移双菊傍东篱？落尽繁英不恋枝。
各有飘萧迟暮意，摋摋④弦索雨如丝。

赣妓小菊仙、小菊奎，姊妹花也。菊奎能为厌厌之饮，菊仙尤擅靡靡之音。其在畴昔，颇噪芳誉，今则憔悴不堪矣！

（十四）

喑呜叱咤女儿喉，挟瑟曾方万里舟。
每对春风怅婪尾⑤，清樽遥夜不胜愁。

沪妓花碧莲，隶"潮风堂"最久，能度净曲，颇极悲壮苍凉之致。常挟妓游南洋群岛，赏音无人，怏怏而返。徐娘老矣，顾影增哀，每因拼醉，辄遭谴罚，视息花间，待尽而已。

---

① 北里：唐代长安平康里位于城北，称作北里。其地是妓院的所在地。后泛指娼妓聚集的地方。

② 坠髻：即坠马髻。白居易《代书诗一百韵寄微之》："风流夸坠髻，时世斗啼眉。"

③ 加膝：宠爱、进用。典出《礼记·檀弓下》："今之君子，进人若将加诸膝，退人若将坠诸渊。"

④ 摋摋：象声词。王建《霓裳词十首》之六："弦索摋摋隔彩云，五更初发一山闻。"

⑤ 婪尾：即婪尾酒。巡酒从首座至末座时，末座必须连饮三杯酒，称喝"婪尾酒"，即最后之杯。芍药因其"殿春"（春天的末尾），故又名"婪尾春"。

（十五）

红楼层叠接云霄，倚遍雕栏怨暮潮。
不作飞琼偏坠地，至今凄断玉人箫。

沪妓白菊花，癫狂柳絮，北里无声，徒狎夜栏，层台竟坠，虽免玉碎，已非瓦全。蹒跚限步，幽怨丛眉，无复昔日昂昂之态矣！

（十六）

怜他雏凤望江南，娇小玲珑正十三。
独与众花根器异，污泥能出劫能参。

雏妓陶凤凤，玲珑秀慧，娟于语言。盖莫愁湖畔人也。其母携之来厦，已而独归，留凤质之彩莲堂。凤不耐勾栏生活，乘间遁逃，徘徊歧路，为警察所获，送入济良所云。

（十七）

飘絮浮萍一任风，珠喉玉貌海南东。
氍毹①舞罢闽江去，惆怅桃花处处红。

女伶洪莲芬，今夏由沪来厦，由厦赴闽。其来厦也别有所主，登场甚少，对影闻声，毁誉参半。要其慧口灵心，自有一种吴侬风度，前后女伶，如筱爱宝、小桂芬、夜明珠、小云飞、金江吴辈，亦皆一度至厦，迁徙靡常云。

（十八）

爆竹飞声兰麝薰，枇杷空巷送香君。
舞衣歌扇浑收拾，无复花间树一军。

女伶万里红，兼营妓业，善于酬酢，今秋为大力者取去。去时送者如云，鬓影钗光，照曜江渚。鞭爆之声，震响不绝，亦夕阳寮中一佳话也。

---

① 氍毹：毛织的毯子。旧时演剧用红氍毹铺地，因用为歌舞场、舞台的代称。

（十九）

生涯嗟汝日横陈，一脔①争尝剧苦辛。
便抱琵琶学拢抹，可能分领鹭江春。

土娼爱宝，近以厌苦皮肉生涯，弃而不业，延师教习南音，冀进而为阁旦。

（二十）

女儿识字世犹猜，一劫都缘一慧开。
弱水②回环终竞渡，凌波乞与住蓬集。

土娼李来春，一名采筠，自言肄业上海某校，为匪人诱逃至厦，售之娼寮。久而积资自赎，思厕足厦中一女校，得其凭证，然后归沪。长裙革履，稍仿文明。小袖香襟，仍偷夜宴。旧欢某往来最稔，将设计略卖某地，幸中途窥觉，投警陈情，乃暂栖"济良所"，亦可为女子之不自好者戒。

（二十一）

花枝十万斗芳菲，欲遍平章愿恐违。
比似观周吴季札，衰风自郐③已无讥。

---

① 脔：切成小块的肉。
② 弱水：《山海经》记载："昆仑之北有水，其力不能胜芥，故名弱水。"后来就泛指遥远险恶，或者汪洋浩荡的江水河流。
③ 自郐：典出《左传·襄公二十九年》："吴公子札来聘……请观于周乐，使工为之歌《周南》《召南》，曰：'美哉！始基之矣，犹未也，然勤而不怨矣。'为之歌《邶》《鄘》《卫》，曰：'美哉，渊乎！忧而不困者也。吾闻卫康叔、武公之德如是，是其《卫风》乎？'为之歌《王》，曰：'美哉！思而不惧，其周之东乎？'……为之歌《陈》，曰：'国无主，其能久乎？'自《郐》以下无讥焉。"讥，评论。

跋

出狱①后五日，忆录去岁狱中所作《鹭江惆怅词》二十三首②，奉呈选闲③先生教正。时戊午六月廿三日也。眇公。

邱菽园　抗战韵言④（五首）

序

全面抗战以来，通国振励，自力更生，在此举矣！海外遥听，喜溢眉棱，鼓之舞之，写以竹枝。

（一）

抗战精神有义声，义声建立在和平。
睡狮真被邻惊醒，首鬣森张作怒鸣。

吾国百年以还，久受睡狮之诮。这番奋迅，其无再睡也已。

（二）

送过棉衣又雨衣，万家轧轧转车机。
裹将热血冲锋去，不尽优人誓不归。

春季多雨，近日赶制雨衣、雨鞋，为华中军队需要。与东回各

---

① 出狱：1927年4月间，苏眇公任《厦声报》总编辑，因对时局言论"失检"而致报社被封、自身被捕，经挚友多方设法营救方才出狱。

② 据《眇公遗诗》，仅得二十一首。

③ 选闲：即王人骥（1878—1947年），字选闲，号菽园，台南安平人，内渡定居厦门。清光绪二十八年（1902年）举人，创办厦门中学堂（址今厦门五中）并任学董。1912年，改名为厦门思明中学，并任校长六年。厦门沦陷后，避居鼓浪屿。

④ 该诗原载于《星洲日报》1938年2月20日至6月19日，转录自李庆年编《南洋竹枝词汇编》。全诗共116首，以竹枝词形式写成。每首诗附有注释，对内容详细说明。选5首。

界各女校师生合做棉衣,同为应时物品。

(三)

　　节衣缩食好工人,集腋成裘到月薪。
　　感得孩童悭饼饵,心弦跃跳及全民。

　劳工雇员,最力协济,以及儿童,亦知报效。而富有储蓄者,更当推解不吝也。

(四)

　　某将帆布树胶鞋,加上征袍外套佳。
　　自是春阴需雨具,扫除泥足保长淮。

　内地春季苦雨,侨界某集二十万具,致送桂军在前敌者。

(五)

　　救死扶伤人道宜,灾区疾疫更堪悲。
　　虎标良药分区送,枯木逢春正及时。

　虎标永安堂捐施绷布、棉花于救护诸队外,复多舍自制四种良药于各灾民,痊活极众。

李　禧　　厦门灯谜杂咏①(十五首)

(一)

　　渊渊②鼓响隔银屏,错认重阳作雨声。
　　锦片西风笺五彩,秋鸿羽翰凤毛轻。

---

　①　李禧(1883—1964年),字绣伊,号小谷,福建厦门人。1907年毕业于福建师范学堂(今福建师范大学前身),从事新学教育,历任思明(厦门)教育会副会长、厦门市政会董事、市立图书馆馆长、厦门市文献委员会副主任、市修志局纂修等。编著有《梦梅花馆诗钞》、《紫燕金鱼室笔记》和《厦门市志稿》等。该诗录自《文虎》1931年第2卷第10~11期。
　②　渊渊:象声词,形容鼓声有节奏。

道咸间，林宾秋①先生鹗翔，每重岁阳，辄张灯家塾。先生工书法，为鹗腾②编修介弟③，居局口。

（二）

　　射虎④将军愁欲老，骑驴词客兴偏赊。
　　一编秋雨玉荷制，那愧当时十五家。

王今坡师（步蟾）年尚稚已能猜谜，惟须骑人肩上（俗称骑驴）方见灯棚。师自制谜集序，有摹古制秋雨玉荷、续近时都下十五家、庶几无愧等句，皆纪实语也。

（三）

　　唫⑤香笺擘墨飞花，欲藉灯纱当碧纱。
　　比似诗家袁赵蒋⑥，性灵典丽与风华。

柯硕甫、王今坡、周梅史诸先生，恒假座曾逊臣词兄吟香小筑张灯。柯先生工书法，周先生谜笺，别裁花样，人得其谜条争宝之。余尝以三先生谜语，比袁随园、赵瓯北、蒋心余之诗，识者等许为知言。

（四）

　　思量灯味在儿时，每过诒园忆七嬉。
　　一样丛残归浩劫，卅年神往五加皮。

余少时与周颍镇斌、蔡文鹏搏、吴秀人尚、吴在玑玉衡、柯伯行征庸诸君，在王迪臣隆惠君诒园会谜。迪臣汇诸人谜语为集，余戏署为"七嬉"（《七嬉》本书名，中载冰天谜虎一节），却为陈达

---

① 林宾秋：清代道光、咸丰年间谜家，名鹗翔，厦门人。
② 鹗腾：即林鹗腾，字又骞、晴皋。道光二十年（1840年）进士，入词林。善楷法。
③ 介弟：对他人之弟的敬称。
④ 射虎：灯谜，又称"文虎"。故猜谜雅称"射虎"。
⑤ 唫：同"吟"。
⑥ 袁赵蒋：袁枚（袁子才）、赵翼（赵云松）、蒋士铨（蒋苕生）。

三利钥君失去。

前辈吕渊甫征、王今坡步蟾、柯硕甫荣试、周梅史殿修、钱雨若作霖诸先生有谜集名《五加皮》，未刊，今亦散失。

（五）

醉倒分曹①绿酒杯，末方射覆②擅诙谐。

最怜一树梨花白，辜负春风着意开。

谜棚不可无梨花格谜以助趣。然此种谜多不能存稿。当时最擅制梨花格者，为郭君瑟舫复一。瑟舫，台阳人，内渡来厦。在城内窟仔底教读。

（六）

万大鳌山海市尘，遥遥癸丑瞬壬寅。

谁编回纪传灯绿，却谑罡碑卅六人。

硕甫先生云：癸丑岁，岛上灯谜最盛。一年凡张灯六十余夜，人才亦辈出。时浮屿陈姓适营祠堂，谜场最好云。壬寅制科停，侨辈竞以谜消遣，亦盛极一时。时擅制谜及恒角逐灯光之下者约有三十六人，谑者遂各以泊号拟之，有极恰切者。今则谁是天罡，谁是地煞，不复记忆矣。列所谓三十六人如下：王今坡、柯硕士、周梅史、周墨史、林景松、连珍如、杜斋亭、陈葭生、黄庭五、吴春元、孙百龄、白梅魂、林雁汀、杨紫晖、郭瑟舫、吕式古、周永镇、吴璜、陈厚庵、吴在玑、蔡文鹏、卢蔚其、柯伯行、卢乃沃、王迪臣、吴海英、陈万臻、庄逊堂、陈友三、萧幼山、李绣伊、苏渊卿、高熙宇、萧若山、刘崇文、白玉堂。

（七）

撷艳摘花满药笼，先生头脑未冬烘③。

---

① 分曹：分组。犹两两。
② 射覆：将东西放在器物下面让人猜。
③ 冬烘：（思想）迂腐、（知识）浅陋。

悬知①点缀春光处,不禁金吾②药事同。

与宾秋先生同时,局口有某塾师兼营药铺。岁必悬谜征射,兴致甚豪。

灯谜与时局有关,非地方安宁,则射虎将军③不准夜行矣。

(八)

海东何处网珊瑚④,腹笥⑤空传石笥胡。
戏墨无端诮村女,风流谁似地瓜庐⑥。

余喜搜罗谜语,前辈如胡伟先生等竟不能得其集词片语。惟记吴纶堂有"乡下女子十个九个黑,打药名梨花格白蒺藜"一语而已。

(九)

珍珠白斛串来东,渺渺犀心一点通。
惆怅名流吹易尽,凤山一带落灯风⑦。

余六岁受业于许文渊夫子,每闻谈谜心焉好之。比年稍长,则师归道山已久。师讳宗岳,居凤山宫前。当时谜友为叶银河、陈九河、郑汉卿诸人。

---

① 悬知:料想、预知。
② 金吾:古代官名,掌管京城的治安和防务。古代每到元宵节,金吾不禁夜行,称"金吾不禁"。
③ 射虎将军:本指李广故事。此处指猜谜之人。猜谜又雅称"射虎"。
④ 网珊瑚:用铁网搜罗珊瑚。成语"铁网珊瑚",比喻搜罗奇珍异宝。
⑤ 腹笥:典出《后汉书·边韶传》:"边为姓,孝为字,腹便便,五经笥。"笥,书箱。后因称腹中所记之书籍和所有的学问为"腹笥"。
⑥ 地瓜庐:吴大经,字纶堂,同安人,风流潇洒,天分绝高,能诗画,顾不肯常作。家贫,淡泊自甘,颜所居曰"地瓜庐"以见志。
⑦ 落灯风:正月十五日为灯节,一般十八日落灯。天气多风,称落灯风。

（十）

幢幢宵影讶分明，仿佛移灯近豆棚。

座有黄州剧谈客，鬼才谜界也纵横。

林君桂舟、陈君厚庵、蔡君文鹏诸友，均喜以蒲留仙聊斋文为谜面，颇有佳制，见《灵箫阁谜话》。

（十一）

羯鼓无声花欲颦，解铃难索系铃人。

何年丁卯①刊遗集，古砚津津墨自春。

陈厚庵君藏文渊师《古砚斋谜集》一卷，不载谜底。余借钞一过，酒后茶余，恒出以质同人。其得猜破者不过十之三四耳。集多风雅擅胜之作，余屡谋付刊，未果也。

（十二）

钩心斗角语多方，大学难猜小学荒。

谁是锦囊储杂货，小词能唱北西厢②。

某伧父假浮屿陈宗祠张谜。有谜条面书"大学之道"，射四书三句，座客费煞心力，均不能中的。乃请主人揭示，主人大笑曰："是猜在明明德，在亲民，在止于至善。谜底即在句下，呼之可出。诸君书目不在熟耳。"客大哗，踢倒灯棚。于是浮屿灯猜告中止。

桂庭、梅史诸先生均喜以朱训蒙《小学》为谜底，是书读者甚少。云亭夙诙谐，忽操京腔问曰："《小学》一本多少钱呢？吾们回去还是买一本来念念，才不吃亏罢。"座为大噱。

往时士子多熟经史，杂书、词曲则罕寓目，有熟此者则群以杂货笼谑之。熟《西厢》者前有□璜君，后则推渊卿、郑玉抱、李实

---

① 丁卯：榫卯结构的别称。丁，通"钉"，即榫头。卯，器物上接榫头的孔眼。丁卯合位，一丝不差。形容确实、牢靠。

② 北西厢：指元代王实甫的杂剧《西厢记》，相对于李日华所著明传奇"南西厢"而言。

秋诸君。实秋，龙溪人，余于猜棚下与订交。

（十三）

滕王蛱蝶谱曾披，画虎输君笔墨奇。
一集锦江塍①归棹，频年春色寄相思。

桂舟工画蝶，每张灯辄有画谜。大著锦江林谜集，流行殆十余年。近由涵江寄到谜语，中有画梅一条。

（十四）

谜虽小道犹贤已，不倦诲人林景松。
流水霞溪花片杳，商灯②地下倘相逢。

景松社兄嵩龄，谓人能好谜，则心谜他驰。而日翻书卷，掌故必熟，故诱掖后进猜谜甚殷。尝与吕君式古春沂，霞溪召侣猜灯，式古谜语雅丽，惜稿散失无存。二君生前过从甚密。

（十五）

萃新社久罗群彦，留种园③能张我军。
各自缀裘集狐白④，一编那让虎千文⑤。

萃新社诸友，为何硕甫、林景松、林桂舟、陈厚庵、陈友三、袁申甫、庄逊堂、蔡维中、卢蔚其、陈万臻、柯伯行、陈佩真、李绣伊、柯伯昭、谢云声。每岁上元、中秋，例在长寿庵会谜。近移厦门图书馆，诸人各有谜集。蔚其合乃兄霞士、乃弟乃沃，所作甚多。景松曾倡合刊鹭江谜集，蹉跎十年未果。景松且归道山矣。噫！

---

① 塍：相送。
② 商灯：即灯谜。《帝京景物略》："灯市有以诗影物，幌于寺观之壁，名之曰'商灯'。"
③ 留种园：卢蔚其家族灯号。
④ 狐白：狐狸腋下的白毛皮。颜师古注《汉书·匡衡传》："狐白，谓狐掖下之皮。其色纯白，集以为裘，轻柔难得，故贵也。"
⑤ 虎千文：明代贺从善撰编有谜集《千年虎》，原书已散佚。

卷之四　羁旅竹枝调

蔡复一　　芋江竹枝词①（十首）

（一）
行人送别芋江傍，江树遮人去渺茫。
赖是树遮人不见，见时寸寸断侬肠。

（二）
三山指点白云封，云送我行山失踪。
花屿一迥溪一曲，旧云已隔几千重。

（三）
朝日偏迟晚易阴，怯他峡里太幽深。
青天到此也须小，何况孤篷作客心。

（四）
峡急滩高石作林，赛神沽酒醉清深。
今宵纵有还家梦，万壑千崖何处寻。

---

① 蔡复一（1577—1625年），字敬夫，号元履，金门蔡厝人。明万历二十三年（1595年）进士。中二甲七名进士。历官刑部主事、兵部郎中、湖广参政、山西左布政，以右副都御史抚治湖北郧阳，以兵部右侍郎总督贵州、云南、湖广军务兼巡抚贵州。卒于任上，赠兵部尚书，赐葬，谥"清宪"。所著有《骈语》《毛诗评》《雪诗编》《督黔疏草》《遁庵全集》等。芋江，又称芋原，在福州西，闽江东岸，有"芋原驿"。蔡复一有五言诗《夜发芋原》。该诗录自蔡复一《遁庵诗集》卷十。

（五）

青天直下扑江流，夹岸风光一镜收。

水底有山山有树，船行只在树梢头。

（六）

两瓯淡饭过朝晡①，家傍清溪不学渔。

君爱清时来饮水，爱清拼得食无鱼②。

（七）

荀蕨③初拳味太甜，熬波④积雪禁方严。

昨宵鸣鼓官船过，争卖关头无引盐⑤。

（八）

怒水雷鸣喜奏丝，近山如黛远如眉。

藤蓑箬笠横江雨，侬在画中君不知。

（九）

掩篷昼寝梦还惊，江雨江风妒晓晴。

今日行船应得否，傍人报道是滩声。

（十）

写月⑥流烟出建溪⑦，镜临玉女⑧髻鬟低。

---

① 朝晡：朝时（辰时）至晡时（申时），泛指早晚。

② 食无鱼：战国齐孟尝君门客冯谖因不得孟尝君款待而弹剑铗作歌："长铗归来乎，食无鱼。"见《战国策·齐策四》。后用喻失意困顿，希求他人救助。

③ 荀蕨：荀草与蕨草。荀草，传说中的香草。据说服之可以美容色。

④ 熬波：海盐煎煮称为"煮海""熬波"。盐民刮取海涂咸泥，用海水淋泥沥卤，再用卤水煎煮成盐。一锅既成，续卤再煎，昼夜不熄火。

⑤ 无引盐：即"无引盐斤"，非凭引（执照）运销的食盐。

⑥ 写月：同"泻月"。

⑦ 建溪：福建闽江的北源，下游流经芋原。

⑧ 玉女：武夷山有玉女峰。

郎今欲向武夷去,恐入桃花归棹迷。

池显方　　西湖竹枝词①（四首）

（一）

阵阵香风送锦堆,隔桥蝴蝶逐人来。
岸花虽落春犹在,楼上芙蓉日日开。

（二）

长拖燕尾短堆鸦②,红袂碧簪懒贴花。
撞到陌头刚不避,两湖烟月是侬家。

（三）

学水为容淡抹脂,怨拈针线喜春枝。
可怜苏小③伴寒月,不见六桥④歌舞时。

（四）

金钗半卖为春忙,趁此芳颜未落桑⑤。
漫把西湖比西子,湖容长白不曾黄。

---

① 池显方（1588—?），字直夫,号玉屏子,同安县中左所（今厦门）人。天启四年（1624年）,应天府中式举人,以母老不任官。其著作有《玉屏集》《晃岩集》《南参集》《澹远集》《李杜诗选》等。该诗录自池显方《晃岩集》卷九。

② 燕尾、对鸦：均为古代女子发髻式样。

③ 苏小：即南齐时钱塘名妓苏小小,墓在西湖。

④ 六桥：在西湖苏堤上,依次为映波桥、锁澜桥、望山桥、压堤桥、东浦桥、跨虹桥,相传为苏东坡所建。

⑤ 落桑：《诗经·卫风·氓》："桑之落矣,其黄而陨。"比喻自己容颜衰老,如桑叶经霜,枯槁飘零。

池显方　　湄洲竹枝词①（五首）

（一）

斗城骑水半渔家，偃桨悬罿②晒晚霞。
风劲白鲥③惟买腊，沙飞红蓼不生花。

（二）

漈奇曾似海奇多，一女湄丘敌九何。
可是仙人偏嗜水，余家亦在湿云窝。

（三）

金鸡石畔砌玄宫④，绣壁雕栏丽彩虹。
为道澳丁三百户，醵钱⑤欲乞海鱼丰。

（四）

带鱼飓起贱如泥，鲨翅日看明似犀。
鳞错⑥盈盘思一酪，麻姑村酿⑦不堪携。

---

① 湄洲：即湄洲岛，位于莆田湄洲湾湾口的北部，因形如眉宇，故名。该诗录自池显方《晃岩集》卷九。
② 罿：捕鱼的网。
③ 白鲥：即中华白海豚，俗称妈祖鱼、镇港鱼。
④ 玄宫：道观。
⑤ 醵钱：集资。
⑥ 鳞错：鱼类、海味。
⑦ 麻姑村酿：指麻姑酒。麻姑酒，宋代酒名。《事物绀珠》：麻姑酒，麻姑泉水酿，出建昌。又《蝶阶外史》：宋时沧州麻姑酒著名，其酿以麻姑泉。泉在沧州城外运河中，汲者探其源，乃得上流下流，差数武，味迥别。酿成窨，以瓮久而愈醇，藏一年者，温一度，色味不变。十年者，可温十度。

（五）

艨艟箫鼓接江干，炙酒胹豚①赛祖坛。
南北秋来争报羽②，惟妃此次不惊澜。

吴兆荃　　泉州荔支词③（四首）

（一）

桐城④皱玉⑤滴琼浆，余汁承来齿亦香。
惆怅蓝家红⑥落尽，不堪重问尚书郎⑦。

---

① 胹：煮。《康熙字典》："濡：又与胹通。《礼·内则》：濡豚濡鸡。注：濡，谓烹之以汁和也。"濡豚，即烹煮小猪，周朝宫廷名菜。用小猪、苦菜及香料、五味和水煮制而成。

② 羽：羽檄、羽书，征调军队的文书，上插鸟羽以示紧急，多用于战事紧急征召军队。

③ 吴兆荃（？—1868年），字丹农，号小梅，清代同安县厦门人。有自编诗集《惜红仙馆诗存》。该诗录自吴兆荃《小梅诗存》卷一。荔支：即荔枝。

④ 桐城：指刺桐城，泉州别称。

⑤ 皱玉：荔枝别名为"皱玉星球"。（清）戴名世《徐文虎稿序》："闽之南有荔枝者，丹囊绛膜，有皱玉星球之称。"

⑥ 蓝家红：荔枝品种名。（宋）蔡襄《荔枝谱》："蓝家红，泉州为第一。蓝氏兄弟，圭为太常博士，丞为尚书都官员外郎。"《闽中荔枝通谱》云，蓝家红"在宋时已不可识矣"。

⑦ 尚书郎：蓝氏兄弟蓝丞，曾任尚书都官员外郎。

（二）

夺标时节夺先红①，莼菜鲈鱼未许同。
一夜吟魂②关不住，荡人诗思桂林櫺。

（三）

闻说杨师自有姑，端明③新展荔支图。
桃花红膜梨花色，还似仙人斗雪肤。

（四）

双荔摘来侬手中，问郎此去太匆匆。
郎侬那似群星会，园里偏生七夕红④。

吴兆荃　　兴化杂咏⑤（四首）

（一）

夜泊兴安⑥载酒缸，木兰陂⑦水木兰艭⑧。

---

① 夺先红：《闽中荔枝通谱》云："王十朋《谢林虙夺先红》诗：'闽中荔子说莆中，乌石山前又不同。正向铃斋想风味，夺先人送夺先红。'盖林居乌石，尝为别院第一人，故王及之。"《辞海续》（警官教育出版社1994年版）释："夺先，荔枝也。"

② 吟魂：诗情、诗思。

③ 端明：指蔡襄，蔡曾任端明殿学士。

④ 七夕红：荔枝品种名。谢肇淛《五杂俎·物部三》："（荔枝）黄香色黄，白蜜色白，江家绿色绿，双髻生皆并蒂。七夕红必以七夕方熟，此皆市上所不恒有者也。"

⑤ 该诗录自《小梅诗存》卷二。

⑥ 兴安：莆田古称。

⑦ 木兰陂：在莆田市木兰溪上，建于公元1064年至1083年，是中国古代著名的御咸蓄淡灌溉工程。

⑧ 艭：古代小船。

红衣窄袖当垆女①,二八桥边唤渡江。

(二)

七月枫亭②方作客,此行真负荔支香。
清秋一啖江瑶柱③,佳味还思十八娘④。

(三)

郎买槟榔妾有缘,能开顷刻并头莲。
羞容一样秋波转,若个红潮最可怜。

(四)

濑溪⑤溪水腻于罗,流入涵江⑥好景多。
生小西湖如画里,五更残月一池荷。

王步蟾　　沪江竹枝词⑦(二十首)

(一)

沪江风景类秦淮,有水无山亦自佳。
占尽繁华销尽福,春花秋月恣开怀。

---

① 当垆女:卖酒的女子。垆,用土垒成,四边隆起,一面稍高,以置酒坛。《古乐府》:"胡姬年十五,春日独当垆。"
② 枫亭:兴化府古镇,今属仙游县。古有枫亭驿,处于莆田、仙游、惠安三县交界地。
③ 江瑶柱:周亮工《闽小记》:"江瑶柱,出兴化之涵江。形如三四寸扁牛角,双甲薄而脆,界画如瓦楞,向日映之,丝丝绿玉,晃人眸子,而嫩朗又过之。文彩灿熳,不忝瑶名。"
④ 十八娘:荔枝品种名。蔡襄《荔枝谱》:"十八娘荔枝,色深红而细长,时人以少女比之。俚传闽王王氏有女第十八娘,好啖此品,因而得名。"
⑤ 濑溪:木兰溪发源德化县境内,流经莆田华亭乡的油潭,称濑溪。
⑥ 涵江:地名,濒临兴化湾。
⑦ 该诗录自王步蟾《小兰雪堂吟稿》。

（二）
沿江一带马头①多，日夜轮蹄络绎过。
太息外夷通市后，中原元气暗销磨。
（三）
洋楼森列满江湾，洋舶洋车日往还。
此是华夷纷杂地，可怜人鬼总同关。
（四）
双堤杨柳杂梧桐，夹道灯竿地火通。
不待元宵三五夜，繁星万点照街红。
（五）
洋泾桥外夕阳斜，游女如云踏落花。
过市招摇成俗惯，不妨杂坐斗风车。
（六）
三五朋侪乐唱酬，赏心同上酒家楼。
咄嗟立办②千人馔，海错山珍任取求。
（七）
茶馆争标别号新，占春园共玉楼春。
就中更有销魂处，丽水台边看丽人。
（八）
第一开心是戏园，鱼龙曼衍③幻奇观。
台前左右环三面，多少红妆带笑看。
（九）
最迷人是卖花烟，三朵芙蓉换百钱。

---

① 马头：即码头。
② 咄嗟立办：主人一吩咐，仆人立刻办好。咄嗟，一呼一诺之间，指时间短。
③ 鱼龙曼衍：鱼龙、曼衍，古代杂戏，指各种杂戏同时演出。

惹得风流轻薄子，大家爱受一灯传。
　　　　（十）
不须周昉①倩传神，镜里花容认逼真。
照相同来三马路，按图索骥又何人。
　　　　（十一）
亦有诙谐柳敬亭，须眉巾帼许同听。
说书说到关情处，满屋嘻嘻笑不停。
　　　　（十二）
苏州新到女清音，一曲缠头②费一金。
买笑征歌忘夜永，此中原不减花林。
　　　　（十三）
楚馆秦楼一望皆，南头地逊北头佳。
闲随蜂蝶寻芳去，浪蕊浮花簇满街。
　　　　（十四）
沉沉大屋尽名堂，恒舞酣歌夜未央。
欲海狂澜胥溺③易，等闲误煞少年郎。
　　　　（十五）
野草闲花莫浪猜，公然车马出章台。
红笺投刺如飞至，知是堂名出局来。

---

　① 周昉：唐代画家，京兆（治今陕西西安）人。工仕女，作品气韵生动，妙于以形传神。

　② 缠头：古时舞者用彩锦缠头，当宾客宴集，赏舞完毕，常赠罗锦给舞者为彩，称为"缠头"。对于青楼歌妓，宾客也往往赐锦，或以财物代替。后把送给歌伎或妓女之财物称为"缠头"。

　③ 胥溺：相继沉没。胥，互相、相与。

（十六）

么二长三①价不同，迷楼何日不春风。
伊谁定得评花案，一朵名花压众红。

（十七）

每逢七日拜耶稣，痴女骏②男逐队趋。
秘密法宣欢喜地，个中情节总模糊。

（十八）

丛谈琐说遍搜罗，国典朝章肆诋诃。
横议无如《申报》甚，偏生世俗嗜痂③多。

（十九）

相逢竞斗绮罗新，面目居然富贵人。
毕竟未离纨绔习，虎皮羊质④究何因？

（二十）

丁年⑤射策⑥帝京游，偶向春申浦上留。
目击颓风难手挽，聊陈俚句当衢讴。

---

① 么二长三：旧上海妓女的不同等级。么二，为二等妓女，也因收费标准而得名，出局、过夜均为二元。长三，则因出局陪席、留宿的价格均为三元而得名。

② 骏：愚昧无知。

③ 嗜痂：《宋书·刘邕传》："邕所至，嗜食疮痂，以为味似鳆鱼。"后因称怪僻的嗜好为"嗜痂"。

④ 虎皮羊质：典出（汉）扬雄《法言·吾子》："羊质虎皮，见草而悦，见豺而战，忘其皮之虎矣。"比喻外强中干，虚有其表。

⑤ 丁年：丁壮之年，即满二十岁。

⑥ 射策：古代科举考试时，士子针对皇帝策问，提出一套治理政事的方略。后泛指应试。

沈琇莹　　西湖采莲歌[①]（四首）

（一）
半湖云锦绣芙蓉，远望水心无路通。
租得乌篷新艇子，一篙撑入万花丛。

（二）
新荷出水叶团团，湖上何人捧露盘。
信手采来成底用，藜床[②]体贴梦中寒。

（三）
采莲须趁晚风微，莫待宵深月落时。
三十六双同命鸟，东西南北恐惊飞。

（四）
不是天仙是水仙，湖心几见并头莲。
东家姊妹西家女，一笑相逢说有缘。

---

① 沈琇莹（1870—1944年），字琛笙，号傲樵，湖南衡阳清泉县人。就学于东京法政大学，先后参加华兴会、同盟会。1913年初，被龙溪县知事许南英聘修《龙溪县志》。后移居鼓浪屿达三十年。著有诗集《寄傲山馆词稿》《壶天吟》。该诗录自《壶天吟》，原诗有附注："闰六月初九日，消夏第四集。"

② 藜床：藜制之榻。泛指简陋的坐榻。

周　凯　　澎湖杂咏①（二十首）

（一）
澎湖闻说似蓬壶②，排列山峦入画图。
帆到未教风引去，神仙只是太清癯。

（二）
裹头赤足发鬅鬙③，手执鱼腥结队行④。
卖得青钱买红芋，家家辟谷⑤学长生。

澎地以地瓜为粮，少粒食⑥者。

（三）
着来服色更离奇，说耐婄䐶⑦海上宜。
染就胭脂好颜色，非红非紫暮霞时。

（四）
一篷驶出大洋中，绝少⑧瓜皮不畏风。

---

① 该诗录自林豪纂辑《澎湖厅志》，原题"澎湖杂咏二十首和陈别驾廷宪"。别驾：通判尊称。陈廷宪：嘉庆八年（1803 年）任澎湖通判，十年卸任。工诗，作有《澎湖杂咏二十首》（附于后）。陈香《台湾竹枝词选集》录周诗 12 首，名"澎湖竹枝词"。

② 蓬壶：即蓬莱山，古代传说中的海上仙山，形如壶器，故称。

③ 鬅鬙：毛发散乱的样子。

④ 结队行：蒋镛《澎湖续编》作"结坠行"。

⑤ 辟谷：又称却谷、断谷或绝谷，为古代修炼方法之一。意即不食五谷或不食人间烟火食物。

⑥ 粒食：以谷物为食。

⑦ 婄䐶：物不净。

⑧ 绝少：蒋镛《澎湖续编》作"绝小"。

涽①入波心捕鱏②鲤，求财直欲到龙宫。

（五）

山头看得独分明，阵阵鱼花水面轻。

指点鸣榔③打围去，渔人齐说好先生。

老渔踞山顶看鱼，指麾④众渔环捕，呼为鱼先生。鱼来水纹生花，称鱼花。

（六）

投钱能向波中拾，三尺孩童水性知。

看把青蚨⑤穿白浪，钱塘漫说弄潮儿。

小儿涽水中，以钱投之，能拾取，百不失一。以两钱系定入水，重或失之。

（七）

谋生大半海为田，也把犁锄只望天。

种得高粱兼薯米，八分收获⑥已丰年。

（八）

番豆⑦生来胜地瓜，油粎（音辛，油渣也。俗读如枯）魄魄⑧出油车。

粪田⑨内地人争重，压载强于载海沙。

花生可为油，其渣可以粪田，曰油粎。性重，商舶购以压载。

---

① 涽：同"混"。
② 鱏：同"鳇"。
③ 鸣榔：以长木条敲船，使鱼惊而入网。
④ 指麾：指挥。
⑤ 青蚨：古指铜钱。
⑥ 八分收获：蒋镛《澎湖续编》作"七分收获"。
⑦ 番豆：即落花生。
⑧ 魄魄：此处通"块块"。
⑨ 粪田：即肥田。

（九）

东望台阳咫尺间，好风不怕石礁①顽。
五更②洋面平明到，习惯波涛自往还。

澎湖离台湾洋程五更，厦门七更。

（十）

阴阳屿对吉东西，近接婆娑洋面低。
来去不须舟楫恃，跳身直可学凫鹥③。

阴屿、阳屿、东吉、西吉，皆在澎之东。婆娑洋，台湾洋面。澎湖水势独高，四面皆低。数处人尤能凫水数十里。

（十一）

虎井遥连大小猫，将军澳口仅容舠④。
官差那敢来相问，打破商船物惯撩。

虎井、大猫屿、小猫屿最险处，将军澳南风泊船处，港口仅容一舟，下多荦角⑤石，即俗呼老古石。往往破舟，渔人乘危抢夺。官差拘人，绐⑥以风大，自覆其舟而后救之，罪人皆逃。差惧至焉。

（十二）

人人海底作生涯，双眼红于二月花。
最怕北礁礁畔过，雄关铁板锁长沙。

渔人眼皮多红。澎湖之北不可行舟，渔人亦罕至，谓之铁板关。澎、台险要。

---

① 礁：同"礁"。
② 更：航海中一昼夜分为十更，水上一更为六十里。
③ 凫鹥：凫，野鸭。鹥，鸥鸟。
④ 舠：船。
⑤ 荦角：怪石嶙峋貌。蒋镛《澎湖续编》作"荦确"。
⑥ 绐：欺骗。

（十三）

妈宫澳里市廛饶，西屿前头好待潮。

但愿船多什物贱，不需牛粪作柴烧。

澎无薪，以牛粪为炊，呼牛柴。

（十四）

妇女耕渔力作同，荆钗裙布①大家风。

画眉亦有描新样，多半人家在妈宫。

（十五）

珍错从来说海边，石帆②铁线采联翩。

有时携向人间卖，七尺珊瑚不值钱。

（十六）

竞夸文石与空青③，海底年来何处寻？

剩有螺杯生理好，不教枉费琢磨心。

文石亦须磨琢始成。

（十七）

好勇无如铁帽生，三年最怕换班兵④。

铜山、南澳难同臭⑤，一语参商⑥械斗成。

---

① 荆钗裙布：以荆枝当钗，粗布做裙。指妇女的服饰简朴。
② 石帆：见周凯《咏物二十四首》之"铁树枝"。
③ 文石、空青：见周凯《咏物二十四首》之"文石""空青"。
④ 班兵：道光《厦门志》："班兵，海外台澎之戍兵也。三年一更，分四起，作两年，春秋二仲配换。"
⑤ 同臭：气味相同。
⑥ 参商：参和商都是二十八宿之一，两者不同时在天空中出现。在此比喻彼此对立，不和睦。

（十八）

民气敦庞①乐太平，鼠牙雀角②少纷争。
讼庭③寂静闲无事，恰笑青青草不生。

（十九）

文风日上见蒸蒸，诗画琴棋亦擅能。
言语不须愁鴃舌④，强调鹦鹉学来曾。

澎有吕成家⑤，善抚琴，能诗画。

（二十）

屈指何人先琢句，算来惟有施肩吾⑥。
黑皮年少红毛⑦种，那见燃犀⑧照采珠。

唐《施肩吾集·题澎湖屿诗》："腥臊海边多鬼市⑨，岛夷居处

---

① 敦庞：敦厚朴实。
② 鼠牙雀角：《诗经·召南·行露》："谁谓雀无角，何以穿我屋？……谁谓鼠无牙，何以穿我墉？"鼠、雀，比喻强暴者。强暴侵陵，引起争讼。后泛指争讼。
③ 讼庭：即讼堂。古时诉讼案件的公堂。
④ 鴃舌：古代讥笑南方人说的方言，发音如鸟鸣，不易听懂。鴃：伯劳鸟。
⑤ 吕成家：光绪《澎湖厅志》"吕成家，字建侯，东卫社人。少聪慧，能诗，又能琴筝。屡试不售，遂绝意功名。置一斋，啸卧其中，图书花鸟，呼酒谈棋，有以自乐。晚年尤耽吟咏。"
⑥ 施肩吾（780—861年），字希圣，号东斋，入道后称栖真子，唐代著名诗人、道学家。晚年率其族迁居澎湖，为民间开发澎湖第一人。
⑦ 红毛：指荷兰人，也称红夷、荷夷等。明万历三十二年（1604年）和天启二年（1622年）荷兰东印度公司舰艇两次驶入澎湖，试图打开与中国贸易的大门，均被地方官军驱逐。
⑧ 燃犀：传说犀牛角的光可照见水中的奇异之物。见《晋书·温峤传》。
⑨ 鬼市：（唐）郑熊《番禺杂记》："海边时有鬼市，半夜而合，鸡鸣而散。人从之，多得异物。"此指海边的夜市。

无乡里。黑皮年少学采珠,手把生犀照咸水。"

[附] 陈廷宪　　澎湖杂咏(二十首)

(一)

为避尘埃到海滨,海中依旧有黄尘①。
风波满眼才登岸,又被惊沙乱打人。

(二)

阴云忽起飓风去,雪岭银峰顷刻成。
不独船中人胆落,山头闲看也心惊。

(三)

偃草吹花臭味同,从来未识鲤鱼风(鲤②风,名鲤鱼风)。
炉烟忽变薰莸③气,疑是龙涎④落鼎中。

(四)

润下⑤因何自上来,空中真有撒盐⑥才。
庖人若解为霖味,清水调羹只用梅⑦。

澎岛四面环海,无高山障蔽,每至八九月间,飓风鼓浪,海水

---

① 黄尘:比喻俗世,尘世。
② 鲤:鱼腥味。
③ 薰莸:香草和臭草。
④ 龙涎:指龙涎香。
⑤ 润下:原指水,水性就下而滋润万物。
⑥ 撒盐:原指雪,此处指咸雨。典出《世说新语·言语七十一》:"谢太傅寒雪日内集,与儿女讲论文义。俄而雪骤,公欣然曰:'白雪纷纷何所似?'子胡儿曰:'撒盐空中差可拟。'兄女曰:'未若柳絮因风起。'公大笑乐。"
⑦ "清水"句:《书·说命下》:"尔惟训于朕志,若作酒醴,尔惟麴糵;若作和羹,尔惟盐梅。"旧题汉孔安国传:"盐咸,梅醋,羹须卤醋以和之。"

喷沫，漫空泼野，俗名咸雨。

(五)

晓起惟闻雀斗争，夜来还有白鸠鸣。
寻常凡鸟都如凤，到老何曾听一声！

(六)

重驿①难通异地宾，舆台陪隶②是比邻。
不逢徐福③求仙至，那有乘桴④访戴⑤人！

(七)

岛屿平铺几点沙，人从鳌背⑥立生涯。
烟波万顷天连水，得见青山才是家。

澎地无高山，秋来风起，衰草黄落，四山皆赤，绝少苍翠⑦。

(八)

终古无人见郁葱，不材榕树亦惊风（环岛不产树木，惟人家栽植榕柳⑧。风威摧折，不甚高大）。

只除铁网中间觅，倒有珊瑚七尺红（外堑海中有珊瑚树，红毛曾百计采取，鲸鱼守之，不得下）。

(九)

莎草蘼芜见亦难，休论秋菊与春兰。

---

① 重驿：层层驿站。
② 舆台陪隶：舆台、陪隶，都指下等奴隶。此处指卑微之人。
③ 徐福：秦方士。曾上书始皇，言海上有三仙山，始皇乃遣之，率童男女数千人，入海求仙，而一去不返。
④ 乘桴：乘竹木小筏，也喻指避世隐遁。典出《论语·公冶长》："子曰：'道不行，乘桴浮于海。'"
⑤ 访戴：指晋王徽之雪夜访戴逵之事。后用为访友之词。
⑥ 鳌背：借指大海。
⑦ 苍翠：蒋镛《澎湖续编》作"苍萃"。
⑧ 榕柳：蒋镛《澎湖续编》作"榕树"。

前身折尽看花福，应是河阳旧宰官①。

岛中无园林花卉可供游玩。

（十）

天生甘薯海中餐，细切银丝日炙干。

但祝千箱②居积满，不劳引领③望台湾。

澎无稻粱，居人以薯干供食，名曰薯米。

（十一）

待雨凭天插地瓜（薯，一名地瓜），不知秧稻可开花。

若非戍米④源源济，万灶几无粒食⑤家。

（十二）

浪激沙团万窍穿，犬牙相错胜花砖。

从兹版筑⑥成无用，百堵⑦皆兴不费钱。

海底乱石磊砢⑧松脆，俗名老古石。拾运到家，俟咸气去尽，即成坚实，以筑墙，比屋⑨皆然。

（十三）

及肩⑩墙已费经营，百堞雄关岂易成？

---

① "河阳"句：河阳，地名，在今河南省孟州市西。晋潘岳曾任河阳令，于城内遍植桃花。

② 但祝千箱：蒋镛《澎湖续编》作"万廪千箱"。

③ 引领：伸直脖子远望，形容盼望殷切。

④ 戍米：军需用米。

⑤ 粒食：以谷物为食。

⑥ 版筑：古人筑墙，在夹版中填入泥土，用杵夯实。此处指筑土墙的工具。

⑦ 堵：土墙。

⑧ 磊砢：众石累积的样子。

⑨ 比屋：每家每户。

⑩ 及肩：高与肩齐。

直把澎湖当蓬岛，神仙居处本无城。

文武驻镇营署，俱不建城。惟红毛所筑砖城在妈宫港口，至今垒固如新。

（十四）
裙布终身既富饶，翻嫌罗绮太轻飘。
桑麻机杼浑多事，自有鲛人①会织绡。

澎俗古朴，男女衣服悉用布素。不产桑麻，女人无纺绩之事。居常着青布衣裙，间有近市者亦服绫缎，此亦风气日趋于华。然习俗勤俭，真有唐、魏遗风，胜台湾之华丽远矣。

（十五）
近水生涯海当田，吐余螺壳尚论钱。
烧成不独涂墙好，还与舟人补漏船。

海产珠螺如指大，海人拾取盈筐，以针挑肉食之，味最甘美。其壳杂蛎房烧灰，利赖无穷。

（十六）
一束生刍②未肯烧，只缘黄犊腹犹枵③。
更从牛后传薪火，曝向斜阳胜采樵。

澎无薪木，民以牛粪晒干炊爨，呼为牛柴。

（十七）
海阔常多拔木风，工师④故作小房栊。
自家门户低头惯，行到高堂尚曲躬。

民居多矮屋，无高堂广厦。

---

① 鲛人：神话传说中居住在海底的怪人，善纺织，眼能泣珠。晋张华《博物志·异人》："南海外有鲛人，水居如鱼，不废织绩。其眼能泣珠。"鲛人所织之物，即为绡。

② 生刍：鲜草。

③ 腹犹枵：还饿着肚子。

④ 工师：工匠。

（十八）

拾遗全赖海扬波，捕水耕山得几何？

但祝丰年生意好，不争澳口破船多。

滨海居民遇海舶失事，争拾板片，捞取漂泊货物，常获厚利。

（十九）

钲鼓①喧哗闹九衢，一条草簟②当氍毹③。

舳舻亦到江南地，曾听钧天广乐④无？

声曲皆泉腔⑤。

（二十）

鸡林⑥尚识香山⑦句，沧海宁无子建⑧才！

---

① 钲鼓：泛指乐器。钲：古代击乐器。青铜制，形似倒置铜钟，有长柄。

② 草簟：草席。

③ 氍毹：毛织的地毯。"毹"，又写作"毺"。

④ 钧天广乐：钧天，古代神话传说指天之中央。广乐，优美而雄壮的音乐。原指神话中天上的音乐，后形容优美雄壮的乐曲。《列子·周穆王》："王实以为清都紫微，钧天广乐，帝之所居。"

⑤ 泉腔：戏曲声腔。因流行于闽南方言语系地区，以泉州方言为腔调语音，故名。宋元之际，南戏入闽，即与当时流行于晋江、泉州的民间声腔音乐"泉音"结合，经过糅合融化，至迟在明代已形成泉腔，又名"下南腔"。

⑥ 鸡林：古代新罗国。元稹《白氏长庆集序》：白居易诗，"鸡林贾人求市颇切，自云：'本国宰相每以百金换一篇，其真伪者，宰相辄能辨别之。'"有成语"诗入鸡林"，指诗文传播甚远。

⑦ 香山：即唐代诗人白居易。

⑧ 子建：即曹植。宋无名氏《释常谈·八斗之才》："谢灵运尝曰：'天下才有一石，曹子建独占八斗，我得一斗，天下共分一斗。'"

岂是天公留混沌，不教人带锦囊①来。

澎士吟咏，未解音韵。

周 凯 咏 物②（二十四首）

螺 杯

澎多螺，小大异状，壳坚厚，内明外碧，土人磨以为杯。

螺杯五色灿生花，海外磨成只几家。

遗我故人斟酒看，不知可否抵银槎③？

蚌 瓢

蚌之大者解为瓢。

老蚌无成老水滨，珍珠吐尽不堪珍。

平生自是甘瓢饮④，半个壶芦尚挂身。

文 石

产西屿外堑。石有璞，剖璞始辨。五色交错，自然成文，以有眼者为贵。琢为念珠、扇坠，闽人宝之。惜质脆，经风易裂。

曾向黄州探怪石⑤，又看文石到澎湖。

---

① 锦囊：传唐代诗人李贺常备一锦囊，骑弱马出游，每得佳句，即收入囊中，暮归成诗。

② 该诗录自林豪纂辑《澎湖厅志》。

③ 银槎：指银槎杯，元代银制酒具。

④ 瓢饮：指贫困生活。《论语·雍也》："子曰：'贤哉，回也！一箪食，一瓢饮，在陋巷，人不堪其忧，回也不改其乐。贤哉，回也！'"回，即孔子弟子颜回，字子渊。

⑤ "黄州"句：黄州石，产于现在的湖北省东部、长江中游北岸、大别山南麓地区。温润透亮，纹理细密，色泽亮丽，五彩斑斓。苏轼曾将黄州石赠送其佛家友人佛印和参寥子，并作《怪石供》两篇。怪石供，意为奉献怪石，以供陈设玩赏。

磨砻半借人工巧,笑问坡翁①入供无?

空 青

产海滨,摇之中响,有沙有水。水淡者治目疾。近多赝物,抟土②贮水于中,置海滨月余即成。

从来山海孕精灵,钟乳千年百岁苓③。
欲觅神仙问真赝,澎湖何处有空青?

海 马

一名海龙,状如博古龙。身方有棱,无鳞,头一角,尾卷曲,无足。长三四寸,小者二三寸。天寒,冻死浮海面,渔人得之以为珍物云。入药,功同海狗。

有角无鳞俨若螭④,云多阳气助生孳⑤。
世人不惜千金价,冻死波中尚不知。

醋 鳖

坚白如石,背圆、腹平,有旋纹如螺,形如鳖而甚小。甚大者不及指。盖藏数年,投醋中,蠕蠕自能配合。

非石非虫亦非鳖,腹纹隐隐作螺纹。
怜他枯绝偏能活,着醋依然匹耦⑥分。

龙 虫

出海沙中,如蚯蚓。中空,两端如一,形色如截断猪肠。土人朝朝采之以为菜,味清脆,在鱼、菜之间。

朝餐不意进龙虫,入口居然脆且松。

---

① 坡翁:即苏东坡。
② 抟土:又作抟埴,谓以黏土捏制陶器的坯。
③ 百岁苓:指茯苓。黄庭坚《鹧鸪天·汤泛冰瓷一坐春》曰:"汤泛冰瓷一坐春,长松林下得灵根。吉祥老子亲拈出,个个教成百岁人。"
④ 螭:古代传说中没有角的龙。
⑤ 生孳:生长繁殖。
⑥ 匹耦:雌雄配对。

是植是潜都不辨,中无肠胃两端同。

龙虱

状如蟒螂①而小,海风起则飞至,闽人以为果品。去翅足,食之,味如虾米。内海亦有之。

赤足扪来恣大嚼,琵琶虫②向沧浪跃。
倘逢海客语瀛州,个个当年王景略③。

琵琶鱼

俗呼锅盖鱼,即郭璞《江赋》鳙鱼。

锅盖呼名奈俗何,鳙称《江赋》亦传讹。
澎湖唤作琵琶好,鱼更多于饭甑多。

帽华螺

形如醋鳖,大如指,色翠碧,可为帽饰。又名螺盖。

滇池翡翠珍如玉,合浦蠙珠④累作花。
何似此间文贝好,人人压戴帽檐斜。

马阴螺

贝属,状甚恶,大者可为酒器。

有酒何须好模样,大螺如斗小如瓯。
古来饮器知多少(饮器,古注两解⑤),

---

① 蟒螂:蟒,蝇;螂,同"螂"。
② 琵琶虫:虱的别名。明彭大翼《山堂肆考·昆虫·虱》云,宋徽宗赵佶"北狩至五国城,衣上见虱,呼为琵琶虫。以其形类琵琶也"。
③ 王景略:王猛,字景略。《晋书·王猛传》:"桓温入关,猛被褐而诣之,一面谈当世之事,扪虱而言,旁若无人。"
④ 蠙珠:亦作"玭珠",即珍珠。广西合浦自古以产珍珠闻名。
⑤ 饮器:(清)桂馥《札朴》:"《战国策》赵襄子杀智伯,漆其头以为饮器。注云:溺器,或曰酒器。案,溺器是也。"

试问何如智伯头①?

气 鱼

河豚之类,大者尺许,小者半尺。平时游泳如常鱼,遇物腹中鼓气而圆。刺如猬,形如龟,又名刺龟鱼。中空,可为灯。

刺如猬集形如鼓,应比河豚毒几分。

只道世间成弃物,燃灯亦足照缤纷。

斗 鱼

长寸许,状如指,红白相间。《闽书》名丁班鱼,善斗。养盆中可玩,入淡水亦活。

文采班斓五色鲜,盆中游泳自天然。

如何善斗偏成性,狼藉鳞而亦可怜。

扁 鱼

形极扁,平行,双目。与比目鱼异。

一片轻浮水面匀,双睛炯炯朗如银。

非同比目难分舍,犹剩鹣鹣②一对鳞。

胎 鱼

鯋③鱼胎生,小鱼自腹中出。时入腹中乳,大至不能入乃止。

胎生闻说有鲨鱼,多少鲲鲕④出尾闾⑤。

入腹依然容乳哺,此中空洞定何如。

鹦哥鱼

红嘴绿身,状如鹦鹉。

---

① 智伯:亦作"知伯"。春秋晋大夫,为晋四卿之一,后为韩、赵、魏三卿所杀。赵襄子漆智伯头以为饮器。

② 鹣鹣:鸟名,比翼鸟。《尔雅·释地》:"南方有比翼鸟焉,不比不飞,其名谓之鹣鹣。"常用以比喻夫妻恩爱。

③ 鯋:古同"鲨"。

④ 鲲鲕:鱼苗、小鱼。

⑤ 尾闾:尾骨。

鹦鹉飞来大海中，绿毛红嘴宛然同。
剧怜①有翅身无足，谁把金绦②锁玉笼？

燕子鱼

状如燕，重十余斤。又一种极小，渔人夜燃灯于舟，鱼自飞至。舟满灭灯。疑为燕所化。

秋去春来满水村，夜深飞扑一灯昏。
避罗不免仍投网，一样同为釜底魂。

海滨人食蛰燕③

丁香鱼

长寸许，身圆尖。澎人以为酱，称佳品。

蚁子曾闻堪作醢④，澎湖佳味有丁香。
京都可惜无人寄，崇效⑤花前人未尝。

珊瑚树

俗名土珊瑚，出水淡红色，甚腥臭。久之即白，枝干碎折。

铁网曾教海底寻，拾来火树⑥已成林。
可怜出水无颜色，枉费渔翁一片心。

剌裙草

穗剌人衣，或云鸡鸣时抖之脱落，一名鸡鸣草。心可编为笠，

---

① 剧怜：绝怜。
② 绦：用丝线编成的带子。
③ 蛰燕：冬季伏匿在岩穴中的燕子。
④ "蚁子"句：曾慥《类说》卷十三《树萱录》："蚁子酱，广人于山间掘取大蚁卵为酱，名蚁子酱。"醢：郑玄注《周礼》："酱，谓醢，醢也。"
⑤ 崇效：指北京崇效寺，以育花著称。清初枣花出名，中叶以丁香，后来又育牡丹，以墨牡丹闻名。
⑥ 火树：《本草纲目·金石部》："珊瑚，生海底，五七株成林，谓之珊瑚林。居水中直而软，见风日则曲而硬，变红色者为上。汉赵佗谓之火树是也。"

亦可为笔。

小草形如白蒺藜，蒙茸①海外亦生之。
刺裙名字中多刺，好读鸡鸣戒旦②诗。

石拒鱼

八足，长一尺许。人捕之，能以足抱石拒人。

鱼生八足背无鳞，海洞悠悠寓此身。
偏有渔人来捕取，居然桀石③能投人。

龙占鱼

尖口细鳞，形如海鰂④，大仅一二斤，色红。四时皆有，腌为鲞⑤，味佳美，澎鱼上品。

身肥浑不论秋冬，缯网还教处处逢。
占得澎湖鱼第一，不知何意亦名龙！

木理蛤

俗呼蜻蛤，大寸许，中有肉角。壳色黑，纹如沉香木，又名沉香蛤。

肉角双双出蜗舍，壳纹细细似沉香。
回环文理浑如木，性比蚶⑥蠔分外凉。

铁树枝

又名石帆、名海树，似珊瑚而小。枝柯细密，相粘如帆。有红、黄、黑、白数种，土人以插瓶。

采得珊瑚采石帆，根生海底石巉岩。

---

① 蒙茸：草木繁盛。
② 鸡鸣戒旦：戒旦，黎明时警人睡醒。鸡一啼人就醒，形容惜时勤奋。《晋书·赵至传》："鸡鸣戒旦，则飘尔晨征；日薄西山，则马首靡托。"
③ 桀石：举起石块。
④ 鰂：乌贼。
⑤ 鲞：干鱼、腊鱼。
⑥ 蚶：即蚶蟹，又作车螯。蛤类。壳紫色，有斑点，肉可食。

花瓷亦作邀清供①,终觉差池②臭味咸。

林树梅　　台阳竹枝词③（四首）

（一）

闿兄④罗汉⑤满街坊,自诩英雄不可当。

与己无仇偏切齿,杀身轻易为槟榔。

闿兄、罗汉脚,皆恶少也。每睚眦微隙,辄散槟榔,一呼哄集,当衢械斗。

（二）

内山蛮气未全消,漫说开荒种稻苗。

地近生番如畏虎,人人刀剑各横腰。

番性嗜杀,近番居民带刃而耕。

（三）

甲甲麻麻拼一螺,嘴琴响答踢春歌。

抄阴欲结合欢带,亲手为郎织达戈。

番语呼同伴为"甲甲",呼酒为"麻麻"。男女沸唇作响,曰"嘴琴"。和歌意合,则自相婚配。以幅布围腰,曰"抄阴"。取鸟

---

① 清供：指放置在室内案头供观赏的物品摆设,主要包括各类香花蔬果、古玩美器、奇石怪木等。

② 差池：差劲、不行。

③ 林树梅（1808—1851年）,字实夫,号啸云,又号瘦云,清代马巷厅后浦村（今属金门县）人。能诗文,善画,工篆刻。著作有《啸云诗钞》《啸云文钞》《说剑轩余事》。该诗录自《啸云诗钞》。

④ 闿兄：即闿棍。道光《厦门志》卷十五《风俗记》："闿棍,无赖恶少也。纠结伙党,鹰视狼行,周游衢巷,寻畔生风。屡愚偶触其锋,操梃排闼,直入其室。人物并烂,绅衿家亦不免。"

⑤ 罗汉：即罗汉脚,单身汉。流浪汉,游手好闲之徒。

兽毛杂树皮织布，名"达戈纹"。

（四）

阿侬生小住台湾，不羡蓬壶缥缈间。

愿借一帆好风力，随郎西渡看唐山。

南洋诸番称中国为唐，犹言汉。台湾人称内地亦曰"唐山"。

施士洁　　台江新竹枝词①（三十二首）

（一）

昌蒲②绿酒正酣时，浪迹台江谱竹枝。

一枕神鸡③游子梦，定情谁是可人儿？

（二）

何处吹箫弄玉④仙，年时十五月初圆？

情天欲证童真果，三宿空桑⑤亦夙缘。

（三）

半袆罗裳着意红，小开卿莫骂东风。

---

①　施士洁（1855—1922年），字应嘉，号芸舫，又号耐公，台湾台南人。光绪二年（1876年）进士，无意仕途，讲学于彰化白沙书院、台南崇文书院和海东书院。甲午战争后内渡，寓居鼓浪屿。宣统三年（1911年）任同安马巷厅通判，民国六年（1917年）参加福建修志局。著有《后苏龛合集》等。该诗录自《后苏龛合集》。

②　昌蒲：即菖蒲。菖蒲叶可浸制药酒，名"菖蒲酒"。楚人端午节，服菖蒲酒以避瘟气。

③　神鸡：东方朔《神异经·东方经》："扶桑山有玉鸡，玉鸡鸣则金鸡鸣，金鸡鸣则石鸡鸣，石鸡鸣则天下之鸡悉鸣。"

④　吹箫弄玉：汉刘向《列仙传·萧史》："萧史者，秦穆公时人也。善吹箫，能致孔雀、白鹤于庭。穆公有女字弄玉好之，公遂以女妻焉。"

⑤　三宿空桑：语出《后汉书·襄楷传》："浮屠不三宿桑下。"此处代指相处日久。

个侬非想非非想,只在花魂宕漾中。

（四）

眼中纨绔少年场,刮膜①如何向老伧②。
蜂蝶相随浑不管,此身懒作楚莲香③。

（五）

合欢双蜡照深更,昵枕羞闻喜爆鸣。
惊起比邻诸姊妹,悄开窗户探春声。

（六）

浓熏末丽透罗帏,花露匀铺上睡衣。
鼻观真禅侬自领,鬓香幽绝汗香微。

（七）

消受嫣红得未曾,巫云楚雨总蕾腾④。
句阑第一娄罗历,系足原来有赤绳。

（八）

苍霞洲⑤畔短长桥,处处龙舟荡画桡。
罗袜凌波观竞渡,万花影里一垂髫。

（九）

曲中弦语诉喃喃,才上歌场已不凡。
绮岁⑥便为商妇感⑦,有人老大湿青衫!

---

① 刮膜：中医指治疗肓膜之病。肓膜在腹脏之间，药力难及，治愈不易。
② 老伧：粗野之人。
③ 楚莲香：唐朝美女，据《天宝遗事》载：都下名妓楚莲香，国色无双，每出则蜂蝶相随，慕其香也。
④ 蕾腾：同"槽腾"。半睡半醒，朦胧迷糊状。
⑤ 苍霞洲：在福州台江。
⑥ 绮岁：青春、年少。
⑦ 商妇感：典出白居易《琵琶行》。

（十）

轻移彩鹢①傍鸥乡，坐爱明蟾卧爱凉。
人月双圆如此夜，教郎水宿学鸳鸯。

（十一）

夜光生小掌中珍，郑重千金未字身。
若论司空今见惯，不应艳福到痴人！

（十二）

江楼上坐暑都忘，雪藕冰梅取次尝。
别有文园消渴②疾，丁香珠唾③胜瑶浆。

（十三）

平时厚重近方家，羞颊俄生两朵霞。
郎比桃花轻薄甚，偏将人面比桃花。

（十四）

枕函④私语假痴憨，未入高唐梦已酣。
人静属垣⑤犹有耳，怕郎絮絮不多谈。

（十五）

爱听闲读李十郎⑥，詈他薄幸太荒唐。
女儿偏具男儿性，忽地柔肠变侠肠。

---

① 彩鹢：古时画在船头上的彩色鹢鸟，因以借指船。
② 文园消渴：文园：汉文帝的陵园，司马相如曾任文园令。消渴：泛指以多饮、多食、多尿，形体消瘦，或尿有甜味为特征的疾病。司马相如以患消渴疾，称病闲居。
③ 珠唾：喻名言、佳作。
④ 枕函：中间可以藏物的枕头。
⑤ 属垣：以耳附墙，偷听人说话。成语"属垣有耳"，即隔墙有耳。语出《诗经·小雅·小弁》："君子无易由言，耳属于垣。"郑玄笺："王无轻用谗人之言，人将有属耳于壁而听之者。"
⑥ 李十郎：唐代传奇《霍小玉传》中始乱终弃之人物李益。

（十六）

依人燕子苦生嫌，奈此笼樊特地严。

低首愿为红拂①拜，世间何处觅虬髯②？

（十七）

酒阑送客悄留髡③，好梦连宵不见痕。

惯向人前通哑谜，灯边眉语最消魂。

（十八）

猜疑影事费沉吟，万种防闲④刻骨深。

梅子太酸莲子苦，恼郎心即惜郎心。

（十九）

珠蚌讹胎月渐亏，自家好事自家疑。

那知缘想翻成病，茧尽春蚕不了丝！

（二十）

昨宵剥啄倚床听，牢守颠当⑤唤不应。

---

① 红拂：唐代传奇《虬髯客传》中隋唐时女侠，本名张出尘，因手执红色拂尘，故称作红拂女。后以之为妇女中能识英雄的典型。

② 虬髯：即虬髯客。《虬髯客传》中的侠士。

③ 留髡：指主人留客。典出《史记·滑稽列传》："日暮酒阑，合尊促坐，男女同席，履舄交错，杯盘狼藉。堂上烛灭，主人留髡而送客，罗襦襟解，微闻芗泽。当此之时，髡心最欢，能饮一旦。"

④ 防闲：防备禁止。

⑤ 颠当：《全唐诗》卷八七六《秦中儿童语》："颠当，窠深如蚓穴，网丝其中。土盖与地平，大如榆荚，常仰捱其盖，伺蝇蠖过，辄翻盖捕之。才入复闭，与地一色，并无丝隙可寻。其形似蜘蛛，《尔雅》谓之王蛛蜴，《鬼谷子》谓之蚨母。秦中儿童语曰：'颠当牢守门，蠮螉，寇汝无处奔。'蠮螉即蜾蠃，衔虫子祝之，化为己子。"

惯打茶围①夫己氏②，教他一吃闭门羹。

（二十一）

拚③将薄命试阿芙，无分明珠换绿珠④。
情种由来轻一殉，果然巾帼胜眉须！

（二十二）

别来比翼各东西，一岁何堪两寄栖？
前度刘郎今识否？还将旧爪印新泥。

（二十三）

酒人狼藉到杯盘，解得怜侬下箸难。
忍俊不禁消夜局，自熬粳粥⑤劝加餐。

（二十四）

佯羞似解恋香巢，一闪秋波影忽交。
最是可怜还可恼，纤腰瑟缩被池⑥凹。

（二十五）

柝声催过四更天，烛底温存尚未眠。
瞥见枕屏双影瘦，郎侬同病愈相怜。

（二十六）

偶然召集女宾朋，香国花王为主盟。

---

① 打茶围：熟客至妓院，与妓女茶叙小谈之谓也。妓家出香烟、瓜子以饷客。

② 夫己氏：语出《左传·文公十四年》："齐公子元不顺懿公之为政也，终不曰公，曰'夫己氏'。"此处有疏远、轻贱之意。

③ 拚：同"拚"，舍弃。

④ 明珠换绿珠：意谓花重价购买极美的妾。绿珠：西晋石崇妾，石崇为交趾采访使时用珍珠三斛买得。

⑤ 粳粥：粳米粥。

⑥ 被池：被子的缘饰，俗称被头。四边缘饰而置被其中，形如池沼，故谓。

戏傍妆台修短札,故烦红袖一挑灯。
　　（二十七）
鸡黍家家局互酬,趁忙冬节小勾留。
怜卿摘粉搓酥手,持较粢团一样柔。
　　（二十八）
拇战轰雷斗酒军,争先破敌奏奇勋。
替郎强饮防郎醉,知道寻常量几分。
　　（二十九）
绣鞋窄窄凤头如,恰称圆肤六寸余。
绮席散归伴步塞,挽郎亲送上蓝舆。
　　（三十）
秋霜偏向客衾生,难遣中年以后情。
怪底诗人寒瘦相,累卿拥背到天明。
　　（三十一）
天钱①欲借聘仙娥,谁向冰人②假斧柯③？
空有阿娇金屋想,老穷其奈阮修④何！

---

① 天钱：即"天钱十星"。星座名,属危宿,主钱财,库聚天下财物。
② 冰人：典出《晋书·艺术传·索紞纮》,索紞善于占梦,有孝廉令狐策梦立冰上,与冰下人语。沈占梦道："冰上为阳,冰下为阴,阴阳事也。……君在冰上与冰下人语,为阳语阴,媒介事也。君当为人作媒,冰泮而婚成。"后因以"冰人"为媒人的雅称。
③ 斧柯：媒人的雅称。柯,斧柄。《诗·豳风·伐柯》："伐柯如何？匪斧不克。娶妻如何？匪媒不得。"以执斧伐柯,喻指请媒娶妻。"伐柯""斧柯"遂婉指做媒。
④ 阮修：晋代名士,居贫,年四十余未有室。常步行,以百钱挂杖头,至酒店,便独酣畅。

（三十二）

 　　輥然①开卷见崔徽②，行箧新携小影归。
 　　此是长房③真缩地，永报鹣鲽④不相违。

林景仁　　东宁杂咏⑤（三十一首）

（一）

 　　有元末叶隶同安，只向澎湖置牧官。
 　　终是羁縻⑥荒服⑦意，误人翻在版图宽。
元末于澎湖设巡检司，中国之建置于是始。

---

① 輥然：大笑貌。
② 崔徽：元稹《崔徽歌》："崔徽，蒲妓也。裴敬中为梁使蒲，一见为动。相从累月。敬中言旋，徽不得去，怨抑不能自支。后数月，敬中密友东川白知退至蒲，有丘夏善写真，知退为徽致意于夏，果得绝笔。徽持画谓知退曰：'为妾谢敬中：崔徽一旦不及卷中人，徽且为郎死矣！'明日发狂，自是移疾，不复旧时形容而卒。"
③ 长房：指东汉术士费长房。（晋）葛洪《神仙传·壶公》载：费长房随仙人壶公学道，"有神术，能缩地脉。千里存在，目前宛然，放之，复舒如旧也。"后以"长房缩地"，指传说中方士能以法术化远为近。又用以形容思念故乡或异地亲朋等。
④ 鹣鲽：鹣，传说中的比翼鸟。鲽，比目鱼。典出《尔雅·释地》："东方有比目鱼焉，不比不行，其名谓之鲽；南方有比翼鸟焉，不比不飞，其名谓之鹣鹣。"后以"鹣鹣比翼""鹣鹣鲽鲽"比喻男女情深，或省作"鹣鲽"。
⑤ 林景仁（1893—1940年），字健人，号小眉，别署蟫窟主人，台湾台北人。乙未（1895年）割台，随祖父林维源、父林尔嘉内渡，久客厦门。著有《摩达山漫草》《天池草》《东宁草》等。该诗选自《林小眉三草》之《东宁草》，原诗100首，选录31首。
⑥ 羁縻：笼络使不生外心。
⑦ 荒服：指边远地区。

（二）

女牛鹑尾分星野，耳食①纷纭类扣盘②。
却笑迂儒偏好事，强将蠡管③测天官！

旧志谓台湾隶闽，宜从闽，以附于扬州。其星野属牵牛、婺女之分。而《诸罗志》则谓台湾原属岛彝，其次为鹑尾。二说皆依附离合之见，无实验云。

（三）

山连东野千余里，水接思明十一更。
可怜阅惯兴亡事，齾齾④粼粼不世情⑤！

宋朱文公登福州鼓山占地脉，曰："龙渡沧海，五百年后海外当有百万人之郡。"

福州五虎山，入海首皆东向，是气脉渡海之验。自厦门至澎湖，水程七更；自澎湖至台湾，水程四更。一更，凡六十里云。

（四）

关潼白畎两崔巍，万壑千峦此结胎。
绝似吾闽浮海客，重洋遥长子孙来。

台山，自福建五虎门蜿蜒渡海，东至大洋。中二山曰关潼、曰白畎，是台湾诸山之龙起处，隐伏海中，穿波逐浪，至台之鸡笼山始结一脑，磅礴缭绕千余里。诸山屹峙，不可纪极。

---

① 耳食：指人云亦云，自己没有主见。
② 扣盘：成语有"扣盘扪烛"，典出苏轼《日喻》："生而眇者不识日，问之有目者。或告之曰：'日之状如铜盘。'扣盘而得其声。他日，闻钟以为日也。或告之曰：'日之光如烛。'扪烛而知其形。他日，揣籥以为日也。"
③ 蠡管：即"管窥蠡测"。源自《汉书·东方朔传》："以管窥天，以蠡测海。"从竹管孔里张望天空，用贝壳做的瓢来测量海水。比喻对事物的观察和了解很狭窄浅薄。
④ 齾齾：参差起伏貌。
⑤ 不世情：不理世态人情。

（五）

朝暾乍上唱篙工，欸乃遥闻曙色中。
鹿耳门前春水暖，去帆婀娜不胜风。

昔日凡往福建之舟，皆由黎明时出鹿耳门放洋。清明后南风始发，最宜海行。

（六）

鲨尾悬空一片浮，伽蓝暴信近中秋。
胡姬争唱"公无渡"①，银浪如山黑水沟。

舟人呼八月十四日飓灾为"伽蓝暴"。风将发，天际先见断霓虹饮海，状如鲨鱼尾。

黑水沟，为澎、厦分界处。险冠诸海。

（七）

卷地黄沙扑鼻膻，细将风信测蛮天。
秋台春飓长回忆，辛苦先民渡海年。

台湾风信，与他地迥异，风大而烈者为飓，又甚者为台。飓倏发倏止，台常连日夜不息。正、二、三、四月发者为飓，五、六、七、八月发者为台。九月，则北风初烈，或至连月，为九降风。过洋以四月、十月为稳。盖四月少台，十月小春，天气多晴暖故也。

（八）

赭北黾南水怒争，舣舟②遥睇旅魂惊。
记曾往岁横洋过，朝夕金乌望点睛？

台海潮流，只分南北。台、厦来横洋而渡，号曰"横洋"。

---

① 公无渡：指"公无渡河"曲。《汉乐府·相和歌辞》无名氏《箜篌引》："公无渡河，公竟渡河。堕河而死，当奈公何。"崔豹《古今注》说："朝鲜津卒霍里子高，晨起刺船，有一白首狂夫，披发提壶，乱流而渡。其妻随而止之，不及，遂堕河。其妻援箜篌而鼓之，作公无渡河曲，声甚凄怆，曲终亦投河而死。"

② 舣舟：停船靠岸。

《稗海纪游》云："云色一片相连，其中但有一二点空窦，得见红色，是谓'金乌点睛'，来日主霁。"

（九）

月临朔望分圆缺，潮近东南易长消。
妾如鹿耳娟娟月，郎比鲲身㳽㳽潮。

月临卯酉①，潮涨东西；月临子午，潮平南北。潮涨多在春夏之中，潮大每在朔望之后，海滨皆然，台亦无异。惟台地属东南，月常早上。十七八之后，月值初昏，即临卯酉。故潮涨退，视他处亦较早也。

（十）

人月双圆放夜②时，无端艳障费侬痴。
邯郸举目皆厮养③，偷得花枝欲嫁谁？

台俗：上元节，未字之女偷折人家花枝，为人诟詈，则异日可得佳婿。

（十一）

踏青时节病愁淹，纸阁三层悄下帘。
底处春魂招蛱蝶？晚风料峭雨廉纤。

春雨成霖，谓之"四十九日乌"。

---

① 月临卯酉：古人以十二地支表示四周的方位，卯居正东，酉居正西，子居正北，午居正南。月临卯酉，月亮处在正东和正西的位置；月临子午，月亮处在正北和正南的位置。

② 放夜：唐时长安实行宵禁。农历正月十五日及其前后各一日，特许不禁夜行，以便观灯赏月，称作"放夜"。

③ 厮养：郭茂倩《乐府杂曲》："有邯郸才人嫁为厮养卒妇歌。"按，《汉书注》："析薪为厮，烹炊为养。"

(十二)

堆盘庾韭①又周菘②,尾压犹存伏腊风。
容易沿门歌洗佛,春光九十已匆匆。

腊月既望,各市廛竞压酒肉,名曰"尾压"③。四月八日僧童舁佛奏鼓作歌,沿门索施,谓之"洗佛"④。

(十三)

嚼肤聒舌⑤入宵多,佳节端阳一瞬过。
今日积成负山势⑥,空然⑦稻梗奈君何!

五月五日清晨,然稻梗一束,向室内四隅薰之,用楮钱送路旁,名曰"送蚊"。

(十四)

八股文章两石弓,破荒刘蜕⑧羡群空。

---

① 庾韭:又作"庾鲑",即"庾郎鲑菜"。典出《南齐书·庾杲之传》,庾杲之"清贫自业,食唯有韭菹、瀹韭、生韭杂菜,或戏之曰:'谁谓庾郎贫,食鲑常有二十七种。'言三九也。"后因以"庾郎鲑菜"形容贫士生活清贫。

② 周菘:白菜。《南齐书·周颙传》:"(周颙)清贫寡欲,终日长蔬食……文惠太子问颙:'菜食何味最胜?'颙曰:'春初早韭,秋末晚菘。'"后遂以周菘为白菜之雅称。

③ 尾压:闽南语也作"尾牙""尾衙"。

④ 洗佛:夏历四月初八日传说为佛祖释迦摩尼诞生日(佛诞日),佛教徒举行浴礼,以水灌洗佛像。是日又称"浴佛节"。

⑤ 嚼肤聒舌:蚊虫的叮咬吵闹。

⑥ 负山:用典"蚊虻负山",比喻力弱者担重任,此处用原意。

⑦ 然:同"燃"。

⑧ 刘蜕:长沙人,唐大中四年(850年)进士。前此50年长沙无得进士者,以此人称刘蜕为"破天荒"。

遂令大泽深山里，一世龙蛇①入壳中②。

台湾自康熙二十五年始设学。明年春，陆路提督张云翼疏称："二十六年丁卯大比，在台湾为开科之始。请照甘肃、宁夏之例，于闽省乡闱另编字号，额收一二名。俟肄业者众，乃撤去另号，勿限额数。"台湾之乡科，自此始。三十二年，邑学生王璋以第六人登解榜。

武榜始自康熙二十九年．阮洪义中甲戌榜武进士。

（十五）

漫夸门第博陵崔③，世系摩挲有剩哀。

太息北朝遗泽竭，衣冠此日半舆台④！

《台湾县志》曰："台人虽贫，男不为奴，女不为婢。臧获⑤之辈，俱从内地来。此亦风之不多觏⑥者。"

---

① 龙蛇：《左传·襄公二十一年》："深山大泽，实生龙蛇。"晋杜预注："言非常之地，多生非常之物。"此处指非常人才。

② 壳中：当为"彀中"。典出（五代）王定保《唐摭言·述进士上》，唐太宗尝私幸端门，见新进士缀行而出，喜曰："天下英雄入吾彀中矣！"彀：牢笼、圈套。

③ 博陵崔：汉唐时期之名门望族。

④ 舆台：古代下等奴隶。

⑤ 臧获：《林小眉三草》作"藏获"，据陈文达《台湾县志》改。臧获，奴婢之贱称。

⑥ 觏：遭遇。

（十六）

弓弦霹雳耳生风，马上乾坤属乃公。
竟屈景宗①谐竞病②，可怜新妇③闭车中！

近日台人无事可为，多喜学诗，结社者六七十处。

（十七）

楚些④何从赋"大招"⑤，苏门冷瘴⑥鹭门潮。
却留江笔⑦花如锦，憨柳骄桃不敢妖。

台湾进士施耐公⑧、许蕴白⑨二君内渡后，皆依家君幕中。前年蕴白偕余赴南洋，卒于苏门搭剌⑩。去秋，耐公亦在鹭屿病故。蕴白所著《窥园诗草》及耐公所著《后苏龛诗文集》，家君将为选刻，附入《菽庄丛书》。

---

① 景宗：即曹景宗。南北朝时期梁朝名将，天监五年（506年），于钟离之战中大败北魏。战后升侍中、领军将军，晋爵竟陵公。

② 竞病：曹景宗破魏师凯旋，梁武帝于光华殿宴饮联句，景宗求赋诗。时韵已尽，唯余"竞""病"二字，景宗操笔立成，帝深叹赏。后人因称作诗押险韵为"竞病"。

③ 新妇：曹景宗性躁动，属下劝他乘车出行不要拉开车帷。曹说闭置车中像新嫁娘，使他难以忍受。后人以"车中新妇"喻身受约束，无所作为。

④ 楚些：《楚辞》之《招魂》句尾皆有"些"字。后以"楚些"指招魂歌，亦泛指楚地的乐调或《楚辞》。

⑤ 大招：《楚辞》篇章，传屈原为招怀王之魂而作。

⑥ 冷瘴：又名寒瘴。瘴疟之一。

⑦ 江笔：即江淹笔。传说江淹少时，梦人授以五色笔，故文采俊发。后以喻文才出众。

⑧ 施耐公：施士洁，号耐公。

⑨ 许蕴白：许南英，字蕴白。

⑩ 苏门搭剌：即苏门答腊。

（十八）

木客①空山万古心，一声凄厉触难禁。
无穷剩水残山意，进作哀猿怨鹤吟。

台地采茶词，谓之"褒歌"②，饶有"竹枝"风趣。

（十九）

服箱③从古属牛星，薄笨④车声晓未停。
惊破秋衾铜辇⑤梦，孤怀轳辘不禁听。

《海东札记》："侵晓梦回时，牛车行市间，轮声脆薄，如哀如诉，极不耐听。"

（二十）

碧桃花散雨如丝，断梦阑珊十月痴。
持谢嬉春⑥邻女伴，相邀观赛蒋公祠。

台人好事鬼，迎神赛佛几无虚月。废时靡费之俗，迄夸未之能革也。蒋毓英⑦祠，在旧台湾府镇北坊。

---

① 木客：古籍中的深山妖怪。苏轼《虔州八境图》有句："谁向空山弄明月，山中木客解吟诗。"

② 褒歌：连雅堂《台湾语典》："褒歌，则山歌。采茶之时，男女唱酬，互相褒刺，信口而出，词多婉转。亦曰采茶歌。"

③ 服箱：驾车。服，驾。箱，车厢。《诗经·小稚·大东》："睆彼牵牛，不以服箱。"意谓牵牛星徒有牛名，而不能驾车。

④ 薄笨：一种粗陋而不加装饰的车。

⑤ 秋衾铜辇：李贺《还自会稽歌》："台城应教人，秋衾梦铜辇。"衾，被子。铜辇，太子所乘的车。

⑥ 嬉春：游乐于春光之中。

⑦ 蒋毓英：首任台湾知府。在台期间，安抚百姓，发展生产，兴办教育，深得民心。离任时，百姓不舍，建祠以祀。

（二十一）

画眉艳值月初三，秦赘①箫声满朔南。
寄语呼龙种瑶草②，"儿家原不重宜男"！

台人多养童媳，赘婿承祧，此风至今尚然。

（二十二）

葭飞③忙杀弄潮儿，争给官中采捕旗。
雪虐风饕④琅峤⑤渡，罟船刚值"讨乌"时。

隆冬捕乌鱼，名曰"讨乌"。其捕鱼器具，有罟、罾、縺、藏、罛、箔之目。官中给乌鱼旗数枝，旗用白布一幅，刊刷"乌鱼旗"字样，填写渔户姓名，县印钤盖，插于船头。

乌鱼于冬至前后尽出，由诸邑鹿子港先出，次及安平镇大港，后至琅峤海脚，于石罅处放子，仍回北路。冬至前所捕之鱼，名曰"正头乌"，则肥；冬至后所捕之鱼，名曰"倒头乌"，则瘦。

（二十三）

荒郊毒虺⑥苦难除，吞象巴蛇⑦事不虚。

---

① 秦赘：古代秦国风俗盛行男子入赘女家为婿，故后人称入赘为"秦赘"。

② 呼龙：李贺《天上谣》："呼龙耕烟种瑶草"。瑶草：传说仙人在方丈洲种灵芝草．犹如人间种稻谷。

③ 葭飞：葭，初生的芦苇。古代为预测天气，把初生芦苇茎中的薄膜制成灰，放在代表十二乐律的十二根玉管内。这十二律分别代表一年的十二个月。每月节气一到，相应玉管内的灰尘就自动飞出。有成语"吹葭六管"。

④ 雪虐风饕：虐，残暴。饕，贪婪。谓风雪交加。形容天气严寒。

⑤ 琅峤：台湾恒春古名琅峤。

⑥ 毒虺：毒蛇。

⑦ 吞象巴蛇：语出《山海经·海内·南经》："巴蛇食象，三岁而出其骨。"

丁①此百无聊赖日，莫嘲笺注到虫鱼②。

台产蛇有三种，啮人立死。一名龟壳花，背有文如龟纹；一名饭匙倩，见人头昂二三尺，惟尾贴地，喷鼻有声；一名青竹丝，长一二尺，色青如竹。

《赤嵌集》："北路有巨蛇，可以吞鹿，名曰钩蛇。能以尾取物。"孙元衡有《巨蛇吞鹿歌》云："一岛三千麋鹿场，狌狌③出谷如牛羊。台山不生白额虎，族类无忧牙爪伤。野有修蛇大如斗，飕飕草木腥风走。气腾火焰喷黄云，八尺斑龙入巨口。九岐璚④角横其喉，昂霄下咽膏涎流。狞蕃骇兽不相贼，奔窜林莽争逃钩。我闻巴蛇吞象不烦咬，三岁化骨何阴狡！尔鹿尔鹿甚微细，此蛇得之应未饱。"

（二十四）

云畴苕颖⑤郁葱芒，俯仰乾坤一饭囊。
消受清馋⑥风半阵，沿庄初熟"过山香"。

米名"过山番"者，粒大倍于诸米，极白。用少许杂他米中作饭，极香美。

（二十五）

满城绿醉更红憨，飞絮风情昔未谙。
何苦移栽六株柳，触人春恨似江南！

台北旧无杨柳，近始见六株于植物园中。

---

① 丁：遭逢。
② 笺注到虫鱼：语出苏辙《初发嘉州》："云有古郭生，此地苦笺注。区区辩虫鱼，尔雅细分缕。"郭生，晋代郭璞，著作《尔雅》，为我国辞典之祖。
③ 狌狌：众多貌。
④ 璚：美玉，同"琼"，一说同"玦"。
⑤ 苕颖：苕，甘薯。此处指地瓜藤苗。
⑥ 清馋：馋嘴。

（二十六）

贴地花开六代莲，相逢无那①困人天。

麝风②吹遍相思树，醉倒狂奴骨欲仙。

台地多相思树。

（二十七）

波罗蜜滕菩提果，鸡橘龙牙让汝尊。

欲识西方供养用，只宜侍者觅眈原。

波罗蜜，实生树干，大如斗，皮似如来顶。剖而食之，味甘如蜜。

菩提果，实青黄，味甘而香。

（二十八）

倒垂檐下避骄阳，风露能滋屈畹香。

休讶此生不沾土，郢中久异属怀王。

《台湾采风图》云："倒垂兰，出北路内山。枝屈曲如梅，叶似萱，短而厚，不著土。取一枝挂檐阴雨露所及处，自能生根抽芽，出叶开花。花如兰，色黄碧，微香。"

（二十九）

偶然一现不知还，东海扬尘悴玉颜。

汝是华鬘③市中侣，未应色相示人间！

《赤嵌集》："昙花一枝数十蕊，一蕊长七八寸。花六出，外紫内白，颇似莲花。亦有白色者。捕置案间，经时略不损坏，花蕊仍然开放，是一异种。"

（三十）

示兆争传寸节奇，穴生小草竟知时。

---

① 无那：无奈，无可奈何。
② 麝风：香风。
③ 华鬘：即花鬘。穿花成串，挂于身上或做头饰。

转蓬浮梗嗟如我,一握迷途有导师。

《台湾志略》:"风草,产内山。春生无节,则经年无台风。生一节,即台一次。二节二次,多节则多次。甚为奇验。"

(三十一)

年年海上飞精卫,处处枝头怨杜鹃。
好为麻姑告王远①,只须留命待桑田。

王养介　　打狗竹枝词②（四首）

(一)

旗鼓③堂堂护海门,大冈山久立中尊。
朝暾夕雾闲畦少,渔火荧荧别有村。

(二)

猿啼鸟噪树摇风,一片薯田绿阴中。
蓄水插禾皆急事,高瞻远瞩颂曹公④。

(三)

澎湖⑤仓廪凤山街,渔货频盈稻米佳。

---

① "麻姑"句:典出葛洪《神仙传》卷七《麻姑》:"汉孝桓帝时,神仙王远,字方子,降于蔡经家……即令人相访……麻姑至矣。来时亦先闻人马箫鼓声,既至,从官半于方子。麻姑至,蔡经亦举家见之,是好女子,年十八九许,于顶中作髻,余发垂至腰。其衣有文章,而非锦绮,光彩耀目,不可名状。"

② 王养介,字子均,同安人,岁贡。光绪二十二年(1896年),任凤山县学教授。打狗,即今高雄市。该诗录自陈香《台湾竹枝词选集》。

③ 旗鼓:陈香注:"指旗山与鼓山。"

④ 曹公:陈香注:"颂曹公,指曹谨筑圳事。"曹谨:字怀朴,河南河内县(今沁阳县)人。清道光年间任台湾凤山知县,任内创修曹公圳水利工程。

⑤ 澎湖:陈香注:"按:澎湖柴米多仰给于高雄,而商贾则皆为凤山人。"

喜迓宁南①人徙住,港湾宽阔是胸怀。

(四)

帆樯落影覆深湾,沙线纡回似险关。
海道无防岩作哨,时来互市有何患。

邱菽园　　星洲竹枝词②（一〇六首）

(一)

董岸修光十爪齐,强分左右别高低。
须知答礼无需左,右手方拈加里③鸡。

马来语"董岸"曰手,"加里"谓香辣调味。岛俗不分爪甲,右掌贵而洁,用五指取食入口。左掌独贱,每晨如厕,洗涤肛门,惟此是赖,不需纸料也。答礼即英语之"惜轩"。唐山新客如与人握手,或误伸其左掌,岛人必视为失仪。故遇右手掇餐,五指粘腻时,免去答礼,可无咎焉。

(二)

呼天为证缎鸦拉,不敢巫风半句差。
例外亚淹遭枉死,便宜息讼去孙巴。

马来语"缎鸦拉"谓天帝。"巫风"谓妄言谎说,"亚淹"谓鸡。"孙巴"谓誓,凡讼,原告被告及证人均举手呼天为誓,以示无妄。倘遇难了之细微争执,猝未易分者,法庭因两造之请求,斩鸡头沥相诅。誓毕,以不了了之,姑徇习俗,非常法也。

---

①　宁南：陈香注："宁南,指台南。"
②　邱菽园（1874—1941年）,名炜爱,字萱娱,号菽园、啸虹生、五百石主人、绣原,晚号星洲寓公,福建海澄县新垵（今属厦门市海沧区）人。著作有《菽园诗集》《啸虹生诗钞》《庚寅偶存》等。该诗录自（新加坡）李庆年编《南洋竹枝词汇编》。李庆年注："本题用闽南语撰。"
③　加里：即咖哩。

（三）

春容眼末俏佳人，真打交情峇汝新。

最好勿莲当赠答，巴珍南爪白如银。

马来语"眼末"谓照相片。"真打"谓至爱之交，"峇汝"谓新。"勿莲"谓金刚石之精制者。"巴珍南"乃沿用英语，即白金也。以白金嵌镶宝石，爪紧难于脱落。其质坚耐用，胜过黄金，而价格亦几倍高昂，方足表阔也。

（四）

马干马莫聚餐豪，马里马寅任乐陶。

幸勿酒狂喧马己，何妨三马吃同槽？

马来语"马干"，食也。"马莫"，醉也。"马里"，来也。"马寅"，玩耍也。"马己"，言语冲突以至恶声必反也。"三马"，相偕也。

（五）

加惹心情买亚迟，如愚若谷拍琉璃。

旁人嗤彼输盘算，争奈劳工感甲施。

马来语"加惹"，富豪也。"买亚迟"，好心术也。"拍琉璃"，不计较也。"甲施"，给予也。诗意谓侈靡亦足为进化之佐。

（六）

碧澄老郁见浮罗，打桨珍笼唱棹歌。

网得夷干夸钓侣，狎游隐语嗜红曹。

马来语"老郁"，海也。"浮罗"，岛屿也。"珍笼"，水平无风浪也。"夷干"，鱼之总称也。"红曹"，本是一种鱼名，狎邪诸少年互相隐谑，以侨生妇女为红曹，粤妓为乌鱼。则其衣色常服而为此会意与假借也。①

---

① 李庆年注，以上各首前注明"谐用闽南音译马来语"。

（七）

疏椰密竹见星洲，归牧蛮童叱水牛。
一望前村好风景，炊烟如絮扑林丘。

水牛为亚洲特产，中华与印度均多牧之。星洲现行纸币有水牛图，右（上）虽本此画意，并亦实写星洲郊原之风景也。

（八）

陈天蔡地杨为帝，侨界英风想见之。
只恨百年人事尽，沿村莫唱鼓儿词。

起七字，星洲闽侨通谚也。想见十九世纪前半期，该三姓侨胞之多，今村地域，仍有蔡厝港、杨厝港之名称。明载官书图志，特惜轶事无征，所谓言不雅训，行之不远也乎！①

（九）

临渴方因掘井来，沙厘桶战哄声雷。
水塘远引从柔佛，自此间阎免告灾。

十年前星洲大水池未成，一逢经月不雨，私启古井，泥浑绝不可用。各户以沙厘桶外出挑水，争先恐后，每致打架讼狱。自大水池源从柔佛引来，不患水荒，免告旱灾矣。②

（十）

古橡今文是树柅，无缘杜甫慰朝饥。
满园橡子当锄草，本意由来唤象皮。

杜甫诗言拾橡子以疗饥，乃野生榛栗之一种，非星洲山园所培植取胶之树胶也。加入硫酸以后，变成黑色及有伸缩性，华人呼谓象皮，是借用古样字以名今树。其实今树之样子，完全废物，须当

---

① 李庆年注："陈天蔡地杨为帝"，指新加坡早年陈、蔡、杨三姓商人之财雄势大。

② 李庆年注：沙厘，即马口铁。水塘，新加坡自来水一部分靠蓄水池，大部分引自柔佛州。

草耙,否则因芽侵本,至为害事。林琴南①未到过南洋,不见橡树,彼译小说谈今古橡混为一谈,是其小疵,未可讳也。②

(十一)

黄红棕白黑相因,展览都归此岛陈。
十字街头聊纵目,五洲人种各呈身。

星洲虽弹丸小岛,侨氓群萃,为他处所罕觏。夙有人种博览会之称,非属夸诞。

(十二)

三十年来久改观,乌油③步滑路能安。
独怜烈日牵车者,炙背还输马有鞍。

三十年前,除海旁一两街外,所有各街,晴怕飞尘,雨怕泥泞。比年乌油路筑,逐渐改观。士女出行,安步当车,触目皆是,惟人力车仍未减少至零,讲人道者悲之。④

(十三)

兑换银钱小柜台,俨然专利吉宁才。
旧时地主成何事?长日优游是马来。

记二十年前作英京游者告我,伦敦无兑换小钱台也。星洲不然,业此者一色吉宁人。此是彼族专长,华侨学之未能,非弗为也。马来工商均不竞,成何事?犹英语所谓 Fit For What 者是。⑤

(十四)

单吹铜笛奏咿呀,新婚临门赘妇家。
再世传宗观念易,丈人遗产得瓜沙。

---

① 林琴南:林纾,近代文学家、翻译家。
② 李庆年注:树枙,闽南语树胶。
③ 乌油:柏油。
④ 李庆年注:1880年自上海引进人力车,1947年绝迹。
⑤ 李庆年注:吉宁,统称印度人。马来,马来人。

"瓜沙",马来语,又译"挂砂",包括代表信托及承袭遗产一切之一切。侨氓招婿如子者多,与国内世守之宗法社会,意念殊矣。

(十五)
仿来小说砌新闻,借箭呼风淹七军。
近日新闻多进步,无由幻想造元勋。

一九零零年庚子团党①之役,侨报每欲迎合俗态,虚传胜仗,半杂神话,不按事理。自顷以来,殊罕闹此笑柄,虽曰失望,然而翔实,或可原也。

(十六)
流传谑语种番薯,古谜如闻海大鱼。
馒馅几堆容可数,本坡土地计来无?

"种番薯",埋死人也。久居本埠乐不思蜀者,粤谚呼为"星加坡②土地"。

(十七)
游戏场开辟草莱,园名欢乐竞高材。
只今世界更新大,蔓衍鱼龙舞几回。

游戏场、欢乐园均成过去,无可抚摩,现尚目存者新世界、大世界。

(十八)
不因老态曰龙钟,才被人呼大伯公。
好占便宜贪白吃,加冠进爵此名崇。

"大伯公",本义是呼神话中之社公,即土地也。华侨对此,另有泛义,如指饮局众中独坐不叫花者是。比来禁娼,罕遇适用,再复数年,后生聆此,当有不知所谓者。

---

① 庚子团党:指1900年义和团运动。
② 星加坡:即新加坡。

（十九）

蕉林板屋霁霞烘，步履轻盈韵晚风。
着个娘缨原不俗，桶裙微飏短篱红。①

（二十）

叶叶筛光月子生，院前满架豆花开。
垂帘隐几知潮信，卧听笼鸡报定时。②

（二十一）

假日星期好打围，招邀朋辈步如飞。
果狸陵狸雌雄雉，荷向枪杆趁晚归。

（二十二）

鹭拳鸠没戏江滨，同棹轻舟理钓缗。
遮莫蔡姬能荡桨，何如拥楫有长根。③

（二十三）

旧毯木屐背包登，登岸拢归客馆层。
第一信条中夜起，照头冲浴冷于冰。

新客头之指挥新客，以一日三四回冲凉为卫生秘诀，尤须夜后鸡鸣前从事，淋至齿战唇皱指甲白，不准少休。以今观之，一何酷哉！虽然之慈母有以紧缠女脚为爱，与严师之勤架体罚生徒为善者，又何怪乎客头？幸而今时有稍知其非者矣！

（二十四）

胡越交讥各一时，六朝北鞑讦南夷。
唐山新客来三日，满口巫言晋汉儿。

---

① 该首原题"板廊听屟"。
② 该首原题"豆架闻鸠"。
③ 该首原题"水滨放棹"。以上四首，李庆年有按：以上四首作者附有后语："如上数诗，皆追叙余二十年前梦痕。今老矣，无复壮岁故态，然思之犹觉心血荡回，挥笔写来，不自遏，其从五指间出也！（民国）廿一年（1932年）十月七日于星洲。"

轻薄是俗人常态，华侨多来自乡间，不脱俚气。初习马来语，必从骂人极猥亵者先学之，略能上口，自鸣得意，以示彼非新客也者，一何可哂！

（二十五）

谋食艰难自古然，那堪胶锡①败年年。

双肩一口无他技，休怨当途各借廑。

近年不景气笼罩南洋，尚有百万摒挡而来者，以星洲为自由口岸故也。登记法行，无业者与失业者，均当受检。

（二十六）

人离乡贱值终风②，顾我轻教笑浪同。

能护女权争国体，至今人犹忆孙公③。

禁疫期中，例将来舶乘客，驱上木扣山若干时日。无耻妇女，每假逻守者以笑鞏，彼等何如？徒令鄙我者齿冷，爱我者心痛耳！前领事孙士鼎铭仲屡函当局，请改良待遇，分开性别，得覆报可。今又廿余年④矣。⑤

（二十七）

海外移民共去乡，邻人南进竟飞扬。

剧怜我是先驱者，九跃曾无大阪行？

三十年前，东倭初行唱导南进论。其时有西村司马向余索得介绍函，经马来半岛以达缅甸，归而著书。不十年后，继是著作，已二三百家。由南进主张以至现实，洵为整个有计划之企图，非吾氓

---

① 胶锡：橡胶、锡矿。

② 终风：《诗经》篇目，谓女子被丈夫玩弄嘲笑后遗弃。

③ 孙公：指孙士鼎，字铭仲，浙江钱塘人，1906年1月至1907年10月任新加坡总领事。

④ 廿余年：原作"廿余廿"之误。

⑤ 本首李庆年按："本首所写为南来华侨拘禁于检疫小岛棋樟山。"本诗指妇女勾引巡差，不确，实则棋樟山发生多次巡差强奸妇女案件。

所望也。倭语名船曰丸，大阪汽船公司，远航发展，聊举一以例其余。

（二十八）

汽轮航线绕南行，乡贯名船漳海澄。

留得闽侨佳话在，双丰前辈有和平。

华商自设轮船局，川走闽厦、粤汕与南洋各港，始自六十年前闽侨邱忠波之万兴字号，船名曰漳福建、漳海澄、漳州、和平、昭丕耶、加里勿律，先后可十余艘。继之者以双字、丰字，冠诸和平字义，多至数十艘。丰字至今发达，其总理为闽侨林秉祥氏。

（二十九）

儿时犹记读书灯，锡盏椰油细字绳。

今日六街穿电火，游人尚觉汗蒸腾。

五十年前，星洲各商店住宅均燃油灯，殊少用煤气管焚瓦斯者。今日之电火价廉，实非当时民智所预料。

（三十）

汽车迅捷好追风，更有弯环线路通。

记得卅年初试驾，禁烟禁炙甚防戎。

当二十余年前，马打汽车初在星洲使用时，一日，余与林推迁同乘。林忘将吸半雪茄弃置，车夫马来人回首见之，急从林口中抢出，弃诸数丈外，震果言曰："君自不怕死，吾侪均怕死也！"盖当时设备未周，一星之火，足兆全车爆炸。又停置烈日下稍久，亦会召焚如之祸。今人多不知此，且并无须防此矣。①

（三十一）

煮海为盐管子才，煅珊为垩起楼台。

许多创造由尝试，莫笑泥船入海来。

星洲环港饶珊瑚岛石，闽南呼为老果石，有设厂煅制成水门汀

---

① 李庆年注：马打汽车，即摩托汽车。

者。当一九一四大战争起,年患船荒,和丰厂试造两巨舶,今停留丹戎隅,改作趸船。他日科学进步,知不视为常事?

(三十二)

白相游街唤敕桃,原从英语实叻劳。

巫腔华调相参杂,齿冷西医是骆驼。

沪语白相,广语游街,闽语则云敕桃也。有同侨以此词征余之字义,余哑然曰:是敕桃一名词,盖从英语实叻劳 Stroll 音译而来,本无所谓字义也。西医博士头衔音译,国语作达克透 Doctor,广语作铎打,闽南则作骆驼矣。此由马来语腔所转成,登得妃豨,自昔有然,交通日繁,于今为甚。惟骆驼之呼,近于虐谑,令人忍俊不禁耳。

(三十三)

龟里而今普遍呼,无分才副坎巴株。

何当搞个头家瘾,开店难题要铺租。

英文 Coolie,国语译作苦力,闽南语译作龟里。英文之 Chief,闽南语译作才副,凡店中较高之职员属之。英文之 Comprador,沪译作康白度,闽南译作坎巴礼株,凡银行买办称之。此三级均非老板。南洋老板从闽南俗乃称曰头家,侨中阶级观念不深,只有头家与龟里两等。欲脱龟里籍而过头家瘾者,开一片店,便可取得。但弗校铺租方易成功,好虚荣者请问津焉!

(三十四)

枯木残砖满地抛,问何仇怨不开交?

只缘械斗乡风古,南洋传统遍国胞。

学究家言,每以人心不古为叹。余谓侨氓勇于私斗及结党械斗,均由乡居陋习传统而来。是为人心之至古者,语次,座客咸为粲然。

(三十五)

南腔北调待如何?闽粤方言忌讳多。

绝倒头家娘叫惯，译来原是事头婆。

粤人名将鸨母为市头婆，亦作事头婆，闽侨呼居停主妇为头家娘。粤初到南洋，闻而诧焉，至不敢随俗启齿，以其名义，简直与事头婆相类也。

（三十六）
几见鲛人会泣珠，随波上下海滨凫。
轻舟三五围来舶，没水争先拾弃余。

洋船入口时，每见马来人棹小艇，高呼舶上客杂投小银元。乃没水捞之，须臾便获，百不失一，用博观者笑乐。倘投者为铜币，则群瞠焉而弗为动。

（三十七）
弄潮儿惯水为家，落水须防遇狗鲨。
村老近惊膏吻去，痛心犹忆昔年娃。

鲨鱼逐队寻食，俗呼狗鲨，以其不择精粗，逢人必噬也。倘然闯入星港，斯为游泳者之不幸矣。最近丹戎巴葛噬一马来村老，腹创致死。余回想四年前，有英女郎在加□东被噬腿部，卒致不救，心犹怦然！

（三十八）
蕉长椰绿草长青，浑噩何知百岁经。
憨绝路旁逢土脑，疑年人自不知龄。

马来村愚，多自忘其年岁，每答人问，随口以对。故有称百岁以上者，多靠不住。

（三十九）
鳄鱼竞唤伯公鱼，野处尤闻戒食猪。
自是庸人多忌讳，争教君子陋夷居。

华侨多来自田间，不脱村气，其所崇拜之神曰大伯公，即俗塑白须蓝袍倚杖手锭之土地神也。求福之心胜，则为畏祸，讳虎曰大伯公猫，讳鳄曰大伯公鱼。又见马来族之从回教禁食猪也，亦从而仿效之，凡入山林薮泽者，并猪油不敢沾手指。

(四十)

明珠翠羽拾江滨，荡漾微波恍洛神。
自爱临流双素足，生憎罗袜易生尘。

本岛地居热带，土人妇女终生不御袜，日恒数濯其脚，亦所以表洁也。

(四十一)

素馨茉莉种成畦，香叶青苹覆满蹊。
好雨知时资灌溉，夜来堆遍卖花街。

本岛因四围是海，风雨调节。种花为活者，颇易获利，除温带著名植物如梅桃山茶与芍药外。

(四十二)

偷渡何须辨服装？匿身大好藉煤仓。
岂因误读名人传，不带分文早涉洋？

近有二十余苦力工，无票偷航，发觉被囚，及须打回者。犹忆前人遇有冒险成功，学他堂头大和尚①演说行脚，每爱自诩不带川资，远历重洋，游遍天下。今时势已殊，此法不可复用，彼村愚辈未知也。

(四十三)

迨冰未泮②共迎亲，传统南来礼俗因。
未信炎洲无雪地，家家娶妇过新春。

侨民每到年尾时，嫁娶必多起。此亦暗受旧思想支配，与农村习惯而不自觉者，菽园为之说破，众均粲然。

(四十四)

大多旅店要关门，每日开房佛几尊？

---

① 堂头大和尚：僧寺住持。
② 典出《诗经·匏有苦叶》："士如归妻，迨冰未泮。"古人以春秋为嫁娶之正时，冰未封之前为娶妻之时。迨，趁着。泮，河水封冻。

神女不来生意淡,最无聊赖是黄昏。

佛几尊,即银洋几块头也。旅店小二哥难以维持之故,本文自明,毋庸赘释。

(四十五)
超乘①郑人衰考叔,投车楚客笑灵王。
是何年少风头健,一跳亡身大道旁。

跳车死者,应得之因果,厥无常识。余见此多矣,只有闭目念佛而已。②

(四十六)
桶裙无底古中单,女子缝裳作裤翻。
不管胡伦那几色,二蓝接紫染斑斓。

纱囊无底,与周秦下裳之制同,古语称为中单者是已。老客习于岛风,有改缝纱囊作男子夜裤者。"胡伦那",马来语音译,颜色也,花纹多尚蓝紫。③

(四十七)
红毛丹果味马尼,不羡枇杷与荔枝。
更爱槟榔随口嚼,点唇沁齿赛胭脂。

中国果实,南有荔枝,北有枇杷,妙绝九州。观曹丕《典论》所称,今无异词。乃若南洋,不产二物,而星洲邻岛槟城所产之红毛丹,独为佳妙,足以相夸矣。"马尼",马来方言音译,甜也。④

(四十八)
生小娘缨御布裳,交寅始识绮罗香。

---

① 超乘:跳跃上车,不合礼制,是不敬之态。
② 李庆年按:"跳车,过去公共汽车无门,有人在车已行驶或尚未停止时跳上跳下。"
③ 李庆年按:"胡伦那,不知所指,马来语色布为 Kain Berwarna。"
④ 李庆年按:"马尼,马来语 Manis。"

圆肤六寸拖鞋出，炫转人前白似霜。

"交寅"，马来语音译，结婚也。侨生女郎终生赤足，惟作新嫁娘时，始衣帛文绣及蹑有跟鞋，加袜于双脚。①

（四十九）

红笺名片红辫线，每届春元到处扬。

改制廿年淘汰尽，排队豚尾顶光光。

"辫"字，从俗呼，读如鞭，属平声。前时侨氓多来自田间，世守陋俗，每到新年，必换新辫索，有全红者，尤为村气。自剪辫及改朔相方并进，永革此陋矣。

（五十）

一家仪仗万家供，吊者全堆大悦容。

莫辨雌雄通套挽，不分乐谱吉和凶。

此等现状，每个星期六及星期日，在武吉智马律一带，可以证实。全首四句，虽各有事由，然不文自明，侨胞比如之，无须加注。②

（五十一）

歌哭于斯杂鬼人，农村旧态与坟邻。

百年埋骨青山冢，铲作平原建筑新。

青山亭丛莽故址，在丹戎巴葛律。久已铲平，将万枯骨改葬他善处，化无用为有用。昔时荒凉阴惨，青磷鬼火之场，不复为都市玷矣。

（五十二）

枯木油朱略透风，唤名花轿拟鹅笼。

新娘闭置通身汗，呆等良时拦路中。

---

① 李庆年按："交寅，马来语 Kahwin。"

② 李庆年按："武吉智马律，今称武吉智马路。律为英语 Road 之闽南话音译。"

粤侨在坡娶妇,尚有泥守村俗,以花轿新娘至门,吉时未届,停置道旁。待到若干刻秒,始由新郎延请乃出,异省人观此,每不解其所谓?

(五十三)

文明都市见原人①,六月披裘匪负薪②。
道有麝香熊胆卖,引来观众满街邻。

有一种特异装束游民,略同傜苗。自谓来自西藏山中,以羊毛半披半曳其身为行招,实际什么,市人殊少知者。

(五十四)

梅李争春不渡洋,南荒剩有桂花香。
亭亭一树东陵占,说与旁人恐未详。

星洲东陵人家别墅,有桂花,开时已在冬节将届。余承主人许可,曾采撷盈筐,归和蜜浆吸之,芳溢一室。

(五十五)

杏花春雨倚楼头,恢复神州盼陆游。
一早开门听喜鹊,沿街日报唤星洲。

每日侵晨,报贩穿街高呼星洲专电。关心东北时局战事者,均欲争先一睹。

(五十六)

选争卅载纪商军,闽派无分粤派分。
互让精神湖广协,后先辉映两林君。

本坡中华总商会,闽籍员统称福建,而粤籍员则以乡音歧异之

---

① 原人:原始之人。
② 披裘、负薪:典出(东汉)王充《论衡·书虚》:"延陵季子出游,见路有遗金。当夏五月,有披裘而薪者,季子呼薪者曰:'取彼地金来!'薪者投镰于地,瞋目拂手而言曰:'何子居之高,视之下;仪貌之壮,语言之野也!吾当夏五月,披裘而薪,岂取金者哉!'"季之谢之,请问姓字。薪者曰:'子皮相之士也,何足于姓名!'遂去不顾。"

故，因循侨习，别为广帮、潮帮、客帮及琼帮等。自该会设立至今将卅年，福、潮轮当会长，成为司空见惯。而广帮得任会长者，前有新会林维芳，现有台山林文田也。

（五十七）

青青远望瓦松多，近看墙头茁玉柯。
原是菩提西竺种，当阶坠叶意婆娑。

星市民居，墙头屋角，每茁小树，非榕非松，亦非羊齿科植物，乃所谓菩提纱也。广州甚为罕见，而本坡则不种自植，物性之与气候相得如此。

（五十八）

担葱卖菜街头窜，小贩何知犯警章？
安得农夫多识字，高声读法向存场。

小贩时以阻碍交通被逮，均由昧于警章之故。安得有心人为之讲解，始知豫避。

（五十九）

生果堆盘尽去皮，受沽入口爱便宜。
天然外护何堪去，蝇蚋丛攒知不知？

凡久去皮之果实，如以生水淋涤，最易生菌，因而招致蝇集。如西瓜剖置之后，每能发生吐泄症，吃者恒中其毒。

（六十）

失教儿童满路隅，提筐逐队没阶趋①。
朝来聒耳如鸦鹆，叫卖油条声语粗。

昧爽，群童唤卖油炸鬼，叫呼嘈杂。多聚于人家骑楼底，作无意识之聒噪，不思分途各卖，或则通街无之。此本坡特有之现象耳。

---

① 没阶趋：指为迎接宾客快速奔跑。典出《论语·乡党》："没阶，趋进，翼如也。"

（六十一）

弃灰①有罪要刑加，律重诸儒咎法家。
今世卫生严市政，使民难犯勿咨嗟！

孔子治鲁，商君治秦，均有禁民弃灰于道之文，而刑罚轻重则异。吾见星洲华侨对于洁净条例殊多漠然，令人不得不思韩非"使民难犯"之言为有深意矣！

（六十二）

点缀南荒破大荒，居然本地好风光。
平添八景湖山壮，久把星洲作故乡。

三十年前，余尝以星洲八景征人题咏，分目为星洲初月、铁桥残照、红亭夜涛、球场晚风、东陵夕霁、旗山晴云、马坡宿雨、龙崌晓烟。今倘续之，增出新题，亦可倍为十六景也。

（六十三）

龙虾螃蟹足膏仁，南食登盘赛八珍。
我笑东坡私口福，嗜蚝教子要瞒人。

祖国官庖，恒以燕窝、鱼翅、海参、鹿筋及其他为八珍，多属星洲商人输出品。余谓不及岛产之龙虾、青蟹，富有真味。昔宋苏东坡先生谪宦粤海，得食鲜蛇，私诧口福，尝戏语其长子迈云："他日若返中原，幸勿告士大夫以此异味！"

（六十四）

昔日工场曾恨少，今朝新构却嫌多。
饶它鼠雀司空屋，鼠舞花砖雀踏歌。

不景气下，有司阍人利用空屋私抽邪资以入己者，右（上）诗下半首即用此体以记其事。

（六十五）

一个山头一鹧鸪，老鸦到处一般乌。

---

① 弃灰：把灰烬弃在路上。

平情降格论星岛，百载人工足画图。

星洲之天然溪山之美，幸而百年来人工填筑，勉强靓成，亦如南粤赵佗所谓"聊以自娱"者乎！此首用兴体，前半两引谚语。

（六十六）
黄尘十丈势难降，飞着临街百叶窗。
犹记昔游归晚浴，丸泥先净鼻中腔。

在廿年前，本市郊原尚多路政简陋。游罢归来，两耳两鼻孔积满尘垢，不算奇事，右（上）诗所为赋也。

（六十七）
杜陵米价问江东，我亦关心到屡空。
天幸银荒低物价，两年平米吃南中。

星洲自去年以来，米价已还复三十六年前（十九世纪季期）市格，橡园暴跌。民倒（是"倒"字不是"到"字）于今受其赐，算得意外。

（六十八）
橡胶惨跌荡寒潮，汇水翻宜国货招。
为问故乡输出品，南邦何物配倾销？

利用自国汇率，以攫一时之厚殖者，邻人固有此矣。回顾吾国大宗原料与粗幼工业品，得占坡中市场重要座位者几何耶？

（六十九）
蟹舍渔庄傍水栖，弄潮儿狎浪高低。
归来晒网多闲趣，约向前村共斗鸡。

马来人喜斗鸡，乃其国风。星洲郊外村落，随处可以见得。按吾华古籍如《左传》及《列子》，均载斗鸡事迹。三国史志，江东且有斗鸭，然均为贵族之豪举，不关民俗也。

（七十）
汽车大盖四轮低，执御无须视马蹄。
意气扬扬多自得，窥门孰耻晏奴妾？

马来人昔多充马夫之役,近年马车淘汰,遂改业为汽车夫。座位舒适,大盖遮头,更自得矣。

(七十一)

不裘不炭葛天民①,何必丝绸软称身?
过往茧茧工抱布,闻声偏复唤加茵。

卖布者高呼巫语曰:加茵!加茵!华侨亦然。②

(七十二)

生刍一束快尝新,老圃知时风味真。
最羡岛中知汶脆,瓜期终岁未成陈。

马来人呼王瓜为知汶,今已成流行语。此物南岛周时产之,不比北平都市,冬季藏鲜,每条要卖半两银也。③

(七十三)

长歌估客了如何?道左雕檐使驻车。
不管是谁新吕马,租钱付出好安居。

吕马,巫语指屋檐之通称。④

(七十四)

各族新年各个新,兜温麻汝不须春。
占星候月球公转,都是团团大地人。

兜温麻汝,马来语呼新年也。居留星洲,各族新年颇不一致,有占星者,有候月者,有依凭地球公转者。大概可四五种,各行其是。⑤

(七十五)

青红衣服五溪蛮,缠臂金光映脚环。

---

① 葛天民:葛天氏之民。葛天氏,传说中的远古部落。
② 李庆年按:"加茵,马来语 Kain 布匹。"
③ 李庆年按:"知汶,马来语 Timun 黄瓜。"
④ 李庆年按:"吕马,马来语 Rumah 房屋。"
⑤ 李庆年按:"兜温麻汝,马来语 Tahun Bahru。"

眼热南来诸稚女,巫装剪地过唐山。

剪地,又作煎低,马来语呼美丽也。华侨妇女,好改着马来装,按其心理,称量价格。马来装在质在量比较华装昂贵而侈靡,不觉为虚荣心所侈夺矣。①

(七十六)
卡戍由来洗礼佳,浅拖凉快好行街。

微闻巴打思封脚,谁信鞋王事不偕。

马来语之卡戍洗礼,即闽语之鞋拖也,又叫浅拖。鞋王巴打氏,到星洲游历一次,据彼眼光断定,星洲各族跣步者多,应需着鞋,大有奇货可居之成算。而抑知南洋群岛以气候长热之关系,久谥为"赤脚州府",孝子慈孙,世不能改,星洲岂得而例外哉!②

(七十七)
纨扇轻衫溽暑天,中华文明诩翩翩。

南洋其八全无用,卧筐终年等弃捐。

其八,马来语呼扇也,南洋此物绝无。或者歌伶及舞女手中,偶一见之耳。③

序④

本岛社会复杂,风尚情伪,亦各殊焉。年年以竹枝写之,千态万汇,既竭吾墨而未穷其形,亦如一部廿四史,从何处说起矣!顷就其表面显著之吃字落墨,以侨胞及余为模特,得诗四章。倘遇民史采风者,其亦有取乎尔!

---

① 李庆年按:"马来语 Chantek 美丽。"
② 李庆年按:"卡戍洗礼,马来语 Kasut Seret。巴打氏,即 Bata,鞋牌名。"
③ 李庆年按:"其八,马来语 Kipas。"
④ 李庆年按:"此序为以下四首而作。"

（七十八）吃榴莲

饕夫嗜食口流涎，手乏何曾馔万钱？
容易南荒充阔客，路旁吮指吃榴莲。

榴莲本不是什么好东西，嗜者如斯。揆其心理，亦摩登而已。①

（七十九）吃番薯

农村崩溃释耰锄，老马从人换作驹。
土著猜疑娘惹笑，唐山阿叔吃番薯。

番薯吃了不会令人呆的，而峇峇与娘惹辄以此语侮新客。无他深意，徒以其不摩登而已。

（八十）吃加厘

未谙食性费然疑，椒热椰寒异土宜。
拌合马铃薯可口，堆盘时夜吃加厘。

时夜，鸡之别名也。加厘，乃辛辣香料与椰浆调味而成。此馔中之最摩登者，华洋人同嗜之，可谓知味。②

（八十一）吃牛油

清斋我偶学缁流，别有甘腴蘸③馒头。
自是酪英人不识，随宜说说吃牛油。

牛奶油，被人妄呼作牛油，冤得可喘。犹之摩登原意为时代改善四字，都如郑五歇后④，只有时代二字云尔也。

（八十二）

巴刹呼余又卜干，绵蛮重译听来难。

---

① 李庆年按："（编按）过去榴莲价钱颇贵，一般人并非吃得起，阔客蹲在路旁榴莲小贩摊，就地用手抓吃。"
② 李庆年按："加厘，即咖哩 Curry。"
③ 蘸：原作"醮"之误。
④ 歇后：《旧唐书·郑綮传》："綮善为诗，多侮剧剌时，故落格调，时号'郑五歇后体'。"

别求两诂赅场市,马吉称名义较宽。

星洲居民叫市场为巴刹,余游槟城及仰光,彼处则叫卜干,无所谓巴刹者也。考巴刹为突厥语之音译,卜干为印度语之音译,均属舶来品。如以舶来然也,吾宁从英语马吉一名为涵义较广。巴刹、卜干仅指市场,而马吉则可通于墟场及市情,凡两诂。①

（八十三）

是处繁弦菊部头②,广班京剧又潮州。

歌声乐器随盈耳,惹得萧翁笑未休。

星洲华侨好观旧剧,种类色目,各不相通,惟广府班、京班及潮州白字戏为比较优秀,得一般人之欢迎。然歌声乐器,嘈杂错落,洋洋盈耳,是其通病。以萧伯纳眼光观之,似均无当于欧西作风者也。

（八十四）

电星男女尽行家,尤是明星女貌夸。

试向市招征号召,路人重足③看如花。

侨人观剧,多舍艺术而注意面庞,即电影明星不能例外。凡年轻眼媚、曲线分明之女星,悬其相头,已足令人徘徊门外而弗忍去。

（八十五）

十场倒占九场余,精彩都归恋爱居。

银幕畸形长发达,特殊心理教科书。

此不独为星洲言也,而南洋所流行之国片为甚。

---

① 李庆年按:"巴刹,马来语 Pasar。马吉,英语 Maket。"

② 菊部头:宋高宗时宫中伶人有菊夫人者,人称"菊部头"。后因以"菊部"为戏班或戏曲界的泛称。

③ 重足:两脚并拢,叠在一起,即叠足不前。

（八十六）

杨梅桃李乍登场，荔枝娇逾十八娘①。

家果重航风味减，一时回首共思乡。

杨梅、桃、李、荔枝，每年夏季，均靠冷藏法，由闽、粤贩航南运，先后上场，沿街叫卖。杨梅即广语之水杨梅，而漳语呼为树梅者，以漳产为胜，惜易熟烂，未曾过鲜者在星市出现也。

（八十七）

摘尽枇杷径寸珠，沪游醒酒听吴歌。

炎荒久渴金茎露②，安觅琼霄白玉肤？

上海枇杷果，大别有二种，黄者微酸。有所谓白沙枇杷者，乃无上上品，足以弟荔枝而妹葡萄。菽园不尝此味四十年矣，星洲那得致此，思之令人心痒！

（八十八）

蒲桃别酿多芳烈，染雾名香品不齐。

独有葡萄专酒国，粤人偏欲唤菩提。

蒲桃与葡萄，音同字别，果亦绝异。粤人呼葡萄易名曰菩提子，盖恐与蒲桃肴混也。蒲桃亦可酿酒，只属于香甜一类。闽南呼蒲桃为香染雾，而葡萄正名不忧见夺，致生聚讼，如是得之。③

（八十九）

卖柑古说反刘基，玉液兼包金色皮。

万里航来终岁有，昔人应让后人为。

中国藏柑之法，元明时代已经有之，读刘基著说，有"金玉其

---

① 十八娘：（宋）蔡襄《荔枝谱》："十八娘荔枝，色深红而细长，时人以少女比之。俚传闽王王氏有女第十八娘，好啖此品，因而得名。"

② 金茎露：古代酒名。（明）何良俊《四友斋丛说·娱老》："金茎露清而不洌，醇而不腻，味厚而不伤人。"

③ 李庆年按："蒲桃，此称染雾，即台湾所称之莲雾。南洋称水翁，原是马来语Jambu。"

外,败絮其中"二语,知美犹有憾也。星洲市上几乎周年恒见柑子,盖对于保藏之法,随科学而改进,非六百年前之古人所易臆测者。又美洲及澳洲之鲜橙,皆应括入柑子一类。中国农场若肯力事讲求培植,以竞世界市场,亦大利之所在也。

(九十)

利用星期大扫除,扫除朽腐种番薯。

同街鼓乐分哀乐,邻右方迎二八姝。

学校每以星期休息日举行扫除清洁。种番薯,华侨隐语,指埋死人也。中产阶级尸柩须停留至星期日午出丧,以便执绋者之有闲暇。而少年索妇,亦辐辏于是昼,文明结婚,庶冀来宾观礼者多也。

(九十一)

远近山头吊落晖,起迁万善作同归。

居人市巷从新制,空气流通要四围。

星洲往昔无总坟,百年以来,死人占住地面甚多。长此不改,虽扩星洲以容之,日不暇给矣。迨二十年前起,迁诸废垄后,始于距离市区若干里,作为总坟,即内地万善同归域也。

(九十二)

摸鱼拾规足民生,钓艇悭摇百里行。

电网汽轮大施设,渔权捷足有谁争?

东邻有作大规模渔业者,利权在握,不忧争夺。吾侨虽美之,而资本、人才、科学三方组织未能集中,徒有望洋以兴叹。

(九十三)

星洲块土寡坡陀,各辟围场长绿莎。

溽暑逼人浑不觉,斜阳影里打球多。

本坡地势不衍,无观瀑、听泉、登峰、寻洞之胜,天然风景殊为单调。人家别业,锄地种草,绿净场中,打球消遣,亦聊以自娱之一道。

（九十四）

暇日漳宜访水滨，天然白石激磷磷。
昆池谁下秋鲸拜，笑煞南荒媚鳄神。

漳宜，本坡郊外地名。①

（九十五）

水眼山眉态偶同，命名龟屿讵人工。
何来神话多穿凿，管海偏劳大伯公。

龟屿，本坡港口一小岛名。②

（九十六）

活是青天白日旗，青裙白服女孩儿。
要她祖国随身带，念念无忘一党徽。

青白二色，乃中华现政府之党徽。

（九十七）

女儿慕富昵金夫，嗜炙郎君爱媚猪。
谬说大同无种界，小娘戏捋老奴须。

华、印、巫族，有为异种外婚者，均不出财色二字作祟。

（九十八）

水喉挑担两头持，覆额垂髻小粤姬。
吟到竹喧归浣女，令人长缅右丞诗。

松柏街前后，时见小家女郎向功用水喉接水满桶，挑竿肩力者。此亦一风景画之好材料也。

（九十九）

满街果壳与蕉皮，掷埴③飞砖闹小儿。
长日沟边黄帝裔，几多失学少人知！

---

① 李庆年按："漳宜，今称樟宜。"
② 李庆年按："龟屿，即 Pulau Kusu。"
③ 埴：黏土。此处指土块。

我们贵国人对于小辈,知生而不知养,知养而不知教,知教而不知所以教,侨胞尤甚。苟摄入镜头,人又以为自暴己短而阻止其发行矣。

(一〇〇)

火鸡吞炭笑传多,恰有笼鹅送右军。

犹记友人推雅赠,竹鸡林雉且同群。

何乐如先生往年尝以火鸡赠我,放之晒棚,张幕饲豢,不殊雉鸽。中国旧小说妄谓火鸡须吃炽炭,殆非事实。①

(一〇一)

碧眼胡儿嗜太奇,驴肠马肉朵双颐。

无端更说金鱼脍,触我禅心咒大悲!

友人林秉祥君,蓄金鱼有至半尺以外者,美国人以是为大烹异味,言之若有余美。余则以此着大煞风景,类于煮鹤焚琴,不欲为苟同矣。吾华乡曲之士,感于传说,谓误吃金鱼,必致癣疹,是又不然。②

(一〇二)

驱竖攀登椰可摘,教佣斜割橡初收。

野人别有林居趣,啄木来禽上树猴。

土人懒惰,除受有教育及训练者外,野蛮人偏有野蛮福。饲猴驯习,能代做工,上树摘椰。有时乌残,亦可坐收橡汁。不只榴莲成熟,风动自落也。

(一〇三)

入市呜呜芦笛声,长蛇屈曲绕圈行。

是何音调听难懂,嗜乐偏怜有下生。

有弄蛇为戏者,口中吹一短乐器,调殊简单,先蛇而作,后蛇

---

① 李庆年按:"何乐如,殖民地华民政务司之帮办。"

② 李庆年按:"林秉祥,新加坡商人。"

而息。蛇既出筐,进退昂伏,受其指挥,若甚易与者。说者谓利用蛇之听觉敏锐,兼有喜悦一种音声之倾向,遂中弄蛇者之催眠而身不自主也。

(一〇四)
七十衰翁聘小妻,万元脱手视如泥。
老来忘死迷方向,两脚朝天极乐西。

星洲有百万老翁,以万金钓一红鱼而偿其肉欲者,每向人自夸老健如牛。闻者皆嗤之以鼻。果不逾年,而老骨头就木去矣。①

(一〇五)
昆明习战克滇池,有备都教无患时。
四面云山资保障,又闻设险到漳宜。

漳宜,地名,政府新设防于此。②

(一〇六)
弄狮杂耍踢皮球,健足男儿占上游。
初祖③何人传蹴鞠?轩辕文化五千秋。

弄狮踢皮球,闽南俗谚也。此两种游艺,女子均谢未能,几若男士专利品。考皮球之制,及以足蹴踢方法,古书咸云创自黄帝。然则是项武化,吾中国自应高踞五千年师座,奈世间少知者,何耶?

---

① 李庆年按:"红鱼,指少女。"
② 李庆年按:"漳宜,今称樟宜。英国人曾设置碉堡、炮台于此。"
③ 初祖:始祖,创始人。

邱菽园　　元月十六夕新加坡即事诗并序①（五首）

序

　　本岛风俗，华侨内眷是夕靓妆挈伴，往庙烧香，回车绕道，纳凉玩月，辄循海滨一带，不禁途人瞻瞩，虽逊兰桡袚禊②之韵，亦无涉溱③赠芍④之荡。或各相邀，至斯停逗，款步绿莎，徙倚碧树。眼媚明星，露瀼玉臂，互炫钗钿，意主夸赛，岛妇见识，宜其然已。频年南国，春来之红豆争妍。十里东风，客中之竹枝齐唱。

（一）

迤逦星桥铁锁开，相逢尽是讨春⑤来，

齐歌璧月宵宵满，商女殷勤礼善财。

（二）

良宵重惜一分春，月姊多情润脸新。

同爱韶华纵微步，碧天无际碾冰轮。

（三）

笑和谐谑透香风，暗斗钗环露指葱。

绝岛嬉春展元夕，万花开向月明中。

---

①　该诗原载于1914年2月18日《振南报》"诗界"，转录自李庆年编《南洋竹枝词汇编》。

②　兰桡袚禊：兰桡，船的美称。桡，船桨。袚禊，古代民俗三月上巳日，至水滨祈福免祸。祀毕，男女相戏。

③　涉溱：典出《诗经·郑风·褰裳》："子惠思我，褰裳涉溱。"译为你思恋我的时候，提起衣裳就跨过溱河。

④　赠芍：典出《诗经·郑风·溱洧》："维士与女，伊其相谑，赠之以芍药。"

⑤　讨春：寻春，探春。

####（四）
小蛮装束縠中单，两足如霜浥露寒。
踏遍长堤金齿屐，明河斜转晓星寒。
####（五）
南湖一曲快春游，油壁迎来擅莫愁。
应识花开归缓缓，更无柳色悔封侯。

邱菽园　　十六夜即事竹枝词①（四首）

坡俗妇女，咸于是夜出游，名曰掷石。藉以表其洁白无瑕也。今只以钻石相炫耀，其意何居，感而赋此。

####（一）
莫道今宵惯浪游，最矜名节是星洲。
阿侬心事清于水，故向江干把石投。
####（二）
岂凭钻石炫多金，毕竟侬家别有心。
欲写我心非转石，居然识字解调音。
####（三）
省些烦热习巫装，屐着冲凉斗在行。
裙带为嫌香汗湿，也教风送透纱囊。②
####（四）
阿谁娘子号头家？阔绝四轮双马车。
无甚尊荣公共话，知名还是属山笆。③

---

① 该诗原载1909年2月8日《总汇新报》"词苑"，录自李庆年编《南洋竹枝词汇编》。
② 李庆年注："纱囊"，即马来人所穿之纱笼 KainSarong。
③ 李庆年注："头家"，闽南语老板。"头家娘"，即老板娘。

萧雅堂　　新加坡竹枝词①（十三首）

（一）
一声爆竹响昏昏，异域犹将正朔②遵。
中外一家同迓岁③，桃符红遍贴春门。

（二）
王家山④上草青青，竿木升旗日不停。
辘轳一丸斜吊起，轮帆报点入沧溟。

（三）
麟羽虫鱼物亦灵，聚之有院类奇形。
茂先⑤老去景纯⑥死，博物谁参山海经？⑦

---

①　萧雅堂：李禧《紫燕金鱼室笔记·萧雅堂遗诗》："萧君雅堂，厦人，经商海外，不废吟咏。年六十余，归自南溟，则目已双瞽，生事萧条。"该组诗前二首，原载于1893年11月14日《叻报》。再十首，原载于1894年1月25日《叻报》。后三首原题"星洲竹枝词"，原载于1898年12月31日《叻报》（全组原11首，部分与《新加坡竹枝词》重复，略去）。转录自李庆年编《南洋竹枝词汇编》。李庆年称萧雅堂《新加坡竹枝词》的前二首，为"本土竹枝词的首创"。

②　正朔：正，一年之始。朔，一月之始。正朔，即正月初一日。

③　迓岁：迎接新年。

④　王家山：李庆年注："王家山. 又称升旗山，山上升旗，作为引导轮船出入港讯号。"

⑤　茂先：张华，字茂先，西晋范阳方城人，著有《博物志》十卷。

⑥　景纯：郭璞，字景纯，东晋河东闻喜人，曾为《尔雅》《山海经》《楚辞》作注。

⑦　李庆年注："新加坡博物馆，创建于1887年。"

（四）
不须玉虎①吸银泓，自有源头活水生。
行遍地中复入室，万家滋润四时清。②
（五）
明明造物夺精英，点点能开不夜城。
任是黑云退皓月，自来暗宝有光明。③
（六）
日夜梨园演唱新，沿街标榜妙传神。
世间万事都如戏，富贵当场一曲春。
（七）
买春有客上高楼，真个销魂好办头。
放下重帘春有主，不风流处也风流。
（八）
摇钱树子一枝枝，鸠舌方言恰费词。
安得花开能解语，夜来含笑话相思。
（九）
碧玉④何人为破瓜⑤，瓣香⑥私奠假悲嗟。

---

① 玉虎：代指辘轳、井上辘轳，或饰以玉虎。
② 李庆年注："1857年，新加坡华商陈金声捐献一万三千元建设自来水工程。1877年完工，隔年供永。"
③ 李庆年注："新加坡自1864年以煤气燃点街灯，至1897年底改为电灯。"
④ 碧玉：指年轻女子。语出南朝梁元帝《采莲赋》："碧玉小家女，来嫁汝南王。"
⑤ 破瓜：指女子十六岁。"瓜"字之破，即成"二八"。
⑥ 瓣香：一瓣香，又作一炷香。谓一片或一拈之香，又为焚香敬礼之意。瓣者，瓜瓣之意，香之形状似瓜瓣，故称一瓣香。又以瓣为片之意，香呈片状，故称一瓣香。今以'一瓣心香''心香一瓣'，比喻于心中对某人常怀精诚崇敬之意，其敬肃之心，如同焚香拜佛。

郎今既死侬焉守？从此身同薄命花。

（十）

红粉青楼亦可伤，护花有主任从良。
及时早嫁为商妇，莫对桃花赚阮郎。

（十一）

王家山上草青青，王家山下屋亭亭。
屋屡更新山自在，王家地税有常经。

（十二）

萃英书院①育英才，桃李盈门着意培。
海外终非邹鲁比，可知吾道已南来。

（十三）

打球埔上打球来，打球埔上打球回。
打得力狂球落地，曾谁物色②在尘埃？

萧雅堂　　锡江竹枝词③（十二首）

（一）

关雎未咏小星④先，番女相从暂作偏。
胡越一家宜尔室，倘能终老亦良缘。

至有身家而庆终老者，以偏为正。及其亡也，立主竖牌，以地

---

①　萃英书院：新加坡早期华文义学机构，在厦门街。1854年（一说1858年）陈金声倡建，陈传广捐献馆址。后由陈金声之子宪章整修，1885年陈金声之孙若锦加以重建，免费供华侨子女就读。课程沿袭中国旧学传统。

②　物色：寻找。

③　该诗原载于1899年1月4日《叻报》，转录自李庆年《南洋竹枝词汇编》。原题有李庆年注："锡江，即望加锡（Makasar），在印度尼西亚苏拉威西岛南部。"

④　小星：妾。

为姓,约锡氏云。

(二)

曾闻长舌起风波,稚齿因之亦切磋。
想为是非防利口,瓠犀①珍重细研磨。

男女皆磨齿。

(三)

儿女伊何②割爱偏,后头痴望好姻缘。
惜阴分寸皆如切,漏泄春光在眼前。

男女将近成人,各割前阴之皮少许,依番教也。

(四)

不施脂粉不盘鸦,窄袖贯头衣不华。
报道良辰好事近,十尖红染女儿花。

(五)

小吃槟榔当点唇,垂肩时覆绮罗巾。
当筵借箸非长技,席地盘餐染指频。

(六)

佳期已近欲于归③,忍饿含羞泪暗挥。
欢喜在心忧在面,可怜清减小腰围。

(七)

甥馆④新婚迟合欢,鸳鸯独宿锦衾单。
成双夜待三朝后,喜报爷娘更问安。

至成双之夜,婿衣冠叩岳父母寝门道好。

---

① 瓠犀:典出《诗经·卫风·硕人》:"手如柔荑,肤如凝脂。领如蝤蛴,齿如瓠犀。"比喻美女牙齿整齐洁白如瓠瓜子。后世用作对女子牙齿的美称。
② 伊何:为何。
③ 于归:女子出嫁。
④ 甥馆:代称女婿。

（八）

婚嫁有约早梳妆，为庆三朝作伴娘。
前路双双车上坐，后车新妇伴新娘。

（九）

合婚龙凤烛双辉，龙自飞腾凤不归。
待到侬家雏育后，有心惜别泪依依。

新婚点龙烛，至生儿女点凤烛。

（十）

守闺待字已多年，羞托良媒只自怜。
不合孤鸾①星照命，白头竟尔误因缘。

（十一）

弟婚妹嫁姊云何？习俗成风怨女多。
过了青春容易老，守贞长作小姑婆。

（十二）

从来养女原如寄，长大于归共送迎。
喜结蚌胎②珠欲放，如何转嫁外家生？

谢云声　　马来亚杂咏③（十首）

（一）

蓬头跣足说天然，颜色上身百态妍。
蔽体无分男与女，纱笼一幅许同穿。

土人喜着围裙，名曰"纱笼"。男女通用。纱笼色彩，怪状不一。

（二）

巢居地板亦安然，罗碟咖啡喜下咽。

---

① 孤鸾：喻无偶或丧偶的妇女。
② 蚌胎：古人以为蚌孕珠如人怀妊，并与月的盈亏有关，故称。
③ 该诗录自《南洋杂志（新加坡）》1947年第1卷第9期。

传说郑和遗粪种，怪他珍果羡榴梿。

土人居住，架木为屋。睡卧地板，不备床铺。惟视咖啡、罗碟（番语呼面包为"罗碟"）为生命。又嗜食榴梿水果。据一般人传说，榴梿系三保太监郑和下西洋时，放下遗粪，因而结成此果者。

（三）

随人作息算经营，金曜①权当日曜行。

生小未曾数生日，那知今岁是何庚。

马来人日历，与中西历不同，星期五作星期日。是日，政府学校机关均告休工。土人并无年岁，因自有生以来，历年均不计算也。

（四）

自家嫁娶创奇闻，容易交寅容易分。

死到累累丛草里，石头大小认丘坟。

土人除同胞兄弟姊妹外，余如堂兄弟、从姊妹，均可结婚。结婚谓之"交寅"。交寅时，男家以数十元为聘仪，穿戴回教礼服、礼冠，赴坤宅②成婚。男子既入女家，则权操诸其妻之手。惟结婚后两周，女子须伴其夫回家省亲一次。苟女家无父母或经济拮据，则女子可迁往坤宅。后来如男方或女方，要提出离异，须归偿聘仪。

人死埋葬，不立墓碑。仅以石头大小为记。

（五）

番女番男喜契亲，招邀对舞往来频。

淫词咿哑难充耳，进退无他煞笑人。

土人歌舞，极为简单。舞时男女相向，进进退退，手足不相

---

① 金曜：古人以"七曜"记时，分别以日曜、月曜、火曜、水曜、木曜、金曜、土曜，照应周日至周六。金曜即周五，日曜即周日。

② 坤宅：旧时婚礼，称女家为坤宅。

触,口唱马来情歌,绝无艺术可言。

(六)

邻人报死罢鱼船,番俗几如中土然。

亦有禁烟还禁食,文身花样遣新年。

邻家有丧事,渔人便停止捞鱼,表示哀悼。遇挂纱期,倒须日间禁食一个月。或有以身绘花纹者,作跳踊状,以娱快乐。

(七)

女儿待字闭深闺,沐浴须看日落西。

一辈登徒想渔色,胶椰树下手招携。

未婚女子,深居简出,每于黄昏时候,始敢散步抵井畔冲凉。

(八)

生斯华女号娘兄,习俗移人匪矫情。

十指纤纤作双用,右餐左便各分行。

华女在南洋生长者,呼为"娘兄",或云"娘惹"。土人用左手拭粪,右手取食。食时不用箸也。

(九)

悬珰坠珥已惊人,鼻上更奇系宝珍。

为问何人施虐政,自甘黥首①忒无因。

土人穿耳以外,还有穿鼻,饰以金环,表示华贵。

(十)

衣裳喜着领无边,宽放腰支若罩穿。

蒌叶槟榔不断嚼,几疑齿痛吐红涎。

土人着衣,不惯有领者。男女衣服,都喜着宽阔,如鸡罩笼鸡一样。

土人好咀嚼槟榔蒌叶,溅沫红紫,有如吐血,初见者甚为惊奇。据闻多嚼槟榔蒌叶者,可保护牙齿,不易腐蛀也。

---

① 黥首:中国古代在犯人额上刺字的刑罚。

谢云声　　新加坡新年竹枝词①（八首）

（一）

一年一度又新年，星岛犹如中土然。
国帜高张商店闭，遨游世界作闲仙。

元旦日各界休业，呼侪啸侣，争向各世界游艺场游玩。

（二）

改行卡片废红单，一套白衣倍可观。
满面春风逢道喜，呼卢喝雉②特从宽。

过去贺年均用大红片单，近已改行卡片。元旦日家庭或商店雇员无事可为，任其赌博不禁。

（三）

爆竹连天规例放，勿兰池酒遇宾开。
交如君子情偏淡，汽水又来请饮催。

当地政府规定燃放爆竹时间，违者处罚。家庭商店过新年，案头常罗列色酒汽水。遇有来拜年者，须开酒水请之。

（四）

车龙马水路生毛，驾驶三轮价唱高。
偶到光华重庆院，门前购票叫声嘈。

（五）

争奇各报出年刊，恭贺新禧尽报端，
一向街头寻饭吃，欲从何处解饥餐？

一般无家庭在外购食者，值元旦日无处买卖，甚感觅食之难。

---

① 录自谢云声《海外集》。又载于1948年1月1日《星洲日报》
② 呼卢喝雉：泛指赌博。

（六）
儿童最喜过新年，赢得红包无数钱。
芭里①古风犹未减，门楣高贴纸红联。

（七）
年果应酬相馈忙，鱼虾蔬菜贵寻常。
欧人食品最需要，宰杀火鸡示吉祥。

欧人过年，须吃火鸡肉，以为最华贵及象征吉祥之食品。

（八）
婚嫁都寻元旦宜，良辰佳节慰相思。
不堪追想将沦日，警报频催心胆危。

儿女结婚，均喜取元旦为吉祥日期。前年新加坡将沦陷日寇时，正值除夕及元旦之际，炮火漫天，敌机频炸，生命如丝，惨不可言。回思往事，心胆俱醉。

谢云声　　越南蓄臻游艺展览会杂咏②（六首）

蓄臻（Soctrang）为安南南圻六省之一，距西贡二百二十二启罗米突③，当往来薄寮（Baclieu）及金瓯之要冲，舟车麇集，贸易繁盛。我国人侨居其地者五六千人，以潮帮为多，广肇次之，福建又次之。民二十七年三月，予客是地，适逢法越人士开货品展览游艺会，予亦莅场参观。异风殊俗，在在难免。因将所见纪之以诗。

（一）
万人如海集花朝，货展开来继薄寮。
为问经年几欢日，慰情差可胜无聊。

---

① 芭里：指农村地区。
② 该诗录自《南洋杂志（新加坡）》1947年第1卷第6期。
③ 启罗米突：一启罗米突，即一千米。

三月廿七日举行，适为夏历二月十五日花朝。薄察距此地仅隔一省，上月亦举行过耳。

(二)
　　电火辉煌迫汉霄，官衙点缀别余饶。
　　幕天席地今重见，舞蹈偏行交际跳。
会场假法政府班衙内，会期定三日。

(三)
　　纸花片片落缤纷，比似仙宫幻彩云。
　　一辈青年狂散掷，分明有意属红裙。
妇女任人抛掷纸花，绝不之拒。甚或有喜多着纸花于身上者以为荣。

(四)
　　森严军警守场围，不许闲人越步违。
　　最是女郎偏得意，一时加冕戴荣归。
妇女或喜高戴纸帽，金黄闪烁，藉以炫人耳目。

(五)
　　悠扬音乐响宵残，游客招邀啖大餐。
　　无复斗鸡少年志，潮班多半老人看。
内设斗鸡圈，并延潮戏，以凑热闹。

(六)
　　车龙马水涌门前，一券只须两角钱。
　　六省宵分归不得，蕉边椰下当床眠。
远道来游，无处可寓者，均在蕉边椰下露宿。

陈桂琛　　菲岛竹枝词（有序）① （十八首）

甲子②六月，予游菲律宾。自夏徂冬，舟车所至，近一万里。曾作纪游诗若干首，更就彼都风俗见闻所及，缀竹枝词十六章，且为之注。匪敢谓季札③之观风，聊以纪炎洲④之殊俗尔。

（一）

无遮大会⑤碧波中，涤暑何妨现色躬。

恰似鸳鸯同一浴，雌风更比大王雄。

菲地炎热，人多赴池中、海中浴身，男女无猜。

（二）

沿街呼唤为求售，鳌戴三山⑥掉臂⑦游。

生计累侬同蝜蝂⑧，头衔两字署铜头。

菲女贩卖物品，均小筐盛戴头上，行行不坠，绰号曰"铜头"。

---

① 该诗录自《陈丹初先生遗稿》，原诗16首。据陈桂琛著《菲岛竹枝词》（漱石山房1924年油印版），增补"如云游女""老哥举族"2首。

② 甲子：即1924年。

③ 季札：姬姓，吴氏，名札，春秋时人。季札博学多才，精通音乐，能从音乐里听出各国的民风，即"季札观风"。

④ 炎洲：本为神话中的南海炎热岛屿，此处指菲律宾。

⑤ 无遮：没有遮拦，指不分贵贱、僧俗、智愚、善恶，平等看待。佛教用语，原指布施僧俗的大会。此处指沐浴。

⑥ 鳌戴三山：三山，我国神话中的海上仙山方壶、瀛洲、蓬莱。三山下皆有巨鳌举首顶之，三山因此不再漂移。此处喻菲女头顶负物之重。

⑦ 掉臂：甩动手臂，表示悠闲行走。

⑧ 蝜蝂：古书上说的一种好负重物的小虫。

（三）

笼纱轻罩绛衣单，六幅湘裙①镜里看。
玉臂一双腰一搦②，玲珑端不怕春寒。

菲女妆束上覆笼纱，下曳长裙。笼纱玲珑，胸臂可睹。

（四）

如云游女步凌虚，僻地骞裳更曳裾。
一唾香涎搌便旋，道旁祸水也成渠。

菲女恒在僻地便溺，溲毕，少者或加一唾，老者则否。

（五）

指点康衢路几叉，马龙车水竞繁华。
美人毕竟尊人道，未许安排人力车。

菲岛汽车、电车、马车、自由车均备，唯不许设人力车。

（六）

环听雪璈姊妹花，碧瑶遥指使君③车。
未除买卖婚姻式，一个新娘抵一豝④。

碧瑶山伊老哥土番男欲求婚，请于酋。酋击锣会男女于山头。意合者，男家以一豕当聘钱，而迎新妇焉。

（七）

垂肩散发费疑猜，入月红潮久未来。
生怕阿丝蛮作祟，故教厌胜⑤护珠胎。

菲妇孕者多散发，谓可吓阿丝蛮。阿丝蛮，菲语食胎之祟。

---

① 六幅湘裙：对妇女所着裙的美称。语出唐李群玉《同郑相并歌姬小饮对赠》："裙拖六幅湘江水，鬓耸巫山一段云。"
② 腰一搦：一握粗细的腰，形容腰身极细。
③ 使君：奉命出使的人。
④ 豝：母猪。
⑤ 厌胜：巫术一种，以较高的力压服较低的力，通常有咒语、避邪物。

（八）

老哥举族属生番，断发文身①俗尚存。
只恐采葑无下体②，罗巾权作护花幡。

伊老哥土番，男女均赤体，仅用一小巾蔽下部前面而已。

（九）

前身合是老猢狲，谪向人间尾尚存。
为语傍人休认错，碧瑶山里老哥番。

伊老哥未进化土番，臀部生一短尾。

（十）

依欢两两手相携，择耦双毫索价低。
耳鬓厮摩浑不禁，俨然一对小夫妻。

菲岛各埠设跳舞场，菲女环列，任人购票选跳。每票洋二角，五分钟为度。

（十一）

摩拳擦掌各争先，一睹雌雄价五千。
怪底③健儿身手好，偏将性命殉金钱。

岷步勇士角力，以金钱为赌，往观者人纳券资五元。

（十二）

千行银烛万家灯，绿女红男祝佛生。
生佛一年三百六，乞将香水锡④嘉名。

天主教以三百六十佛分配一年，每日均有佛生日，任人供奉。宿雾教徒礼佛尤盛，每一佛生日则插旗悬灯，膜拜稽首。菲人结婚

---

① 断发文身：把头发剪短，在皮肤上刺花。常指不开化地区的习俗。

② 采葑无下体：语出《诗经·邶风·谷风》："采葑采菲，无以下体。"采，采摘；葑，蔓菁，俗名大头菜。菲，萝卜。以，用。下体，指根茎。葑菲的根和叶皆可吃．但食用以根茎为主。

③ 怪底：惊怪。

④ 锡：同"赐"。

或生子，例由班牧师念水，即以是日生佛之名名之。

（十三）

万点灯光映墓门，八畴松柏哭游魂。
秋深记取亡人节，好比清明奠一尊。

"八畴"，菲语犹言仙冢也。菲岛华侨仙冢，例于每年旧历九月某日祭扫。亲族均于是夜安设电火守墓，如中土清明节扫墓然，谓之"亡人节"。

（十四）

悲歌薤露①彻天堂，松柏萧萧向夕阳。
白马素车②来戚友，北邙③会葬小儿殇。

菲俗殇子出殡甚为热闹，谓小儿无罪可升天堂。

（十五）

距④带金刀爪作钩，短兵相接斗羊沟⑤。
剧怜翠羽朱冠者，竟为金钱一死休。

菲岛斗鸡之风甚盛，旷野中编竹为圈，唆鸡以斗。鸡距系刀，注至千金者，人无贵贱，争趋之。

（十六）

谁家儿女䈂⑥香肩，筒竹横挑汲野泉。
不惜侬肩惜侬手，纤纤留待引针穿。

---

① 薤露：古代送葬的哀歌。
② 素车白马：本为古代凶事所用的车马，其色纯素。
③ 北邙：亦作"北芒"，在洛阳之北，故名。东汉、魏晋的王侯公卿多葬于此。借指墓地或坟墓。
④ 距：雄鸡爪子后面突出像脚趾的部分。
⑤ 羊沟：古代斗鸡之所。《困学纪闻·诸子》引《庄子》逸篇："羊沟之鸡，三岁为株。相者视之，则非良鸡也。然而数以胜人者，以狸膏涂其头。"原注："羊沟，斗鸡处。"
⑥ 䈂：下垂。

菲女恒用大竹筒盛地河水，肩而归。

（十七）

竹篱茅舍傍山居，男女耕耘乐有余。

我比炎洲田父拙，未能合耦①一携锄。

菲岛农人结茅傍山而居，耕田种树饶有田家风味。

（十八）

茹荤错怪习成风，肉贱蔬昂价不同。

谁道安贫菜根好，菜根咬得富家翁。

菲岛蔬菜昂贵，有价倍鱼肉者。

洪镜湖　　吉里门杂诗②（四首）

（一）

谁从小岛访渔村，小岛之名吉里门。

鸡犬椰椰都在望，分明是个武陵源。

（二）

沙明水净晓风凉，散步江间送夕阳。

远望渔舟来点点，片帆摇曳水云乡。

（三）

亭亭植立上云霄，不惯因风为折腰。

我在椰阴茅屋住，爱他劲节自高标。

（四）

几竿修竹几株椰，掩映绿阴月影斜。

---

① 合耦：两人各持一耜并肩而耕。谓相佐助。

② 洪镜湖（1878—1964年），字俊清，同安马巷窗东（今属厦门市翔安区）人，新加坡侨商。该诗录自《同安乡讯》1948年第1期。吉里门，即今印度尼西亚卡里摩爪哇群岛。

欲把虚心师劲节，移来此处共为家。

李烺焜　　星洲杂咏① （二首）

（一）
云鬟斜钗两模糊，观音大士现双趺。
谁知几尺罗缦上，彩色牡丹似画图。

（二）
轻罗掩面色微红，不把梨花插满丛。
道是马来亡国女，遥看浑似碧纱笼。

孙世南　　星洲杂咏② （五首）

（一）
五丛绿树照斜阳，独倚阑干乘夜凉。
瞥眼游人投路过，宛如蜂蝶穿花忙。

（二）
层楼灯火尽辉煌，绕耳歌声入夜扬。
争道雏妓殊绝艳，持樽鸩醉楚襄王。

（三）
掠梳云鬓凤凰头，木履纱囊弗自羞。
最笑罗衫长过膝，遥看髣髴③似僧俦。

---

①　该诗录自 1925 年 5 月 28 日《南洋商报》"商余杂志"。
②　孙世南（约 1895—?），字雪庵，厦门思明人。1919 年旅马来亚，后居新加坡，著有《雪庵诗稿》（新加坡 1957 年刊印）。该诗录自孙世南著《雪庵诗稿》。
③　髣髴：同"仿佛"。

（四）

晚妆个个学时潮，无限风情更显娇。
本是天生柔媚态，秋波未转也魂销。

（五）

巍峨石塔傍斜阳，游客往来若断云。
博得骚人甘下拜，为缘热血建殊勋。

谢兆珊　　槟屿谣①（三首）

（一）

蜡炬啼红泣晓天，异地瘴花②开木棉。
小姑夜语出深巷，明蟾照见纱囊鲜。

岛产妇女皆不着裈。纱囊，译音，其制似桶裙，古称中单。

（二）

纱囊云薄透空明，式胜金泥簇蝶精。
微风綷縩③摇仙珮，月照冰肌彻水晶。

（三）

一双白足白如玉，行雨行云何处宿？
四野无人好月华，露球粘上鬖鬖绿。

---

① 谢兆珊，字静希，福建厦门人。原籍天津，随父宦闽入籍。后旅居马来亚槟榔屿，在华人学堂任教。著有《宿秋阁诗草》二卷，已佚。该诗原载邱菽园《五百石洞天挥麈》卷十一。

② 瘴花：南方多瘴气，故以瘴花称木棉花。木棉：落叶乔木，开花大而红。李商隐《燕台》有句"几夜瘴花开木棉"。

③ 綷縩：衣服摩擦声。

黄　錞　　星洲杂咏[①]（八首）

（一）

拉勿儿斯享盛名，开疆辟土意纵横。
可怜着手披荆者，博得狂奴恣品评。

1819年2月6日，斯单福拉勿儿斯（Stamfold Raffles）占领星洲[②]，英人为立铜像，设博物图书馆纪念之。市区栈桥旅馆餐室无不以拉勿儿斯命名，崇拜备至。当拉氏未之前，我国商人已有150人侨居此地，日人井上清竟呼为海贼。以成败论英雄，实令人齿冷也。

（二）

夸多斗靡[③]列堂皇，海陆搜罗聚一场。
中土菁英难猎得，反将华夏等蛮荒。

拉勿儿斯博物馆搜集南洋各岛水陆产物、土人制品、武器及我国乐器、偶像等，陈列其中。盖亦仅猎得我国之粗者。

（三）

奇花异木斗芬芳，踏遍巡游兴未央。
留得马来初祖地，饱经世外几沧桑。

植物园，在东陵（Tanglin），南洋奇花异木搜集无余。游人多低回顾望，久之不能去。园分二区，下区约百英亩，上区约80英亩，留原林一小区，丛木阴翳，野草蔓延。自大荒以来，已历几千

---

①　黄錞（1894—1971年），字儆民，黄瀚长子，在厦门以律师为业。1918年至1919年，黄錞奉父命至东南亚各地为禾山商校募捐。该诗为旅途记录，录自黄錞诗集《悬瓠志初稿》。
②　星洲：即新加坡。
③　夸多斗靡：夸耀争胜，以自命不凡相竞夸。靡，奢侈、华丽。

万年矣。

（四）

犹闻胜地有湖滨，花木萧疏隔市廛。
一自莺捎①蜂蜨②乱，落红满径少游人。

市外水源地成一小湖，树木环绕，风光明媚。欧战后，巡逻严密，游人稀少，未往游也。

（五）

车如流水马如龙（成句），赤玉盘犹未下舂③。
相约乘凉滨海去，一鞭遥指五株松（地名）。

（六）

树人海外百年规，女姆儒宗各有师。
他日雄雌看飞舞，蛾眉应不让须眉。

（七）

手挥白刃恣狂游，睚眦相寻不少休。
惹得旁观齐齿冷，同仇不问问私仇。

工人分门别户，时相仇杀。一遇外人，即百般苛待，亦不敢与较。

---

① 捎：掠取。
② 蜂蜨：蜂与蝶。
③ 下舂：日落之时。《淮南子·天文训》："日出于旸谷，浴于咸池，拂于扶桑，是谓晨明……至于连石，是谓下舂。"

（八）

妖花蛮柳遍南天，游客争抛买笑钱。
记否牛衣①相对日，庋庮②爨后泪涓涓。

[附] 黄瀚　　和儿錞星洲杂咏（八首）③

（一）
休论徼外④蛮荒地，休问愚惷⑤易受谩。
睡鼾任他环卧榻，伟人人也等闲看。

（二）
供人浏览起观摩，博物场开万品罗。
差胜吾华严秘钥，日令文物暗消磨。

（三）
诛锄几幸得天全，头目空存傀儡牵，
输与一丘闲草木，根株犹长大荒年。

公园留一小区，树木蓊郁，野草蔓延。盖自大荒以来所有。

（四）
绕湖花树互回萦，初出山泉水尚清。

---

①　牛衣：用草或麻编的片状物，给牛御寒或遮雨。牛衣相对，即盖着牛衣，相对哭泣。形容夫妻共同过着穷困的生活。典出《汉书·王章传》："初，章为诸生学长安，独与妻居。章疾病，无被，卧牛衣中。与妻决，涕泣。"

②　庋庮：门闩。借指曾共贫寒的妻子。春秋时，百里奚离家出游，其妻以庋庮烹鸡为之饯行。后喻夫妻情深，贫贱不移。古乐府歌《百里奚词》曰："百里奚，五羊皮。忆别时，烹伏雌，吹庋庮。今日富贵，忘我为！"

③　该诗录自黄瀚诗集《禾山诗钞》中卷，作于民国戊午年（1918年）。

④　徼外：塞外、边外。

⑤　愚惷：同"愚蠢"。

底事游人齐裹足，年来平地有榛荆。

湖边远水初出，停蓄一湖。近因欧战，巡逻严密。

（五）

闻道层楼矗几层，呼卢喝雉聚淫朋。
五株松下乘凉去，也算洪炉一片冰。

五株松，地名。

（六）

文明蓬勃遍遐陬，礼失①原期野可求。
直恐凤楼高海外，故山茅屋怯经秋。

（七）

性讥奴隶乍迟疑，奴隶形容试一思。
但解磨牙噬同类，一鞭高举尾低垂。

（八）

故乡憔悴卧姬姜②，荡絮浮花聚一场。
饱饫腥臊狂酗酒，几人回首念糟糠。

黄镈　麻六甲杂咏③（五首）

（一）

海滨卅里小山川，册宝④颁封纪昔年。
一自桑田三变后，风来帐幪⑤起腥膻。

麻六甲，在马来半岛西南，长四十英里，广二十五英里。本一

---

① 礼失：典出《汉书·艺文志》："仲尼有言，礼失而求诸野。"
② 姬姜：指贵族妇女，泛指美女。
③ 该诗录自黄镈诗集《悬瓠志初稿》。麻六甲，今译马六甲。
④ 册宝：指册书与宝玺。
⑤ 帐幪：即帐幕。

小国，向受我国封册，后为葡人所灭，继属荷。1824年归于英。

(二)

水声呜咽绕门前，门内蓬蒿过短堄①。
莫问迷魂宫址在，葡零荷悴感螳蝉②。

古炮台，在圣约翰山（St. John's Hill）下海滨。1511年葡人雅尔毛奇（Albuquerque）所建，城门尚在。

(三)

保罗宫殿剩颓堄，三百年来叹逝川。
半缺荒碑题梵字，细披乌韭③觅遗阡。

圣保罗古寺（Old Church of St. Paul），在圣约翰山巅，葡人所建。有巴班第二僧正（Second Bishop of Papan）墓，1589年筑。

(四)

当时裙屐集联翩，旋作藏珍置翣④阡。
风景不殊魂在否，石麟埋没又多年。

圣保罗寺自荷人胜葡后，荷兰名人多葬其内。

(五)

小筑旗亭水石边，江乡景物足流连。
何期万里闽山客，来结风尘信宿缘。

政府宿舍滨海，风景清幽。两次游麻，均下宿其中。

---

① 短堄：短垣。堄，宫殿的外墙。
② 螳蝉：即"螳螂捕蝉"的省略。
③ 乌韭：一种苔藓类植物，多生于潮湿的地方。又名昔邪、垣衣等。《山海经·西山经》："（小华之山）其草有萆荔，状如乌韭，而生于石上。亦缘木而生，食之已心痛。"郭璞注："乌韭，在屋者曰昔邪，在墙者曰垣衣。"
④ 翣：古代棺饰。垂于棺的两旁。

卷之五　闽南竹枝词

袁绥　　闽南竹枝词①（二首）

（一）

大耳环垂一滴金，四时裙服总元青②。
蛇头簪插田螺髻，乡下妆成别样形。

（二）

满绣花鞋赤足拖，绵蛮③鸟语唱新歌。
靓妆倚笑偎篷坐，道是南台④科底婆。

曾懿　　闽南竹枝词⑤（八首）

（一）

绿天清绝静无哗，甘露花开红映霞。

---

① 袁绥，字紫卿，钱塘（今浙江杭州市）人。袁枚孙女，吴国俊之妻。有《瑶华阁词》。该诗录自《瑶华阁诗草》之《闽南杂咏》。

② 元青：玄青。深黑色。

③ 绵蛮：鸟鸣声，一说小鸟的模样。典出《诗经·小雅·绵蛮》："绵蛮黄鸟，止于丘阿。"

④ 南台：在福州城外，为疍民聚集之地。闽语称疍民为"曲蹄"。"科底"疑为"曲蹄"的讹写。

⑤ 曾懿（1852—?），字伯渊，又名朗秋，四川成都人。清代女名医，其夫袁学昌曾宦于闽。该诗录自曾懿《古欢堂诗集》。

一桁湘帘闲不卷,倚栏细品武彝茶。

(二)

纸鸢①掩映碧天心,稚子欢呼闹隔林。

三月薰风春昼静,市声高卷女儿音。

闽中炎热最早,以儿童每于清明时以纸鸢为戏,使得清灵之气,以免疾病。

(三)

窄袖纤腰黑练裙,香花堆鬓髻如云。

压肩鲜果沿街买,贸易归来日已曛。

闽中凡耕田、挑负、贸易者,半是妇人。

(四)

阿侬不管苦炎燸②,玉骨轻盈称碧纱。

静日瓯兰香冉冉,素心人对素心花。

闽兰开于夏秋,素心翠叶,香艳异常。

(五)

晓妆慵与斗时新,新扫双眉不染尘。

一阵香风浓欲醉,隔帘唤到卖花人。

(六)

避暑枫亭酒半酣,玉奴③纤手擘冰蚕。

紫绡绛雪丁香颗,飞骑何须到岭南。

福州枫亭产荔枝最佳,香山曾以紫绡、绛雪等名品之。

(七)

龙须席子琉璃枕,凉月窥人人未寝。

琐琐纱厨茉莉风,香浸玉臂罗衣冷。

---

① 纸鸢:风筝。
② 燸:炎热。
③ 玉奴:泛指美女。

闽南炎热，夜间潮涨则甚凉。

（八）

盘龙宝髻簇流苏，红袖买春携玉壶。
怪道冰肌甘耐冷，严冬犹自赤双趺。

闽中女子抚媚①者多，然虽至严冬不袜，亦不觉其寒，奇矣。

申翰周　　闽南竹枝词②（十三首）

（一）

葭管灰飞③气未凉，春初腊底爇蚊香。
桃花秾艳舒人眼，天遣寒威化小阳④。

余到南安已过夏至，气候却似中秋，桃花盛开，果叶不凋。惟夜间为蚊所扰，灵活非常，挥拂不尽。闻说夏夜反少，终岁不断，亦异事也。

（二）

土音格桀⑤够猜详，春韵谐声意稍强。
自笑衰年符卦数，爱聆鴃舌涉重洋。

此间乡音颇难领会，偶研韵学，如"天明"为"订盲"等音，尚可符译三四，差强人意。惜无耐心翻对也。

---

① 抚媚：同"妩媚"。

② 申翰周：名申丙，字翰周，籍贯不详，晚清生员。民国二十三年（1934年）八月至民国二十四年（1935年）十月任南安县长。该诗录自潘超等编《中华竹枝词全编》，署名翰周，原诗24首，选录13首。

③ 葭管灰飞：指气候的变化。古人将葭莩（芦苇中的薄膜）烧成灰，放在十二律管之中，律管有长短，气候变化使不同律管中的灰飞动，以此来推算某节气的到来。

④ 小阳：即小阳春。

⑤ 格桀：即格磔，鸟鸣声。

（三）

　　族分大小定低昂，欺压成风事可伤。
　　庶政难敷先教戒，刀牛易俗景龚黄①。

　民情强悍，政令难行。大族犯法拘押，迫令小族出人代替，并担负一切费用。大族小族以丁口多寡为定，名曰大姓小姓。诸被逼勒，官方无如之何，洵蛮俗也。

（四）

　　死而不厌②北方强，风气潜移到此乡。
　　两姓相争严立阵，拼将人命作收场。

　两方械斗，认族不认亲，虽翁婿甥舅，相持不让，及死伤多人，始罢战议和。双方推除死者人数外，按各给恤了事，并不报官，各亲串仍来吊唁。当争斗时，虽兵警，亦难禁阻。

（五）

　　非关嗣续③赖承当，负得螟蛉④喜异常。
　　却怪行年刚不惑，居然五世庆同堂。

　闽俗喜招义子，视若亲生，并非为乏嗣计，家愈裕者，招养愈多，竟有一人买至数十者，产业均按股匀分。子届十岁，又复为之买孙，依次添招。每有年未五十，即大开宴席，庆贺五代同堂矣。

（六）

　　拦门花轿几催妆，夫婿亲扶入洞房。
　　怪煞玉容添面障，隔筛眯眼看新娘。

　新妇到门，延不下轿。旋由新郎扶入洞房，待时交拜。新娘面

---

①　龚黄：汉代贤臣龚遂、黄霸的合称。
②　死而不厌：死而无悔。
③　嗣续：后代。
④　螟蛉：典出《诗经·小雅·小宛》："螟蛉有子，蜾蠃负之。"蜾蠃常捕螟蛉喂其幼虫，古人误认为蜾蠃养螟蛉为己子。后因以为养子的代称。

套米筛,以绉纱环系脑后,取筛眼多于君客之眼为吉利也。

(七)

棠花憔悴棣花香,递嬗①良缘属小郎。
莫怨陈平真盗嫂②,兄能圆镜愿同偿。

爱书道韫③为小郎解围称小叔也。谓兄得珠还,弟亦获偶也。有三四子人家,苟大儿失业外出谋事,经年无好音者,即命长媳改偶次男。如已娶妇,遍配三子。倘兄衣锦还乡,仍使重圆破镜,为弟另娶。友爱如斯,足令喷饭。

(八)

所天不禄④转招郎,保障门楣亦有光。
直待生儿捐⑤苦役,许多俗例费平章⑥。

再醮赘婿,力代井臼担负之劳,即有余之家,亦不能免。如后夫力弱,妇怨愿分住固佳,否则抑磨以死,亦不顾惜。如半途逃逸,获时则由家长或房长处死,人无闲言。惟得子后方可坐享,盖重多丁主义也。

(九)

青春少妇薄衣裳,弱质哪禁翠袖凉。
倘使十年艰一索,木棉花下九回肠。

---

① 递嬗:依次。
② 盗嫂:谓私通其嫂。典出《史记·陈丞相世家》:"绛侯、灌婴等谗陈平,曰:'臣闻,平居家时盗其嫂。'"
③ 道韫:典出《晋书》卷九十六《列女传·王凝之妻谢氏传》:"王凝之妻谢氏,字道韫,安西将军奕之女也。聪识有才辩。……凝之弟献之尝与宾客谈议,词理将屈,道韫遣婢白献之曰:'欲为小郎解围。'乃施青绫步鄣自蔽,申献之前议,客不能屈。"
④ 所天不禄:所天,旧称所依靠的人。不禄,夭折而死。
⑤ 捐:废除。
⑥ 平章;斟酌商量。

泉俗，妇女须生子后，方得穿棉。故多夹衣御冬，虽体弱不禁寒者，不能宽假。每当收采棉花时，暗折默祷，愁肠欲断，状亦可怜。此种恶习，无非急于催丁耳。

（十）

小家碧玉擅梳妆，约髻鲜葩自在香。
素手提篮精赤足，分明海上现慈航。

民妇多供苦役，短裙赤脚，草履亦不甚穿。而头面妆束，极意争妍。髻光可鉴，围藏花圈，俱用花蕊扎成，每日更换，颇费工资。而肩挑木桶，手挈筐篮，俨如过海观音，手捉鱼篮，令人忍俊不禁。

（十一）

菱角双红点地香，鞋杯留印仿南唐。
转教天足供驱使，辜负圆肤①致致光②。

富贵女多缠足，小者不满二寸。嫁时男家眷属以酒杯涂印纸，上量鞋不出圈者，共相夸赞。盖仿南唐鞋杯遗意也。积习相沿，至今未化。余皆赤脚妇女，终年不穿袜履，卖菜挑柴，多供苦役。

（十二）

鹤发鸡皮誉老娘，岁朝迎喜出门墙。
红云一片笼街市，相见同征福寿长。

老妇年逾花甲，子孙众多者，人皆敬呼为老娘娘。元旦出迎喜神，头戴红花，手提红杖。红袄红裙，鞋及膝裤，上下通红，沿街环走，男女相遇，皆喜托荫，可得福寿绵长之预征也。

---

① 圆肤：未经缠过的天足。
② 致致光：又作"光致致"，皮肤光鲜白嫩。

（十三）

宾客欢呼集礼堂，入门不吊愧临丧。

装趫①演剧充仪仗，一样娱亲足显扬。

丧家款待来宾，共集礼堂，并不吊奠，畅饮诙谐。及出葬时，踏高跷扮故事，唱歌奏乐，愈多愈闹。观者塞途，夸赞不止，可谓乐以忘悲也。

上题各截句②，本輶轩③采风意也。用竹枝体者，求雅俗同解也。每诗详加小注者，补描写未尽之余义也。概用七阳韵者，以来时正届冬至阳生之候，而闽南又丁阳午之区也。第见闻浅鲜，遗漏珠多，倘有传知，容当续记。聊跋数言，尚希粲政④。翰周谨跋。

王廷灿　　闽南竹枝词⑤（七首）

（一）

海邦珍果供瀛台，带叶连枝隔岁栽。

远隔红尘三百里，喧阗争道荔枝来。

（二）

苞茅⑥作贡自东南，帅府新添海味甘。

---

① 趫：行步敏捷。
② 截句：同"绝句"。
③ 輶轩：轻车，多由使臣乘坐。指出使的大臣。
④ 粲政：粲，启齿而笑。政，改。尊敬对方，希望得到对方笑声中改正。
⑤ 王廷灿，浙江钱塘（今杭州）人，字孝先，号似斋。康熙二十年（1681年）举人，官崇明县知县。著有《似斋诗存》。该诗录自《似斋诗存》。
⑥ 苞茅：束成捆的精茅。苞，通"包"。古代祭祀时，以裹束着的精茅置于柙中，用来滤去酒中渣滓。《左传·僖公四年》："尔贡苞茅不入，王祭不共，无以缩酒，寡人是征。"

泉州提督所进山珍海错，百有余种。

   长泰莫嫌文旦涩，

长泰人因差取烦扰，用钉钉树根，文旦味顿减。

   龙溪已上九头柑。

九头柑，橘之至美者。

（三）

   不贵金珠不贵钱，惟珍寿石大如拳。

闽中寿山石，价贵十换。

   山灵若果知人意，原隰①俱应变石田。

寿石以产于田者为佳，名田石。闽人坏田求石。

（四）

   凤尾龙团②制甚工，春芽采自武彝中。

   小瓯一滴如甘露，

茶杯极小。

   客至亲烧兽炭红。

客至，主人于座上手烹。

（五）

   大火离离③红满株，烂如云锦洁如珠。

   而今贡道分南北，枫亭荔枝天下无。

（六）

   投辖④留宾兴颇浓，清晨数盏对东风。

---

 ① 原隰：原指广平与低湿之地，泛指原野。

 ② 龙团：又称"团茶"，是一种茶饼，因上面印有盘龙而得名，专供宫廷服用。

 ③ 离离：盛多貌。

 ④ 投辖：《汉书·陈遵传》："遵耆酒，每大饮，宾客满堂，辄关门。取客车辖投井中，虽有急，终不得去。"辖，车轴两端的键。后以"投辖"指殷勤留客。

青青竹叶葡萄绿,不及蓝家过夏红。
竹叶青、蒲萄绿、过夏红,俱酒名。

（七）
女儿素足蹋红尘,男子科头①裹越巾。
晴雨无分高着屐,风流岂学晋时人。

李仰莲　　闽台杂述②（十三首）

（一）
远游难慰老亲心,几度徘徊费斟酌。
此去闽台无限路,愿凭雁足③报知音。

（二）
临期日日整行装,衣服时新称体量。
虑到春寒又计热,连番刀尺夜来忙。

（三）
依依杨柳送行人,姊妹殷勤嘱咐忙。
莫恋他乡风景好,回头须念老年亲。

（四）
长途珍重劝加餐,欲咏骊驹④判袂⑤难。
料得荆妻心更苦,背人眼泪指偷弹。

---

① 科头:不戴帽子。
② 作者情况不详。该诗原载1925年3月9—18日《总汇新报》"诗界",录自李庆年编《南洋竹枝词汇编》。原诗28首,选录13首。
③ 雁足:即雁书。
④ 骊驹:逸《诗》篇名,古代告别时所赋的歌词。
⑤ 判袂:即分袂、离别。

（五）

鮀江①晚上火轮船，沧海茫茫水接天。

三月风和波似镜，转来已到鹭江边。

鹭江，即厦门别名。

（六）

天和浪静霁云开，舱面凭栏眺几回。

海上忽逢旧驿使，一封家信倚装裁。

（七）

闲来选胜到榕林，楼阁倾颓感不禁。

别鲜寻诗思往哲，词人墨迹半消沉。

榕林，系乾隆间黄荔崖先生所建。亭台楼阁，颇极幽邃，多有词人题咏。

（八）

危楼削壁倚云开，巨石礧礧砌作台。

未到山腰先止步，一行儿女下山来。

虎溪岩为厦中胜迹，依石筑台，极为险峻。

（九）

偶穿曲径上穹窿②，俯视群山气象雄。

一水湾环犹控带③，令人追忆郑成功。

厦门为郑成功割据旧地。

（十）

巍巍山斗迎高贤，白鹿瞻依信有缘。

道统④于今谁继续？可怜文教日萧然。

---

① 鮀江：汕头的别称。
② 穹窿：即穹隆，指天。
③ 控带：环绕。
④ 道统：儒家传道的系统。

虎溪岩西有白鹿洞,祀朱夫子。

(十一)

屹然孤岛势凌共,万国齐居海镇中。

四面波光催画舫,水天形胜最称雄。

鼓浪屿独踞海中,四面环水。地既开放,万国盛集,极为繁盛。

(十二)

访古遥来南普陀,建功碑石势巍峨。

步向山门游一遍,天留妙境寄岩阿。

南普陀,系厦门大丛林。寺前有乾隆御制福康安平定台湾纪功碑数道。

(十三)

连朝苦雨密丝丝,竟阻船程一日期。

治罢行装无个事,趁闲亲录记游诗。

后　　记

　　竹枝词是以反映世情民风为主的歌咏诗体,本书搜集和整理明清以来至民国时期厦门地区的竹枝词与竹枝调诗(如荔枝词、桦歌、杂咏、杂诗等),合计1359首,辑编为五卷,并略为校注。卷之一鹭江竹枝词,专辑清末萧宝芬《鹭江竹枝词》300首;卷之二厦门竹枝词,收辑清代民国时期厦门地区(含古同安、金门等)的竹枝词374首;卷之三别咏竹枝调,收辑竹枝词的变体诗(如荔枝词、桦歌、杂咏、杂诗等)239首;卷之四羁旅竹枝调,收辑厦籍人士以及寓厦、宦厦人士所创作的外埠竹枝词及竹枝体诗403首;卷之五闽南竹枝词,收辑与厦地有关的闽南、闽台等竹枝词和类竹枝词43首,以期从一个侧面为研究厦门及闽南地区传统的世情民俗提供蓝本。

　　本书所搜集的诗作,主要来自旧书籍和旧报刊的扫描件或手抄件。或由于手民之误,或由于印刷不清,很多资料字迹模糊,难以辨读。再加以旧时书写繁体、异体和俗字杂用,通假、借用频频,在辑录之中,误读误辨,在所难免。

　　本书的注释分有三类:一是作者自注,在诗中以夹注或尾注体现;二是后人作注,皆以作注者人名标明;三是编者注释,对诗中的词语、典故、人物等加以解说。与厦门地方史志有关联者,则做较多解说。囿于个人学识所限,有关注释难以达到全面与准确,误解漏注,诸多不足与遗憾,还望读者朋友给予宽容与指正。

　　厦门市图书馆致力于馆藏地方文献的征集整理和开发,组织编纂厦门文献丛书。搜集和整理厦门竹枝词,并汇编校注成册,是一

后　记

件辛苦而繁琐的工作。能够将古籍辑佚成书，传之于世，颇具现实意义。在厦门市图书馆领导的大力支持下，得以将本书列入厦门文献丛书出版，为充实地方文献而贡献绵薄之力。

在本书的编撰过程中，得到全国台湾研究会会长汪毅夫教授和厦门大学洪峻峰编审的多方指导和鼎力支持，并得汪一凡、吕瑞哲、卓晓玲等友人的热情帮助，尤其是厦门市图书馆吴辉煌、张元基、李跃忠等先生认真审校，厦门大学出版社薛鹏志主任认真审读编辑，耗费了大量的精力，提出至为珍贵的修改意见，特此一并谨表谢忱。

编　者
2023 年 6 月